熱波

今野 敏

角川文庫
18709

プロローグ

街中に湿った臭いが満ちている。昼間、強い陽光に照らされたビルの壁やアスファルトの道路が夜になってその熱を放射しており、湿度も気温も下がらない。

重苦しい湿気を帯びた暑さの中、ガラスが割れる鋭い音に続き、怒号が聞こえてきた。那覇《なは》の国際《こくさい》通りは、日が暮れて通行人の姿が増えていた。観光客の姿も多い。人々は何事かと声のほうを見た。

数人の男たちが揉《も》み合っている。グループ同士の喧嘩《けんか》のようだ。一人が割れたビール瓶を持ってわめいている。日本語ではなかった。

中国語のようだ。

男たちは三対二で争っていた。通行人たちは遠巻きにその様子を見ている。みやげ屋から従業員が出てきてその様子を眺め、あからさまに顔をしかめた。

三人連れの若い女性観光客は、関わり合いになるのを恐れて、後ろをうかがいながら足早にその場を立ち去った。高校生らしい少年たちがＣＤショップの階段の踊り場から喧嘩を見下ろしている。

仕事を終えて一杯やった様子のサラリーマンの集団が、喧嘩と見て近寄ってきたが、争っている連中を見てすぐにその場から去って行った。

一人の白人が、暴れる中国系の男たちとそれを取り巻く通行人たちの様子を、みやげ屋の前から見つめていた。濃い青い眼に茶色の髪。唇が薄く、意志の強そうな印象がある。鍛え上げられた体格をしており、沖縄でよく見かける海兵隊員のように見えた。

中国系の男たちの喧嘩はエスカレートしていった。割れたビール瓶を持った男が仲間と二人で三人を相手にしている。突然、その男は叫びながらぎざぎざになったビール瓶を振り回し三人に向かって突進した。

見ていた通行人の何人かが思わず声を上げていた。

割れたビール瓶が一人の前腕部を捉《とら》え、鮮血がぱっと飛び散った。アスファルトの歩道に点々と染みを作る。次の瞬間、ビール瓶を持っていた男が後方に吹っ飛んだ。三人組の一人の激しい蹴《け》りを腹に食らったのだ。

血を流している男は激昂《げっこう》していたが、二人の仲間が彼を押さえつけ、引きずるように後退した。

ビール瓶を持った男もすぐさま起き上がったが、仲間にはがい締めにされた。

まず、三人組が罵声《ばせい》を残してその場から去り、続いて二人組も走り去った。パトカーのサイレンが聞こえてきたのはその数秒後だった。

濃い青い眼の白人は、その間同じ場所に立って事態を見届けていた。やがて彼は踵《きびす》を返し、騒動のあった場所の反対方向へ歩き始めた。

「台湾人か……。ただの小競り合いだ」

彼は米語でつぶやいた。

「だが、この小競り合いは大きな爆薬の導火線になりかねない……」

1

空は蒼《あお》すぎて、むしろ暗い色に見えた。太陽の光がまぶしすぎるせいかもしれない。あるいは、南国の青空というのはこういうものなのだろうか。藍色《あいいろ》の空。茂る葉の緑も、咲く花の紅色も、空の色も毒々しいまでに鮮やかだ。

そしてまるで質量を持っているかのように重々しくのしかかる陽光。風景はまるでハレーションを起こしているようだ。

冷房の効いた那覇空港から外に出た磯貝竜一《いそがいりゅういち》は、日の光に殴られたような気がした。湿気もものすごい。八月の沖縄というのは、想像していた以上に過酷だった。たちまち汗が噴き出し、ワイシャツが背中や腹に張りつく。

小さなボストンバッグをぶら下げてタクシー待ちの列の一番後ろに立った。とにかく暑い。じっとしていても背中を汗がつたう。目眩《めまい》を起こしそうだった。

一日中冷房の効いた役所の中で仕事をしている生活が、すっかり体をなまらせてしまったのかもしれない。さらに、睡眠不足もこたえていた。

内閣情報調査室に勤める磯貝は突然出張を命じられ、その下調べのために朝方までかかっていた。書類は大蔵、通産、外務の三省から別個に届き、その量は膨大なものだった。三時間ほど眠り、羽田《はねだ》から飛行機に乗った。飛行機の中では短時間うとうとしただけだった。もともと眠りが浅く、乗り物の中でぐっすり眠れるほうではない。

まぶしい……。

風景の陰影が濃くなった。そう感じたときには、視界の明るい部分に金色の縁取りが見えていた。視界が狭まってくる。

まずいな。

磯貝は、その場にしゃがみ込んでしまった。軽い脳貧血だ。冷たい嫌な汗がさらに噴き出してきた。

「だいじょうぶですか？」

後ろから声を掛けられたが、磯貝は顔を上げることができない。視界はすでに真っ暗だった。

「どうしました？　だいじょうぶですか？」

もう一度、同じ声が尋ねた。姿勢を低くしたことで、脳貧血は急速に回復した。立ちくらみのようなものだった。

磯貝は、しゃがんだまま振り返った。視力が徐々に回復してくる。白い日傘が目に入った。声の主は、磯貝に日傘を差し掛けていた。

傘と同じく白いワンピース。丈が短く、形のいい脚がすぐ目の前に見えた。傘を差し出す腕がほの白い。磯貝は慌てて振り仰いだ。卵形の顔が見えた。その眼が印象的だった。大きくてよく光る。くっきりとした二重瞼《まぶた》だった。

「平気です。ちょっと貧血を起こしただけです」

磯貝は立ち上がろうとした。

「そのままのほうがいいですよ。どこまで行かれるのですか？」

「沖縄県庁です」

「あたしも近くまで行きます。お送りしましょうか？」

「あ、いや……」

磯貝は断ろうとして、すぐに考え直した。これほどの美人と知り合いになるチャンスはそうそうあるものではない。

「じゃあ、案内を頼もうかな……。沖縄は初めてなんです」

白いワンピースの女性はうなずいた。

「タクシーが来ました。先に乗ってください」

フロントウインドウから奇妙な形の建物が見えた。

ビルが立ち並ぶ那覇の街の中で、ひときわ大きい。有名な建築家のデザインであることを、あらかじめ聞いていた。地方自治体が世界の一流建築家にデザインを頼むというのは悪いことではないと磯貝は思った。これが郷土出身の建築家だったら、なおさらいいのだがな……。郷土の誇りというのは大切だ。それが住民の励みになり、自治体のやる気につながる。

彼は自治省の官僚だ。

きわめてまじめな役人なので、地方自治体の動向には敏感だった。自治省の仕事は、簡単にいえば、地方選挙、地方の財源、地方の税制の三つだ。つまり、地方行政がうまく運営できるかどうかを、中央から監督するわけだ。

磯貝は、その仕事に疑問を持ったことはない。地方分権論にも無関心ではないが、それは先輩や上司の一般的な意見にほぼ同意している。

あまりに国に偏っている財政を、ある程度地方に任せるべきだという意見には賛成だ。しかし、それを断行したとしても自治省の仕事はなくならない。自治体というのは限界を持っている。地元住民と近過ぎるためにどうしてもなあなあの事態が生じてしまうのだ。ある地方選挙で、投票箱が一箱丸ごと行方不明になるという事件があった。税制にしても同じような不透明な事態が起こりやすい。中央省庁としては、どうしてもそういう面を指導監督しなければならないのだ。

「あれが県庁ですね。立派な建物だ」

磯貝がそう話しかけたとき、白いワンピースの娘は、体をひねってリアウインドウを見ていた。何を見ているのか気になり、磯貝も振り向いた。

娘はすぐに向き直り、言った。

「あたし、あの建物は嫌いです」

「え……？」

「変なデザイン。壊れかけたビルみたいだわ」

「そうかな……」

何かちくりと心にさわる違和感があった。斬新なデザインが住民に受け入れられていない。ただそれだけのことだが、つい娘の言葉を深読みしてしまいたくなる。地方の文化と中央の文化の乖離《かいり》。その点がどうしても気になってしまう。

信号でタクシーが停まると、娘がまた後ろを見た。

「何か気になることでもあるんですか？」

磯貝が尋ねると、彼女は首を小さく横に振った。何もこたえなかった。

やがてタクシーが県庁の前に停車した。

「あなたもここでいいんですか？」

「ええ。この近くに用があるんです」

磯貝はタクシー料金を支払った。

このまま彼女と別れてしまうのが忍びなかった。

「気分はどうですか？」

彼女のほうから言葉を掛けてきた。

「ええ、もうすっかり。軽い脳貧血ですから……。どうも、助かりました」

「お礼を言うのはこちらのほうですわ。結局、タクシーで送ってもらった形になってしまって……」

「いいんです」

「それじゃあ……」

「あの……。私は、磯貝といいます。政府の仕事で県庁に出張してきました。お名前を教えてもらえますか？」

「仲泊美里」

「なかどまり・みさと……？」

「美しい里と書きます」

「沖縄らしい名前だ」

「そうですか？」

磯貝はほめたつもりだった。しかし、美里はそうは受け取らなかったような印象があった。

「あの、これ、名刺です」

磯貝はあわてて名刺を取り出した。それには、内閣情報調査室・調査官と書かれている。

美里はそれを一瞥《いちべつ》すると言った。

「あたし、行かなくちゃ。暑気あたりに気をつけてね」

美里は白い日傘を差して軽やかに通りの向こうへ去って行った。

あの子のおかげで、沖縄の第一印象がぐっとよくなったな。それにしても、もう一度会う段取りをつけておくべきだった……。

「話はうかがっておりますよ」

県庁七階の参事官室に通された磯貝は、国際都市形成構想推進室長から猜疑心《さいぎしん》に満ちた眼を向けられていた。

室長の名は、与那嶺恒幸《よなみねつねゆき》。五十五歳の精力的な感じの男だった。小太りだががっしりとした肩をしている。髪はまだ黒々としており、眉《まゆ》が太い。半袖《はんそで》のシャツを着て、ネクタイはしていなかった。それが新知事の方針だという。

「内閣情報調査室からおいでとなれば、何か特別な調査なのでしょうね」

「いや、そうではありません。単に、国際都市形成構想推進室の現状を見てくるようにと言われただけです」

与那嶺室長は、太い眉の下の大きな目でじっと磯貝を見つめた。態度は慇懃《いんぎん》だったが、その眼には親しみのかけらもなかった。

内閣情報調査室などというものものしい肩書を持って乗り込んできたのだから無理はないか……。

まるで諜報《ちょうほう》機関のような名称だ。実際、中曽根《なかそね》内閣の時代には、日本のCIAにしようという構想もあったようだ。だが、実際、磯貝のやっていることは、新聞や雑誌の切り抜きを作ったり整理したりといったことばかりだ。

彼は自治省から出向しているが、内閣情報調査室には実にいろいろな省庁からの出向者がいる。外務省、警察庁、防衛庁、海上保安庁、そして自治省。

一番幅を利かせているのは外務省から来た連中だ。自治省の立場も悪くない。自治省は厚生省などと並んで元内務省だったので、省庁間の格はかなり上のほうだ。役人というのはそうした格付けにうるさい。

磯貝は自治官僚でしかもキャリアということもあり、情報調査室で優越感を味わっていた。警察庁や防衛庁、海上保安庁から出向している連中の中には、二十四時間体制三日ローテーションの勤務に就かされる者もいたが、自治省キャリア組である磯貝はそんなこともなく、自治省にいたときと同様に日勤だった。残業もあまりない。

こうして、沖縄旅行もさせてもらえる。実際、磯貝はこの出張をたいした仕事だとは思っていなかった。ポイントは、昨夜必死で読んだ、外務、通産、大蔵の三省からのレポートでだいたい把握している。そのポイントについて県庁の人間に説明させ、視察して回る。夜は接待を受け、それで終わりだ。

数年前に、官官接待が問題となって以来、中央省庁も地方自治体も気をつかってはいるが、接待がまったくなくなったわけではない。また、磯貝だって問題になるような多額の接待を期待しているわけではない。情報交換などの名目で、郷土料理でも食わせてもらえればありがたいと思っているに過ぎない。

遊びたいときは自分の金で遊ぶ。独身の磯貝は、国際都市形成構想推進室の資料と同時に沖縄の風俗情報を仕入れていた。波の上という場所は、なかなかの歓楽街だという。そういう場所に行くかどうかは別として、出張の夜はなかなか楽しみが多い。

そんな気分でやってきた磯貝にとって、与那嶺室長の冷たい眼は意外だった。

磯貝は、壁にかかっている地図を見た。奇妙な地図だった。沖縄を中心に描かれているのだが、南北が逆さまだった。

「妙な地図ですね？」

「いいえ。私たちにとっては、あの地図のほうが自然なのです」

「どういうことです？」

「日本地図というのは本土を中心に描かれています。すると、沖縄などの南西諸島はずっと左下の隅か、別枠の中に描かれることになります。そして、アジア大陸との関わりもわかりにくい。せいぜい、朝鮮半島が描かれているくらいですからね。だが、こうしてみると、私たちの生活圏がはっきりとわかる。南北を逆さまにして那覇から見ると、本土ははるか左下の隅に追いやられる。こんなに遠いのですよ。逆に台湾や中国がこんなに近い」

「なるほど……」

「沖縄から見ると、鹿児島と台北《タイペイ》は同じ距離、福岡と上海《シャンハイ》が同じ距離、そして、マニラと東京が同じ距離なのです。沖縄を中心に半径千キロの円を描くと、その中に上海、台湾、九州、フィリピンの一部が収まります。これが、われわれの国際都市形成構想の基本です」

「発想の転換というわけですね」

話としては面白いと磯貝は思った。たしかに通商というのは地理的要素が大きい。与那嶺室長の言うとおり、半径千キロの中に台湾、上海、フィリピンまでが収まり、それらを船でつなぐことができるというのは商業的には有利な点だ。

しかし、現代の通商は複雑な要素が絡み合っている。航空機の輸送量が飛躍的に増大しているし、通貨の強弱などの経済的なさまざまの要素が影響する。政治的な絡みも大きい。一番問題なのは経済だ。アジア経済は今、かつてない危機を迎えている。香港《ホンコン》の株が暴落。アジアをリードしてきた韓国経済がもろにそのあおりを食らい失速した。現在、国を挙げての経済対策に追われている。インドネシアは壊滅状態。

日本の現状も厳しい。通貨、証券、債券のトリプル安の基調は続いている。特に消費はいっこうに上向かない。ビッグバンを迎え、国内の各金融機関は海外勢力との厳しい競争にさらされているが、不良債権を抱え十全に競争力を発揮できずにいるのだ。

ブリッジバンクを作り、公的資金で銀行を救おうという動きもあったのだが、今では銀行の責任を追及する声が圧倒的だ。つぶれる銀行はつぶすべきだということだ。

昨夜読んだ大蔵省のレポートの中に、厳しい分析が書かれていたのを思い出した。つまり、北海道の拓殖《たくしょく》銀行のようなことが、沖縄でも起こりうるというのだ。もし、沖縄の地方銀行が経営不振に陥ったら、それを公的資金で救うことはできないというのだ。統廃合という道を選ばざるを得ないが、そうなると地銀をメインバンクにしている地元の産業への影響は大きい。事実、北海道は未曽有《みぞう》の不況に見舞われた。

要するにアジアを相手にしてみたところで、現実的な利益は見込めないのだ。与那嶺室長はロマンを語っているにすぎないと思った。

「実務的な話をうかがいたいのですが」

磯貝は言った。

「その前に知事にお会いになりませんか？」

「知事に？」

その必要があるとは思っていなかった。県の首長に会うとなればそれなりに準備が必要なのではないかと思った。しかし、考えてみれば、自治省キャリアが自治体の首長に気後れする必要はない。

「そうですね。では、ご挨拶《あいさつ》させてください」

知事室はきわめて質素だった。余分な装飾が一切ない。大きなテーブルの上には書類が山のように積まれている。磯貝が抱いていた知事室のイメージが大きく覆された。

来客を迎えるための整頓《せいとん》された居心地のいい部屋を想像していたのだ。ぴかぴかに磨かれた両袖《りょうそで》の大きな机の上には電話くらいしか置かれておらず、県史などの資料がガラス戸のついた書棚に飾りとして並べられている……。磯貝が想像する知事室というのはそういう部屋だった。

しかし、屋良《やら》長量《ちょうりょう》知事の部屋は違っていた。あくまでも仕事をするための部屋だった。客のためのスペースは、机の前に置かれた応接セットだけだった。さすがにその応接セットの周囲だけは、きれいに片づけられている。

「内閣情報調査室からいらした磯貝さんです」

屋良知事は顔を上げた。与那嶺室長同様に精力的な感じがする。頭髪は薄く背は低いが、がっしりとした体格でよく日に焼けている。

血色はよく顔がつやつやしていた。彫りが深く、若いころはかなりハンサムだったのではないかと磯貝は思った。細い切れ長の目が特徴だった。白い開襟シャツを着ていた。

屋良長量は、昨年行われた知事選挙で当選して、今年から県政を担っている。

「いらっしゃい」

快活な笑顔。磯貝は、沖縄の空を連想していた。知事の態度は与那嶺室長とは違って屈託なく感じられた。磯貝はほっとした。歓迎されていないのではないかと思ったのだ。

「国際都市形成構想についてうかがいたく、やってまいりました。よろしくお願いします」

「沖縄県はね、長い間数少ない革新県政のひとつだった。だから、中央から誰かがやってくると聞くとどうしても構えてしまう」

「私はそういう政治的なことを気にする立場にありません。あくまで役所の仕事としてやってきたのですから」

屋良知事は笑った。

「わかっています。私の補佐官を紹介しましょう。比嘉隆晶《ひがりゅうしょう》です」

来客用のソファに腰掛けていた男が立ち上がった。白いシャツにジーパン姿だった。県庁の職員とは思えない恰好《かっこう》だ。しかも長髪だった。癖のある髪が肩に届いている。

「やあ、どうも」

目尻《めじり》に笑い皺《じわ》があった。人懐こい笑顔だ。身長は知事同様に高くはないが、たくましい体つきをしている。

「補佐官？」

「正式には県庁の役職に補佐官というのはありません」

屋良知事が説明した。「彼は、私の選挙参謀でした。私にはなくてはならない人材でね。正式の役職名は企画調整室の職員だが、私は補佐官と呼んでいます。身分は特別職の地方公務員ということになっています」

「よろしく」

比嘉隆晶は、右手を差し出した。名刺交換の代わりに握手を交わした。力強い握手だった。

「あなたが滞在中は、この比嘉君に案内を頼むことにしましょう。何でも尋ねてください。そして、比嘉君の言うことは私の考えだと思っていただいてけっこうです」

えらく信用しているのだな。

そう思ったとき、磯貝は思い出した。知事選挙の際に、屋良候補には沖縄独立論者の選挙参謀がついていると話題になったことがある。

その選挙参謀がこの比嘉隆晶か……。なんだかきな臭いじゃないか。

今回の出張の目的はあくまで、国際都市形成構想推進室の現実性と問題点をつぶさに観察することだ。それについての、外務、大蔵、通産各省の意見を事前に聞いていた。

これら三省に沖縄開発庁を加え、沖縄問題研究会というものを作った。内閣官房主導の研究会だったため、その切り盛りを内閣情報調査室が担当した。磯貝は専任でその研究会に参加していた。彼が沖縄出張を命じられたのはそのためだった。

国際都市形成構想推進室に、沖縄独立論者と言われた人間が関与している。この事実は、見逃しにはできないと思った。

内閣官房や内閣情報調査室の上層部は当然この人事を知っているはずだ。それについて報告するのも、磯貝の任務のはずだった。

沖縄と政府は基地問題を中心に確執を繰り返している。ことあるごとにその問題は再燃しつづけている。小さな火種でも事前に察知していれば、政府の対応はそれだけ楽になる。

「さっそくですが」

磯貝は言った。「国際都市形成構想がどの程度進んでいるか、教えていただきたいのですが……」

「それも、俺が説明しよう」

比嘉隆晶が言った。

「現場の担当者ではなくて、あなたが……？」

今度は磯貝が警戒する番だった。県庁では何かを隠そうとしているのではないか……。

比嘉隆晶は穏やかにほほえんで言った。

「推進室の作業は多岐にわたっている。それぞれの担当者に別個に話を聞いたのでは混乱する恐れがある。俺は、構想について全体を把握している」

磯貝は与那嶺室長を見た。与那嶺はうなずいて言った。

「補佐官の言うとおりです。私たちは、たいてい補佐官の指示によって動いています。つまり、それは知事の指示ということです」

「そうですか」

磯貝は曖昧《あいまい》に言った。中央の省庁のやり方に慣れている磯貝には、どこか違和感があった。まるで、アメリカの政治機構のようだ。あくまでも印象でしかないが、そのとき磯貝はそう感じたのだった。

「それにしても、えらく長い名前ですね」

磯貝が言うと比嘉が柔和な笑顔でこたえた。

「お役所的だよな。俺は、C推進室と呼んでいる」

「C推進室？　Cは何の略です？」

「コスモポリスさ」

「コスモポリス」

磯貝はかぶりを振りたい気分だった。

時代錯誤も甚だしい。コスモポリタニズムなど、過去の夢物語でしかない。それは、国際社会が現実化する以前の夢想の産物であり、共産主義者からも、ブルジョア・イデオロギーとして非難された。

沖縄県庁の構想の土台となっているのは、夢物語なのか……。

屋良知事は、ひょっとして現実的な政治家とは言えないのではないだろうか？　磯貝はそんな疑問を感じていた。

磯貝は場所を移して、比嘉から国際都市形成構想について聞いた。昨夜、読んだ資料と変わらない内容だった。通産省が概要を把握していた。

この構想は、沖縄県が一九九六年十一月に決定し、九七年五月に基本計画をまとめた。当時の知事は大田昌秀《おおたまさひで》だったが、屋良知事はその計画を受け継いでいた。「平和交流」「技術協力」「経済・文化交流」の三本柱で地域振興を目指すという内容で、二〇一五年までの基地全面撤去という県の返還アクションプログラムを前提に、普天間《ふてんま》飛行場返還後の平和都市建設などを盛り込んでいる。那覇港のフリートレードゾーンも当然その視野に入っている。

那覇港に関して言えば、フリートレードゾーンを拡充して、海外資本を積極的に導入する。関税を廃して世界的な流通センターを作るという構想だ。沖縄をシンガポール化するといえばわかりやすいか。しかし、シンガポールと沖縄は、政治的にも軍事的にも意味合いが違う。シンガポールに倣うべき点と、沖縄独自に考えなければならない点があると比嘉は言う。

比嘉は、磯貝を那覇港のフリートレードゾーンに案内した。黒塗りのハイヤーでも使うかと思ったら、比嘉の自家用車に乗せられた。

年代物のサニーだ。

フリートレードゾーンは閑散としていた。日本にここだけしかないという自由貿易地域は、あまり成功しているとは思えなかった。

二・七ヘクタールの土地に、倉庫と水産加工などの工場が並んでいる。

「一九八八年のスタート当時には、水産加工を中心に二十九社が参加していた。今じゃたったの九社だ。そこに、シンガポールとは違う沖縄の特殊事情がある」

「どういうことです？」

「政府の規制だ。例えば、こんなことがあった。アルゼンチンからノルウェーに輸出するイカを、ここで中間加工しようとした業者がいた。苦労の末、話がまとまりかけたが、政府が量を制限したことで、この商談はご破算になった。自由に貿易しようとしても、あらゆるところで規制がかかる。政府は国内の企業を保護しようとする。このエリアで仕事をしようとする業者を国内の業者とは見なさない。規制緩和を求めているのは、アメリカだけじゃない。ここの業者も切実に求めている」

比嘉は、港を細めた目で眺めながら言った。その口調はあくまでも穏やかで表情は柔和だ。しかし、その言葉はあきらかに政府に対する批判だった。磯貝はそう受け止めた。

磯貝は、那覇のフリートレードゾーンが直面している問題よりも、比嘉の政府に対する批判的な物言いのほうに興味を引かれた。

シャッターを下ろした加工工場や、使われている様子のない倉庫の前を歩きながら、これは県の失策ではないかと思った。沖縄県は雇用不足に悩んでいる。解決を急ぐあまりの勇み足だったのかもしれない。比嘉はそれを政府の規制のせいにしているようだ。

比嘉は、振り返った。後ろの様子を見ている。そういえば、ここへ来るまでの車の中でも、しきりにバックミラーを覗《のぞ》き込んでいた。

「沖縄の人は後ろを気にする習慣があるのですか？」

「なんだって？」

「何度も振り返って後ろを見ている。空港から県庁まで一緒だった女性もそうだった」

比嘉はにっこりと笑った。穏やかな笑顔に見えるが、磯貝は気になった。その眼が意外に鋭い。

「沖縄の人間でなくても、政治に関われば用心深くもなる」

「政治に関係なさそうな若い女性もそうでしたよ」

「女性にはわれわれとは違う危険がつきまとう。特にいい女にはね。その女、別嬪《べっぴん》だったかい?」

「ええ、そうですね……」

比嘉はひときわ人懐こい笑顔を見せた。

「ならば、そういうことだろう」

比嘉隆晶は、磯貝をサニーでホテルまで送った。県庁の近くの那覇グランドホテルだった。

「夕食はどうする?」

比嘉が尋ねた。磯貝は、ちょっと驚いた。いくら県庁勤めに慣れていないとはいえ、この言いぐさは意外だった。中央の官庁からやってきた人間に対して夕食の段取りを整えておくのがこれまでの常識だった。

「別に予定はありませんが……」

磯貝は、皮肉に聞こえるように言った。比嘉はまったく意に介さないようだった。

「それじゃ、一緒に食べようか。六時に迎えに来るよ」

そう言うと、さっさとロビーを横切ってホテルを出て行った。磯貝は荷物を下げたまま

その後ろ姿を見つめていた。

2

ホテルの部屋に入った磯貝は、シャワーを浴びるとさっそく出張の報告書のためのメモをまとめた。フリートレードゾーンは、県の失政かもしれない。また、新知事のブレーンは、かつて沖縄独立論を唱えていたという噂があり、反政府的な言動が垣間《かいま》見られる。そのようなことを付け加えるつもりだった。

約束の時間にロビーに下りると間もなく比嘉がやってきて、二人は徒歩で街へ出た。磯貝は沖縄の夜を楽しみにしていた。初めての沖縄だ。旅の魅力は何といっても土地の食べ物だ。夕食には当然、それなりの場所が用意されるものと思っていた。一流料亭や一流レストランを期待していたわけではない。しかし、客をもてなすのに見合った店というものがある。

観光客相手の沖縄料理屋でもかまわない。磯貝は客として扱われると思っていたのだ。ところが、比嘉が案内したのは裏通りの定食屋だった。カウンターしかない、肉体労働者が利用するような店だ。

入り口で立ち尽くす磯貝に、比嘉は言った。

「どうした？　ここは気に入らないか？」

「私は沖縄が初めてでしてね」

「それで？」

「沖縄料理を楽しみにしていたんです」

「ここにもソーキそばなんかはある。チャンプルーだって作ってくれるさ。俺はよくここで夕飯を食う。味は保証付きだ」

比嘉はさっさと店内に入り、カウンターに向かってどっかと腰を下ろした。カウンターの中が厨房《ちゅうぼう》になっている。比嘉は中にいる男と顔見知りらしく、何事か話し合っている。その内容がさっぱりわからない。外国語を聞いているようだった。

磯貝は、仲間外れにされたようでますます不機嫌になった。

「沖縄の料理が食べたいと言っていたな。ならば、飲み物もこちらのものがいいな」

「おまかせしますよ」

比嘉はカウンターの中の従業員に向かって言った。

「オリオンビールだ。つまみに、トウフヨウをくれ」

トウフヨウは、強烈な食べ物だった。豆腐を泡盛に漬け込んで作るということだが、癖のあるチーズか酒粕《さけかす》の塊といった感じだった。爪楊枝《つまようじ》などで少しずつなめるように食べるものだということだが、比嘉はそんなことを説明しなかったから、磯貝は一塊を口に放り込んだのだった。

トウフヨウの洗礼ではじまった食事は決して楽しいものではなかった。とにかくそこはただの定食屋なのだ。ゴーヤチャンプルーも出てきた。ミミガーや海葡萄《うみぶどう》も出てきた。焼いたグルクンや熱帯魚のように色鮮やかな魚の刺身も出てきた。たしかに沖縄料理を食いたいという磯貝の要求は果たされたが、不満が残った。

食事が終わると、比嘉が言った。

「時間があるのなら、俺の店に寄っていかないか？」

「あなたの店？」

「そう。選挙以来、俺は県庁で働かされているが、もともとはしがないスナックのマスターだ」

何だか情けなくなってきた。軽く扱われているような気がしてしかたがない。誘うならもっとましなところに誘ってほしかった。

比嘉が経営しているスナックになど行きたくなかった。どんな店かはわからない。行けばそれなりに楽しめるのかもしれない。だが、磯貝は意地になってしまった。

「いえ、今日は疲れましたのでホテルに帰ることにします」

実際疲れてもいた。前夜はあまり寝ておらず、今朝は、暑さのせいで脳貧血を起こしていたのだ。

「俺は店に顔を出さなくちゃならない。ホテルへは一人で帰れるか？」

この一言で、送ってもらう気などなくなった。迷ったとしても一人で帰りたかった。

「一人でだいじょうぶですよ」

比嘉は、うなずき、片手を上げた。

「じゃあ、明日《あした》また県庁で会おう」

磯貝は一人でホテルに戻り、部屋で缶ビールを飲んで寝てしまった。せっかくの沖縄の夜だったのにな、と磯貝は思った。あの白いワンピースの若い女性のおかげで第一印象はよかったのだが、比嘉のせいですっかり気分を壊されてしまった。


翌日は、比嘉の案内で普天間基地をはじめとする島内の基地を見て回った。跡地に国際平和都市建設が予定されている普天間基地には海兵隊航空基地がある。大型のヘリコプターがまだ列をなして駐機している。どの基地も広大な敷地面積に立派な建物が建っていた。日本の風景ではなかった。見渡す限りの緑の芝生に白い住居。短パンをはいた米兵が芝生でくつろいでいる。

比嘉は特にコメントをせず車を走らせた。贅沢《ぜいたく》な土地の使い方をしている。それが磯貝の素直な感想だった。だが、その地代で生計を立てている地元民がいるというのも事実なのだと磯貝は思った。その借地料の大部分を払っているのは日本政府なのだ。

炎天下に車を走らせるので、エアコンを入れても限界がある。差し込む日差しは防げないのだ。磯貝は尻《しり》とシートの間にじっとりと滲《にじ》む汗が不快だった。夕刻になり、比嘉の車はようやく那覇に近づいた。反対方向の車線は大渋滞だ。

磯貝は、また比嘉が何度もバックミラーを覗《のぞ》き込んでいるのに気づいた。

仲泊美里といい、比嘉といい……、比嘉はたいした意味はないと言った。しかし、気になった。磯貝は二人のまねをしてみる気になった。リアウインドウから後ろを見る。見たからといって、何がわかるわけでもないはずだった。自嘲《じちょう》じみた苦笑を浮かべ、向き直った磯貝は、ふと気になって再び後ろを見た。

気のせいだろうか。すぐ後ろを走る車に見覚えがあるような気がした。紺色のセダン。空港からタクシーで県庁に向かうときにも見たような気がする。

しかし、確かではなかった。

尾行されている？　まさかな。尾行される理由などない。磯貝は気のせいだと、片づけることにした。

「さて、仕事も終わった」

比嘉が言った。「俺は一杯やりたい気分だが、あんたはどうする？」

「付き合いますよ」

比嘉は、目尻に皺《しわ》を寄せてにこやかに笑った。ひょっとしたら、この笑顔が曲者《くせもの》なのではないかと磯貝は思った。どうも、気を許してしまいたくなる。

国際都市形成構想を推進するにあたり、政府と沖縄県との間がぎくしゃくしている。その理由について調査するのが自分の役割だと思っていた。比嘉の思惑を調べなくてはならない。つまり、それは知事の思惑を調べるということだ。

昼間の仕事は、形式どおりのものだった。それが役人の仕事だ。何かを調べようとするとき、政府の役人は抜き打ち調査など決してしない。期日を相手に教え、段取りを組む。相手に準備をする猶予を与えるのだ。問題の本質を暴露せず調査したという事実だけを残すためだ。

政治に携わっている者は誰でも、叩《たた》けば多少の埃《ほこり》は出る。それを見て見ぬふりをするのが武士の情けというやつだ。実際、このシステムはおそらく徳川時代の幕藩体制の頃に培われたものではないだろうか。いや、ひょっとしたら、大和朝廷の時代からの伝統かもしれない。

どんなに時代が移り変わろうと、日本人はそうした体質から簡単に脱却はできないのだ。だから磯貝もそれに従う。それは、合理主義者から見れば、ばかばかしいことかもしれないが、日本の政治システムを運営するには便利なやり方だ。どんなに政治改革を声高に叫ぼうとも、そのシステムが変わるとは思えない。

ならば、その世界にいる限りはそのやり方に従うほうが利口だ。

磯貝はそう割り切っていた。

そして、本当の政治の運営は夜に行われる。それは政治家も官僚も同じだ。政治家たちは閣議や本会議が終わった後で、密談を繰り返す。官僚も、夜の接待の席で物事を決断する。本当に重要な判断はそうして下されるのだ。

磯貝の本当の活動も日が暮れてから始められる。表向きの用とは別の調査活動だ。

夕食は昨日と同じ店だった。だが、磯貝は昨日ほどの落胆を感じなかった。比嘉の考え

ことが目的だからだ。そのためには比嘉という男をよく知らなければならない。

店と同じような料理が並べられたが、磯貝にとってはそんなことはどうでもよかった。一度試してみれば、郷土料理などに興味はない。すすめられるままにオリオンビールを飲み、泡盛のロックを飲んだ。

　比嘉が店に引き上げるというので、磯貝は行ってみたいと言った。

「ほう。昨日と違って、今夜は付き合いがいいじゃないか」

「昨日は、体調があまりよくなかったのですよ。睡眠不足の上、暑さにやられて……」

「あんた、運がいいよ。今夜は特別のライブがある」

「特別のライブ？　誰が出演するんです？」

「俺さ」

　比嘉は車を北に向けて飛ばした。

「店は那覇じゃないんですか？」

「コザだ」

「コザ……？　沖縄市ですか」

「そう」

「沖縄市から県庁へ通っているのですか？」

「道がすいている時間に車を飛ばせば三十分もかからない。もっとも朝の渋滞につかまるとその三倍はかかるがね。まあ、どうということはない。県庁の仕事が忙しくなれば、店へは帰らない。知事の公邸や友人の家に泊まる。運がよければ、その夜知り合った女性とホテルに泊まることもある」

「本当ですか？」

比嘉は助手席の磯貝のほうを向いてにっと笑った。いつもの人懐こい笑顔だ。そしてそのついでとでもいうように、バックミラーを見た。

つられるように磯貝も後方を見た。ヘッドライトが一対、後に続いていた。どんな車かは暗くてよくわからない。

磯貝は、昼間見た紺色のセダンを思い出していた。ふと、比嘉に尋ねてみようかと思った。だが、何をどう尋ねればいいのかわからず、結局何も言いださなかった。

やがてあたりが明るくなった。車が街の中に入ったのだ。

「さあ、ここだ」

車を停めると、比嘉が言った。

こぢんまりしたビルの正面に、地下に降りる階段がある。比嘉は車をその前に放置したまま、階段を下《くだ》った。東京の繁華街に慣れている磯貝にはその通りは暗く感じられた。人通りもまばらだ。街灯のかすかな光の下で、立ち話をしている人々の姿が見える。

外国人の姿もある。磯貝は外国の街にいるような気がした。『ビート』と書かれた厚いのドアを開けると、すぐにキャッシャーの小窓があった。左手にそれほど広くないフロア。その奥に狭いステージがある。ステージは、申し訳程度に客のフロアより高くなっている。店内は、過剰なくらいに冷房が効いていた。

比嘉はスナックと言ったが、ライブハウスと言ったほうがしっくりとくる。磯貝の年代ではあまり馴染《なじ》みがないが、ライブハウスを知らないわけではなかった。壁面は板張りだが、煙草の脂《やに》が染みて重厚な味わいになっている。あまり座り心地がよさそうでない椅子がテーブルの周りに適当に置かれていた。

ぎっしりと客を詰め込めば、五、六十人は入るだろうか。だが、何人入るかなどという心配は無用のようだった。適度に客は散らばり店の中には余裕がある。十人ほどしか客がいないのだ。若い客はいない。比嘉が店に入っていくと、客たちは会釈したり声を掛けたりした。皆馴染みの客のようだ。

「いらっしゃいませ」

後ろから若い女性の声がして磯貝は振り向いた。

「あ……」

磯貝は目を見開いていた。まさかと思った。幸運を天に感謝したくなった。磯貝に声を掛けたのは仲泊美里だった。あの白いワンピースの女性。今は、ざっくりとした白いシャツにはき古したジーパンをはいている。

形のいい脚と腰。ジーンズがよく似合っている。

美里のほうは、それほど驚いたようには見えなかった。メニューを脇に挟んでいる。

「たまげたな。あなたはここの従業員なんですか？」

美里はほほえんだ。

「今夜は元気そうですね」

「いや、こんな偶然もあるんだな……」

「どうぞ、お好きな席に……」

磯貝は、気のきいたことでも言おうと思ったが思いつかなかった。眼で席を選んでいると、比嘉が磯貝を呼んだ。比嘉は、ステージから見て後ろのほうの席にいた。その席には比嘉の他に三人の客がいた。

磯貝がそのテーブルに近づくと、比嘉は言った。

「紹介しよう。今夜のプレーヤーたちだ」

磯貝はその三人を見た。奇妙な取り合わせだと感じた。一人は恐ろしく体が大きい。髯《ひげ》が濃く髪が長い。バンダナを鉢巻きのように巻いている。黒いTシャツにジーパンという姿だが、腕が太く胸板が厚い。一人はほっそりとしている。きちんと整髪されており、長《なが》袖《そで》のシャツの腕をまくっている。コットンのパンツをはいているが、身につけているものはいかにも高級そうだった。一人は眼鏡を掛けた小柄な男だ。神経質で知的な感じがした。

比嘉が、たくましい巨漢を指して言った。

「古丹神人《こたんかみと》だ。あんた、自治官僚だと言っていたから知っているかもしれないな」

磯貝は驚いた。その名前に聞き覚えがあった。

「北海道議会議員の……？」

「そうだ。昔の俺のバンド仲間だ。彼はピアニストだった」

次に比嘉は、ほっそりとした男を指さした。

「遠田宗春《おんだそうしゅん》。遠田流茶道の当代家元だ。こいつも昔のバンド仲間。ベーシストだった」

「茶道の家元……」

「そして、こいつが猿沢秀彦《さるさわひでひこ》。こう見えても大学教授様だ。サックスを吹く」

「これが、今夜の出演者ですか……」

「そう。年に何度かこうして集まる。皆忙しい身なのでなかなかスケジュールが合わなくてたいへんなんだ」

「昔、バンドをやっていたのですか？」

「東京のライブハウスで演奏していた。西荻《にしおぎ》にある店だが、まだあるんだろうな。ずいぶん行ってない」

なるほど……。昔を懐かしんでこうして集まるわけか。一線を退いたミュージシャンが遊びで演奏をする。かつてのファンが何人かやってきて、昔話に花を咲かせるというわけだ。華やかだった一時代が忘れられない連中の手慰みだ。

今夜の演奏者を除けば、客は数人ということになる。なんとも淋《さび》しいライブだと思った。昔プロだったというから、それなりには聴けるのだろう。だが、そんなものに付き合わされるのはなんとも迷惑な話だ……。

それよりも、磯貝は美里のことが気になっていた。美里はキャッシャーのカウンターの後ろに立っている。何かをしきりに整理している。今声を掛けに行くのは憚《はばか》られた。なに、こんなにすいているんだ。チャンスはいくらでもあるさ。

それにしても……。

磯貝はあらためて、目の前の四人を見た。北海道の議員、茶道の家元、大学教授。それに、沖縄県知事の参謀。なんというメンバーだろう。比嘉の人脈と考えると、これは無視できなかった。特に北海道議会議員の古丹神人は無視できない。

比嘉は、磯貝を三人に紹介したが、人並みの関心を示したのは猿沢秀彦だけだった。古丹神人は、うさん臭げに一瞥《いちべつ》しただけだったし、遠田宗春はかすかに目礼をしたきり磯貝のほうを見なかった。

久しぶりに会った四人は、話が尽きない。会話の中心になっているのが比嘉だ。古丹はときおりほほえむだけで、ほとんど口を開かなかった。

「さて、じゃあ始めるか……」

比嘉がそう言って立ち上がった。その言葉を合図に店にいた全員が立ち上がった。手分けしてテーブルを外に運び出したり、椅子をステージに向けて並べたりしはじめた。

何が始まったのかわからなかった。古丹神人、遠田宗春、猿沢秀彦は、ステージ脇にあるドアの向こうに消えた。そこが楽屋のようだった。

比嘉が磯貝に言った。

「特別に特等席を用意してやろう。最前列に座っていいぜ」

「これ、どういうことです？」

「言っただろう？　ライブが始まるのさ」

「テーブルを外に出したのはなぜです？」

「今にわかる」

比嘉は時計を見た。「そろそろ集まっているな。いいだろう。客を入れてくれ」

美里がうなずいた。どうやら、客と思っていた男たちはスタッフのようだ。出入り口に三人立ち、あとはステージ脇に立っている。美里がドアを開けると、我先に人がなだれ込んできた。磯貝は驚いた。店内はあっと言う間に人でいっぱいになった。椅子に座れたのは列の先頭に並んでいたごくわずかの人々で、あとはすべて立ち見だった。

比嘉が言ったとおり、テーブルを撤去した理由はすぐにわかった。一人でも多くの客を入れるためだ。実際客ははみ出しそうだった。

皆、店の外で待っていたらしい。おそらく列を作っていただろう。磯貝がこの店に着いたときには誰もいなかった。あっという間に客が集まったということになる。

現役を退いたプレーヤーの演奏を聴きに、これだけの人が集まるというのはどういうことなのだろう。

店内はラッシュ時の電車さながらだった。しかも、周囲の客の話からすると、沖縄だけではなく本土からやってきた客もいるようだ。

これがアイドルのコンサートやイベントならわからないでもない。だが、ジャズだぞ。時代後れのジャズだ……。

「やっぱり前に座ったほうがよかっただろう？」

比嘉が磯貝に言った。磯貝は、キャッシャーの脇に避難しており、比嘉もそこにいた。キャッシャーの脇は比較的すいている。それだけではなく、キャッシャーの中には美里がいるのだ。演奏になど興味がない磯貝は、できるだけ美里のそばにいたかった。

それにしてもなんという偶然だろう。また彼女に会えるなんて。これは縁があると考えていいんじゃないだろうか……。

「じゃあ、また後でな」

比嘉はそう言うと、ステージに向かった。客がどっとわいた。効きすぎだと思っていた冷房が役に立たなくなっている。ねっとりとした南国の夜の暑さとはまた異質な熱気が店内を支配しはじめている。

客の中で唯一磯貝だけがステージを見ていなかった。彼はそっと美里を盗み見ているのだ。

長く癖のない髪を自然に垂らしている。飾り気のないシャツにジーパン。あっさりとした服装が彼女のプロポーションのよさを際立たせている。

彫りの深い顔によく光る大きな目。沖縄ならではの美人だな……。

突然、すさまじい音が轟《とどろ》いて磯貝は度肝を抜かれた。

店中から歓声が上がる。

比嘉がバスドラムとフロアタム、ハイハット、トップシンバルを同時に打ち鳴らしたのだ。

その余韻が消えぬうちに、二本のスティックがスネア、タムタム、フロアタムと流れた。そしてまた、トップシンバルとバスドラムの一打。

比嘉はドラムソロを始めた。小刻みに動く左手のスティックは絶えずスネアを連打している。右のスティックは縦横無尽にドラムセットを駆けめぐる。

双方のスティックは、空中に大小の円を描いている。激しいが、耳障りではない。それが不思議だった。磯貝は、あっけに取られて比嘉を眺めていた。

ドラムソロのテンションが上がるにつれ、客の興奮も高まっていく。スネアとタムタムの連打にトップとサイドのシンバルのアクセント。客の何人かが指笛を吹き始めた。フィッ、フィッという沖縄民謡などで聞かれる指笛だ。

のっそりと古丹神人が姿を現した。無造作にピアノの椅子に腰掛けると、じっと比嘉を見つめている。比嘉は、さらに演奏のテンションを上げていく。

バスドラムとハイハットが一定のテンポをキープし、二本のスティックの先は見えないほど速くなっている。

スネアの連打、シンバルを叩《たた》き鳴らし、さらに連打。

その頂点で、比嘉は古丹に視線を飛ばした。その瞬間に、ピアノが爆発した。磯貝にはそうとしか思えなかった。

ピアノから重厚な音の固まりが放出されたのだ。古丹の十本の指は、低音域から最高音までを一気に駆け抜けた。その頂点で、比嘉のシンバルが響く。

比嘉と古丹はじっと睨《にら》み合いながら演奏している。それは激しいバトルだった。磯貝にはそう感じられた。

古丹は、左手で重厚な不協和音を叩き出しながら、右手を躍らせた。華麗な演奏だった。力強くなおかつ繊細。ひどく乱暴な演奏のように見えるが、ピアノから叩きだされる音は美しかった。

今度は、比嘉と古丹二人で高まっていく。頂点で比嘉はシンバルとフロアタムをしつこく叩き鳴らした。

長く続く絶頂感。

比嘉が双方のスティックをスネア、タムタム、フロアタムと流すと、汐《しお》が引くように演奏は落ち着いた。

そこへ遠田宗春が登場した。ウッドベースを立て、アタッチメントにつながるデジタルディレイマシンとアンプのつまみを確認する。次第に比嘉の音が抑えられていく。やがて、比嘉のドラムが止んだ。

澄みきったベースの音が響きわたった。遠田は一番細いG弦を多用して早弾きを披露した。美しい長い指がネックを上下し、右手では繊細なピチカートを続けている。

その美しい音色を聴いているだけで、磯貝はなんだか夢を見ているような気分になってきた。暑くて不快な人込みの中にいることを忘れてしまいそうだった。

古丹も抑え気味にして、和音だけで遠田についていく。比嘉と違い、遠田は一切古丹のほうを見なかった。磯貝はベースというのは地味な楽器だと思っていた。しかし、遠田はベースを主人公とし、ピアノをわき役にしていた。長く続くベースソロ。コントラバスという楽器からこれほど多彩な音色が出るとは思わなかった。

猿沢秀彦が登場した。マウスピースを口で湿らせ、舞台袖《そで》で比嘉と遠田を見つめている。遠田は何の合図も出さない。だが、演奏者たちは遠田の意図がわかっているようだった。

猿沢がマイクの前に歩み出る。比嘉がスティックを手にした。

一番太いE弦を開放弦のまま弾いて長いベースソロが終わった。

その瞬間に、冒頭と同じく比嘉のドラムが吼《ほ》えた。同時に、古丹のピアノからまた音の砲弾が発射された。

猛然と猿沢のサックスが飛び込んでくる。猿沢のアルトサックスは、広い音域を行き来した。ドラム、ピアノ、ベースの音の間を巧みに縫うように駆け抜ける。

知的で冷静そうに見えた猿沢が、身をよじってひたすらアルトサックスを吹き鳴らす。たちまち汗まみれになった。やがて、高音域に上り詰めたまま降りて来なくなった。さらに高い音を絞り出そうとしているようだった。

比嘉がスネア、タムタム、フロアタムと流れる。次の瞬間、比嘉のシンバル、古丹の重低音、遠田のE開放弦がぴたりと同時に鳴らされた。

力尽きたように猿沢のソロが終わる。

比嘉がタムタムを連打した。

四人がそろってぴたりとテーマを奏でた。短いテーマだが印象的だ。客席がわいた。

テーマを終えると、再び四人は猛然とフリーソロに突入していった。

磯貝は茫然《ぼうぜん》としていた。すでに演奏が終わり、客は店を後にしていた。フロアでは係員が後片付けをしており、比嘉たち四人のプレーヤーがオリオンビールを飲んでいた。

一線を退いたプレーヤーの手慰み。昔を懐かしむだけの集まり。それは明らかな間違いだった。磯貝は生まれて初めてこんな音楽を聴いたと感じていた。

客があれだけ集まる理由があったのだ。磯貝は納得した。比嘉という男を少しばかり見直した気分だった。彼の態度は自信に裏打ちされていたのかもしれない。

「どうでした、演奏」

美里が声をかけてきた。演奏の間は美里のことすら忘れていた。

「いやあ、感動しました。こんなの初めてです」

「伝説のバンドなんですよ。今じゃそれぞれに立場があってなかなか演奏ができない。年に何度かこうやって集まってセッションをやるんです」

「じゃあ、僕は本当に運がよかったんだな」

「そうですね」

「運がいいと言えば、君のこともそうだ。また会えるなんて思ってもいなかった。まさか、比嘉さんの店で働いているなんて……。本当になんと言うか奇跡のようだ」

「奇跡だなんて」

美里は軽く受け流した。「ただの偶然だわ」

磯貝は美里が、この偶然にあまり驚いていないのに落胆した。驚きが何か別の意識に変わってくれれば。例えば、運命的なものを感じるとか……。そんなことを願っていた。

時計を見るとすでに十二時近かった。

「もうこんな時間か……」

磯貝は言った。「そろそろ帰らなくちゃ……」

「あら、沖縄の夜はこれから始まるのよ」

「これから……？」

「いちばん盛り上がるのは夜中の二時頃かしらね。みんなそのくらいまで遊んでいるわ」

「明日《あした》の仕事はどうするんです」

「もちろん行くわよ。沖縄の人は遊びにも仕事にも一所懸命なの」

磯貝は、急に冷静になった。役目を思い出したのだ。沖縄の人々は深夜まで遊んでいる。もっとも、皆がみんな夜遊びをしているわけではないだろうが、それで生産性に悪影響はないだろうか……。

「とにかく、僕は夜遊びがあまり得意じゃないんで、この辺で引き上げることにしますよ」

比嘉は磯貝を放っておいて、プレーヤー同士で談笑している。そのほうがありがたかった。こうして美里が相手をしてくれる。

「君は毎日ここにいるの？」

「そうよ。仕事ですもの」

「明日もまた来ようかな……」

「比嘉さんが喜ぶわ」

比嘉なんてどうでもいい。君に会いに来るんだ。

磯貝ははっと考え直した。出張の目的をおろそかにしてはいけない。比嘉の考えを知ることも重要な目的のひとつだ。

「そうだね。じゃあ、僕は比嘉さんに挨拶《あいさつ》してくる」

磯貝は美里のそばを離れたくなかった。

ホテルに帰ると比嘉に告げると、比嘉は驚いたように言った。

「今日はうちに泊まればいいじゃないか。夜はこれからだ」

「いえ、明日も早いですから……」

「そりゃ俺だって同じことだよ。一緒にいたほうが明日のことだって便利だろう」

「やっぱりホテルに帰ります。そのほうが落ち着くし……」

「そうか。まあ、これ以上引き留めても仕方がない。じゃあ、タクシーを呼んでやるよ。おーい、美里、タクシー一台だ」

仕事のことを考えると、このまま比嘉といて彼の家に泊まったほうがよかったのかもしれない。しかし、磯貝はどうしてもホテルに帰ってゆっくりと休みたかった。比嘉といると神経が休まらない。仕事という意識があるせいかもしれない。

どこか比嘉を欺いているという意識がある。

あまり親しくなりすぎるのも問題だと思った。あくまでも距離を置いて観察しなければならない。冷静に比嘉の存在を分析することが必要なのだ。

『ビート』を出て階段を上がった。通りの向こう側にタクシーが駐車していた。通りにはまだ通行人の姿が見える。美里や比嘉が言ったとおり、沖縄の人々はまだまだ遊びつづけるらしい。

通りを渡ろうとしたとき、離れたところに停まっていた車が急発進して磯貝の目の前に停車した。あやうく轢《ひ》かれそうになった。

「何だよ、危ないな」

磯貝は肝を冷やしたが、次の瞬間に別の危機感を覚えた。目の前に停まった車は、紺色のセダンだった。見覚えがあると感じた車かもしれない。

後部ドアが開き、二人の男が飛び出してきた。

磯貝はその場に立ち尽くしていた。咄嗟《とっさ》に何の反応もできない。男たちは険しい眼で磯貝を見ていた。まったく知らない男たちだ。

一人は背の低い男。もうひとりはたくましい男だった。背の低い男は派手なアロハシャツに白っぽいズボン。大柄のほうは黒いTシャツに黒いズボンだった。黒いTシャツのたくましいほうが磯貝の腕を取った。アロハシャツの男が言った。

「ちょっと、話がある」

その言葉に大陸訛《なま》りがあるような気がした。

「何だ、君たちは？」

「訊《き》きたいことがある。車に乗るんだ」

「何だ、いったい何なんだ？」

アロハシャツの男は早口で黒いTシャツの男に何かを命じた。中国語のようだった。黒いTシャツの男は、磯貝の腕をつかんでいる手に力を込めた。ぐいと強く引く。逃れようと思ったが振り切れない。

そのまま車の後部座席に押し込まれそうになった。

「やめろ！　何をするんだ！」

誰か助けに来てくれないかと周囲を見た。通りを行く人々は何事かとこちらを見ているが、誰も近寄ろうとはしない。

そのとき、歩道を三人の男たちが駆けてくるのが見えた。アロハシャツの男が舌打ちをした。

駆けてきた連中が、声高に何かを言った。アロハシャツの男が言い返す。

突然、すさまじい音が街に轟《とどろ》いた。ビルの壁に小さな火花が飛んだ。アロハシャツの男と黒いTシャツの男はさっと車の陰に身を隠した。磯貝は何が起きているのかわからず、立ち尽くしたままだった。

すぐ近くで炸裂《さくれつ》音がして、耳がおかしくなった。黒いTシャツの男がリボルバーを突き出している。それを見て、撃ち合いが始まったのだと悟った。

すっかりパニックを起こし、身動きがとれなくなった。

三人組のほうがまた一発撃った。黒いTシャツが撃ち返す。耳が痛んだ。

銃声がこれほどすさまじいものとは知らなかった。磯貝はどこか頭の片隅でそんなことを考えていた。

突然、背中に強い衝撃を感じて磯貝は歩道に倒れた。肩をアスファルトに打ちつけてしまい、その痛みで我に返った。

誰かが磯貝に覆いかぶさるように押さえつけている。強い汗の臭い。

「死ぬ気か!」

その男が言った。これも日本人ではない。白人だ。

車のドアが閉まる音がした。紺色のセダンが再び急発進する。タイヤの焦げる臭いがした。磯貝を押さえつけていた白人がゆっくりと立ち上がった。用心深く周囲を見回している。

「どうやら、終わったようだ」

白人が言った。

磯貝はおそるおそる立ち上がった。歩道に打ちつけた肩が痛んだ。

「いったい何が起きたんですか？」

「私のほうが訊きたい。私が知っているのは、撃ち合いが始まり、その中であんたがぼんやりと立っていたということだ」

磯貝はようやく事態を把握した。何者かが磯貝を連れ去ろうとした。そこに、別のグループがやってきた。おそらく両者は対立関係にあるのだろう。言い合いが始まり、それはすぐに撃ち合いとなった。呆然《ぼうぜん》としていた磯貝を地面に伏せさせたのが今、目の前にいる白人なのだ。彼は、危険に飛び込んで磯貝を助けてくれたのだ。

「すいません。何しろこんなことは初めてなので……」

まだ恐怖が去らない。口の中が乾いていてうまくしゃべれなかった。体が震えている。

「今度から撃ち合いが始まったら、すぐに伏せるんだ」

そのとき、比嘉の声がした。

「何があった？」

比嘉が『ビート』へ下る階段のところに立っていた。

磯貝は知っている人間が現れたことで安堵《あんど》し急速に現実感を取り戻した。彼は、早口で今起きたことを比嘉に説明した。

「中国人だって？」

比嘉が訊いた。

「ええ。中国語をしゃべっていました」

「あんた、中国語はどの程度わかる？」

「全然ですよ」

「じゃあ、その中国語が北京《ペキン》語か広東《カントン》語か上海語か、はたまた台湾語か区別がつかないというわけだな？」

白人が言った。

「あなた、リュウショウ・ヒガですね」

「そうだが、あんたは？」

磯貝が説明した。

「僕を助けてくれたんです」

「助けてくれた？」

「彼がいなかったら、弾にあたっていたかもしれない」

白人が名乗った。

「ジョン・ブルーフィールド。アメリカ海兵隊の少佐です」

比嘉はしげしげとブルーフィールドをながめた。そのとき初めて、磯貝もブルーフィールドの容貌《ようぼう》を観察した。

茶色の髪に濃い青い眼をしている。唇が薄い。胸板が厚く、半袖《はんそで》のシャツから見える二の腕はたくましく太い。眼は表情豊かでいかにも陽気そうに見えた。

「なるほど……」

比嘉が言った。「海兵隊の少佐なら勇敢なのはうなずける。それにしても日本語がえらく達者だな」

「大学で日本語を専攻していました。ずっと沖縄勤務を希望していて、一年前にようやく願いが叶《かな》えられたのです」

「俺のことを知っているようだが……」

「あなたの演奏を聴いたことがあります。それ以来、あなたのファンなのですよ」

「そいつは光栄だ」

比嘉はようやく表情を緩めると、磯貝に言った。

「一杯やらないと眠れない気分なんじゃないのか？」

「そうですね……」

「店に戻れよ。助けてもらったのなら、ブルーフィールドさんにおごるのが礼儀だ。違うか？」

「ジョン」

ブルーフィールドが二人に言った。「そう呼んでください」

ホテルに一人で戻る気がしなくなった。ブルーフィールドは比嘉と飲みたがっている。磯貝はうなずき、ブルーフィールド少佐を誘って階段を下りた。

3

二日酔いで頭が重く、胃がむかむかした。結局、比嘉の家に泊まることになり、朝、車で県庁へやってきた。

なんだか銃撃戦に巻き込まれたのが夢のような気がした。店で飲んでいると、警官がやってきて話を聞きたいと言った。磯貝が説明しようとすると、それより早く、比嘉が警官に、この人は何も知らないと言った。警官たちはそれ以上は何も追及せずに引き上げて行った。比嘉は、心理的なショック状態にある僕のことを思いやってくれたのだろう。そのとき、磯貝はそう思った。

警官たちは比嘉を知っているようだった。知事の参謀なのだから知っていても不思議はないだろう。もし比嘉がその場にいなかったら、警官たちはしつこくあれこれと磯貝に尋ねたかもしれない。

あまりにいろいろなことがあり、磯貝はその夜混乱していた。酒と美里だけが救いのような気がしていた。ジョン・ブルーフィールドは四人のプレーヤーと話ができて有頂天のようだったが、磯貝は彼らより美里に関心があった。

飲んでいると銃撃戦のショックも薄れて気が楽になり、つい飲みすぎてしまった。県庁に着いたが仕事をする気がしない。C推進室係員の話を聞いても上の空の状態だった。

まあいいさ。どうせ、昼間の仕事などカムフラージュみたいなものだ。大切なのは比嘉を観察し、彼が何を考えているかを探り出すことだ。昨日あたりから、磯貝はすっかりそう考えるようになっていた。

比嘉は磯貝と同じ時間まで飲んでおり、しかもひょっとしたら磯貝よりたくさん飲んだかもしれない。なのに今朝は平気な顔をしている。

まったく信じがたいな。彼の体はどうなっているんだろう……。

昼近くなって、見るに見かねたという様子で比嘉が言った。

「ホテルに帰って、しばらく休んだらどうだ?」

「いや、そういうわけにはいきません」

「どうせ、もうじき昼休みだ。昼休みを少し長めに取ると思えばいいさ」

断ろうと思ったが、その申し出はあまりに魅力的で断れなかった。もう、気持ちはホテルのベッドに行っている。ふらふらでホテルに帰ると、冷蔵庫のミネラルウォーターを一本開け、ベッドに倒れ込んだ。

午後二時に再び県庁を訪ね、比嘉に張りついていた。比嘉は次々と仕事をこなしていく。

去年までただのライブハウスのマスターだったとは信じられない。

いや、ただのマスターとはいえないな……。

磯貝は昨夜の比嘉たちの演奏を思い出していた。ステージの模様をありありと思い描くことができた。それくらいに印象的な演奏だった。

そして、あの共演者たち。磯貝は特に古丹神人に興味を持っていた。北海道議会の革新系の議員で、たしか環境保護や先住民の人権の問題に熱心だった。北方領土やサハリンにおけるノービザ外交の推進者でもある。この人脈は無視できなかった。

比嘉はおそらく、もとバンド仲間の人脈を利用して独自のネットワークを作っているに違いない。それが、彼の情報源であり判断の拠り所なのだろう。

沖縄独立論者だという噂だが、それはどの程度の現実味を持っているのだろう？

磯貝は、そこまで考えて苦笑した。

現実味などあるはずがない。比嘉が力を入れているC推進室は、コスモポリスをイメージしているという。それはロマンでしかない。官僚という立場で国の行政にたずさわっている磯貝にはそうとしか思えなかった。

もともとC推進室自体が、理想論から発しているとしか思えない。たしかに沖縄は特殊な地域だ。文化的にも本土とはちょっと違っている。明治になるまで、中国の元号を使っていたという話を聞いたことがある。昔は本土より中国と関係が深かった。言葉も独特だ。祭祀《さいし》の面でも特徴がある。しかも、終戦から七二年までアメリカの統治下にあり、車は右側を走り、通貨はドルだった。

そうした地域の特殊性が、独特のロマンを生み、C推進室に結びついているのだ。沖縄独立論も同様の理想論から発しているに過ぎない。安全保障や通商、経済など、独立して沖縄が得をすることなど何一つないのだ。基地の問題にしてもそうだ。実際に基地は雇用を生み出している。基地の借地料は軍用地主の生活を支えている。沖縄独立となったら、基地の返還問題について、独自にアメリカと交渉しなければならない。アメリカは独立したての小国が駆け引きできる相手ではない。状況は今よりよくなるとは思えない。第一、アメリカ軍が引き上げ、自衛隊も失った状態で国の安全を保障できるはずがない。貿易、地場産業、雇用といった経済も立ちゆかないに違いない。経済と安全保障。この問題がクリアーできなければ独立などできはしないのだ。

ロマンにしがみついているだけなら、比嘉という男はたいした人物ではない。これまでも沖縄独立論を唱える者はいた。だが、実行に移そうという者はいなかった。日本の政府が潰《つぶ》したのではない。ある調査によると、独立を望む県民は半数に過ぎない。しかも、沖縄本島以外の住民はその必要性をまったく認めていない。沖縄内部でも顧みられないのだ。比嘉もそうした独立論者の一人だとしたら、無視していてもかまわないのではないか。

そんなことを考えているうちに、出張の三日目が終わった。明日《あした》は東京に戻らなくてはならない。

今夜は比嘉と、C推進室の係員にそろえてもらった資料もかなり充実したものだった。少しばかり突っ込んだ話をしてみよう。

夕刻になり、ようやく二日酔いも癒えてきていた。東京に帰る前にもう一度美里に会いたかった。今夜も『ビート』を訪ねることにした。

日が暮れて街に灯《あかり》がともると、磯貝は昨夜の銃撃戦のことを生々しく思い出した。恐怖と不安が忍び寄ってくる。昨夜は酒と比嘉たちのおかげで一時的にその恐怖を忘れることができた。というより、思考が麻痺《まひ》していたのかもしれない。

恐怖とともに、猛然と疑問がわいてきた。

昨夜の出来事。あれはいったい何だったのだろう。二人組が車から降りてきて、磯貝を拉致《らち》しようとした。彼らは明らかに日本人ではなかった。そして、彼らが乗っていた車は、空港から県庁にやってくる途中に見かけた車のようだった。たしかではないが、そんな気がした。

ということは、彼らは磯貝を尾行していたことになる。中国人に尾行されたり拉致されかかる理由などあるだろうか？　なぜ彼らは僕のことをさらおうとしたのだろう……。

紺色のセダン。気づいたのは出張の二日目だが、初日にも見かけたような気がした。あれは間違いではなかったのかもしれない。

美里や比嘉の態度が、再び気になりだした。彼らはしきりに後ろを気にしたり、周囲を見回したりしていた。あの紺色のセダンや中国人たちと何か関係があるのではないだろうか。

昨夜、磯貝は『ビート』から出てきたところで拉致されそうになった。もしかしたら、中国人たちは、磯貝を『ビート』の従業員と間違えたのではないだろうか。

比嘉が中国人たちと何か問題を抱えているのかもしれない。だとしたら、すべての説明がつく。美里や比嘉が常に後ろを気にしていたことも、身に覚えのない磯貝が誘拐されそうになったことも……。

だが、あの撃ち合いはどういうことだろう？

しかも街のど真ん中で拳銃《けんじゅう》を撃ち合うとは……。素性はだいたい想像がつく。対立抗争で拳銃を使うような連中。チャイニーズ・マフィアだ。

話には聞いたことがある。新宿の歌舞伎町《かぶきちょう》などはほとんどチャイニーズ・マフィアに乗っ取られたようなものだという者までいる。実際に出会うことになるとは思わなかった。

そんな連中とは無縁の世界で生きてきたのだ。

比嘉はチャイニーズ・マフィアとどんな関係があるのだろう。その点も今夜訊《き》き出さなくてはならない。

夕食は那覇ではなく沖縄市で取った。沖縄市には、有名なステーキハウスやシーフードレストランがあることを、ガイドブックを見て知っていた。しかし、比嘉が案内したのは、ひどく古い居酒屋だった。入るとすぐにカウンターがあり、その向かい側と奥が小上がりになっている。小上がりの座敷の畳は日に焼けているし、カウンターの板もすっかりと黒光りしていた。店に入った瞬間、独特の匂いがした。何の匂いかわからない。発酵しているような匂い。それは本土ではあまりお目にかかれない独特の素材を使った沖縄料理と泡盛がかもし出す匂いであることにしばらくして気づいた。

そこで比嘉は山羊《やぎ》の刺身を振る舞ってくれた。沖縄の名物だが、最近は新鮮でうまい山羊はなかなかお目にかかれないと言った。さらにその店のイカスミ汁は深いこくと風味がありたいへんにうまかった。

「昔はな」

山羊の刺身をつつきながら、比嘉が言った。「棟上げのときなんかに、山羊を一頭つぶして集まった人に振る舞ったもんだ。刺身を食い、蓬《よもぎ》をたっぷり入れた山羊汁を食う。今じゃ、山羊を飼っている家も少なくなった」

「へえ……。それはいつごろの話です？」

「そうだな……。ついこないだだったような気がするな……」

比嘉は泡盛をロックで飲んでいる。目尻《めじり》に皺《しわ》が寄っている。どこか遠くを見るような眼をしていた。

「沖縄返還はいくつのときでしたか？」

「二十二歳だったな」

「ずいぶん変わったでしょうね」

「そうだな。返還前もなかなか楽しかったよ。いまじゃ手に入らないようなアメリカのものが買えた。米軍放出品の店やＰＸでよく買い物をした。バンドの仕事もいっぱいあったな。ガキの頃から基地回りをやったよ。基地の連中は音楽のレベルが高くてな。そこで仕事できるのが自慢だった。ライブハウスもたくさんあった。時代がよかったんだろうな……」

「何だか今を嘆いているように聞こえますね」

「嘆いているさ。つまらない世の中になっちまったと思っているよ。生まれたときからジャズがあった。俺はジャズを聴きながら育ったんだ。ジャズと島唄《しまうた》があった」

「島唄？」

「あんたたちが沖縄民謡と呼んでいる音楽だ。ジャズを勉強しはじめて俺の体には島唄が染み込んでいるんだとしみじみ感じたね。専門的に言うと島唄のリズムは四拍子と三拍子の複合リズムだ。音階はペンタトニック。そのリズムと音階が染みついている。俺はジャズを聴いて育ったと自分で思っていた。しかし、ジャズよりも強く体に染みついているのは島唄だと感じた。それがプロとしての出発点になった」

磯貝は自分の少年時代を思い出していた。彼は一九七〇年生まれ、大阪万博の年だ。彼が少年時代に聴いた音楽と言えば、テレビの歌番組くらいのものだ。小学校に入るころはアイドル全盛の時代だった。民放各局で、ベストテン番組をやっていた。

加速度的に豊かになっていく時代に少年時代を過ごした。家にはコンポーネント・ステレオがあったが、家族は誰も熱心に音楽など聴かず、単なる飾り物だった。

高校時代にバンドブームがあり、クラスメートの中にもバンドを組んでいる連中がいたが、磯貝はそういう者たちをひそかに軽蔑《けいべつ》していた。蟻とキリギリスの童話だ。自分は蟻なんだと自分に言い聞かせ、勉強に精を出した。誰もが塾や予備校に通っている時代だった。

大学でも、サークルだ合コンだと遊びに夢中になる連中をどうしても好きになれなかった。将来のことを考え、すでに進路は決めていた。大学時代に上級公務員専門の予備校に通った。その結果、今の彼がある。私立大学出身にもかかわらず、国家試験一種に合格してキャリアとなれたのだ。自治省というのは、珍しい選択だと周囲から言われたが、大学で地方自治に関するゼミを取っていたことがあり、興味を持っていたのだ。それに、自治省は旧内務省の流れをくみ、省庁間のランクもかなり上のほうだということを知っていた。

比嘉に音楽的なルーツを話されてもぴんとこない。沖縄民謡が体に染みついているというのはどういうことだろう。想像してみたが、どうも昔話や土地の生活を美化しているとしか思えなかった。

本土に置き換えると、体の中に生まれた土地の民謡が染みついているということになるのだろうが、磯貝にはそんな実感はない。比嘉の美化した思い出が問題なのだと思った。それは、ひょっとしたら独立論を支えるための思い込みなのかもしれない。

「返還されなかったほうがよかったと思いますか？」

「そうは思わんよ」

「本当ですか？」

「本当だ。返還されなかったほうがいいとも思わないし、返還されたほうがよかったとも思わない。だが、この日本のどうしようもない不況とアメリカの好景気を見ると、ちょっと心が揺れるな……」

比嘉はそう言ってにやりと笑って見せた。冗談だということはわかる。しかし、独立論者だという噂の比嘉の口から出た言葉だ。

比嘉は懐かしげに言った。

「かつてコザの街はアメリカ兵でごったがえしていた。どこのバーも米兵で一杯だ。こう、籠《かご》をぶら下げていてね、勘定はその中にドルを放り込む。釣りもそこから引っ張りだす。そんな店も珍しくなかった。よく喧嘩《けんか》したよ」

「喧嘩ですか？」

「そう。俺は小さい頃から叔父に空手を仕込まれていてな。ちょっとは自信があったんだ」

カウンターの中にいた女将《おかみ》が笑った。

「ちょっとはだって？　ショウちゃんにかなうやつはいなかったよ。アメリカ兵が酔ってあばれると、かならずショウちゃんがやってきてやっつけちゃうんだ。こーんなでかい黒人をのしちゃったことがあるよ。ショウちゃんは空手の達人さァ。本物のブサーさ」

「空手をやるんですか？」

「昔はそれほど珍しいことじゃなかった。近所には必ず空手をやっているじいさんがいたもんだ。それにガキの時分から教わるんだ」

「皆、ショウちゃんは天才ブサーだと言っていたよ」

「ブサーって何です?」

「漢字で書けば武士だな」

比嘉が説明した。「だが、本土の侍とは違う。武道家という言い方が近いかな」

そのとき、座敷で楽器を爪弾《つまび》く音がした。本土で蛇皮線と呼んでいる楽器だ。沖縄風に言えばサンシンだ。見ると顔を酒で赤くした老人がサンシンを抱えて爪弾いている。

比嘉もそちらを見た。

酔っぱらいが店にあったサンシンに手を伸ばしたのだろう。ほかの客がいるというのに迷惑なことだ。磯貝はかすかに顔をしかめた。

比嘉はその老人に何かを話しかけた。沖縄弁《シマグチ》だったので何を言っているかわからない。老人はうなずくと、目を閉じていっそう大きな音でサンシンを奏ではじめた。そして、独特の節回しで歌いはじめた。

女将も比嘉もしみじみと聴き入っている。他の客も誰も文句は言わない。それどころか酔っぱらいの老人の唄を歓迎している風ですらある。もの悲しい唄なのだろう。だが、歌詞がわからない。磯貝は異国の情緒を味わうような気分で聴いていた。

唄が終わると客たちは拍手をした。

磯貝は比嘉にそっと尋ねた。

「あの老人は、有名な人なんですか?」

「有名? いや、ただの酔っぱらいのじいさんだよ」

首のあたりを大きくカットしたオレンジのTシャツに、ジーパンを切ったショートパンツ。『ビート』へ行った磯貝の眼に最初に飛び込んだのは、美里のその姿だった。胸もかなり大きく開いているし、伸びやかな脚があらわだった。あまりに魅力的すぎる。磯貝は切ない気分になった。

次に磯貝が見たのは、ジョン・ブルーフィールドだった。ブルーフィールドは磯貝と比嘉に気づいて手を挙げた。彼は一人でビールを飲んでいた。

比嘉がまっすぐブルーフィールドの席へ向かい、磯貝もそれに続いた。

「今日はまだ撃たれてないのか?」

ブルーフィールドが磯貝に言った。気のきいた返事をしたかったが思いつかず、ただ苦笑を浮かべただけだった。

「やつらが何者か知っているのか?」

ブルーフィールドが尋ねた。磯貝はかぶりを振った。そして、比嘉に訊《き》いた。

「比嘉さんは心当たりは?」

「なぜ俺に訊くんだ?」

「僕は、この店を出たところで声を掛けられたんです。もちろん、僕はあんな連中に心当たりはありません」

「やつらは口をきいたか？」

「ええ。訊きたいことがあると言いました」

「ならばあんたに用があったんだろう」

「僕はただの役人です。チャイニーズ・マフィアが知りたがっていることなんて何も知りませんよ」

「どうしてチャイニーズ・マフィアだって知ってるんだ？」

「誰にだってわかりますよ。街中で撃ち合いなんてやるんだから……」

「まあ、そうだな……」

「比嘉さんは、あいつらのことを知ってるんじゃないですか？」

「だから、どうして俺が知ってると思うんだ？」

「比嘉さんは、どこにいても後ろを気にしています。あいつらのことを気にしていたんじゃないんですか？」

「あんた、考えすぎだよ」

「やつらが乗っていた車に見覚えがあるんです」

「ほう……」

「空港から県庁に向かう間、つけてきました」

「勘違いじゃないのか？」

「どうでしょうね。そうかもしれません。でもどうも勘違いじゃないような気がします」

比嘉がにやりと笑った。

「ならば、やはり俺は関係ないだろう」

「え……？」

「あんたがつけられたんだろう？　ならば、やつらはあんたに関心を持っていたんだ」

あ、と磯貝は思った。比嘉の言うとおりだった。紺色の車は磯貝が美里とタクシーに乗っているときに尾行してきたのだ。

ならば、やはり僕の勘違いなのか。空港から来るときにタクシーの後ろにいたのは、中国人たちが乗っていた車とは別の車なのだろうか。紺色のセダンなどいくらでもある。偶然同じ色だっただけかもしれない。あるいは、美里が尾行されたのか……。

でなければ説明がつかない。磯貝はまったく心当たりがないからだ。ただの偶然ということか……。

沖縄では偶然が多い。そんな気がした。

美里は偶然にも比嘉の店で働いていた。そして、今度は紺色のセダン。

磯貝はかぶりを振った。

「僕は、あんな連中に心当たりはないですよ」

比嘉が笑った。

「ならば、誰も知らないというわけだ。知らないことをあれこれ話し合っても仕方がない。

さあ、飲もう。沖縄最後の夜なんだろう?」

それまで、じっと無言で磯貝と比嘉のやりとりを聞いていたブルーフィールドが言った。

「沖縄最後の夜?」

磯貝はうなずいた。

「僕は出張で沖縄に来ているだけだ。明日《あした》は東京に帰らなければならない」

「それは残念だな」

「また来るよ。そのときには連絡する」

ブルーフィールドは、ポケットからボールペンを取り出し、コースターに電話番号を書いてサインをした。

「きっと連絡してくれ。比嘉を紹介してくれた礼をまだしていない」

「あんたがいなかったら撃たれていたかもしれないんだ。礼を言うのはこっちだよ」

「それは昨日の酒代で帳消しだ。あんた、海は好きか?」

「海?」

「沖縄の海はいい。私はスキューバダイビングが趣味だ。ぜひ、沖縄の海を案内したい」

「スキューバダイビングなんてやったことないよ」

「ならば、今度体験してみるべきだ」

「そいつはいい」

比嘉が美里を指さして言った。「彼女は、インストラクターの資格を持っている。彼女に指導してもらえばいい」

磯貝はそれを聞いて、悪くない気分だった。美里と行くダイビング。それはなかなか魅力的な話だ。

「もしまた来ることがあったら、そのときは休暇がとれるかどうか調整してみるよ」

ブルーフィールドは屈託のない笑顔でうなずいた。

「ぜひそうしてくれ」

ブルーフィールドは、磯貝や比嘉と昨日会ったばかりとは思えないくらい打ち解けた。酒のせいもあったが、いかにもアメリカ人らしい陽気さのおかげだろうと磯貝は思った。比嘉の人柄もおおいに影響している。比嘉は、誰とでも同じように接する。

第一印象はよくなかった。中央省庁からの客に対して失礼だと思った。だが、比嘉は磯貝に対してだけでなく、誰にでも同じような態度を取ることがわかってきた。知事にも似たように接している。

あまり夜がふけないうちに、肝心の事を訊いておかねばならなかった。磯貝は、思い切って尋ねた。

「比嘉さんは、沖縄独立論者だという噂ですが、本当ですか?」

比嘉は、人懐こい笑顔のままにこたえた。

「内閣情報調査室の人間としては気になるだろうな」

ブルーフィールドが尋ねた。

「内閣情報調査室というのは、CIAみたいなものなのだろう？」

「残念ながら、遠く及ばないだろうな。内閣官房の中で主に危機管理に関する仕事をしているんだけど……。実は僕は、自治省という役所から一時的に出向しているだけなんだ」

「自治省？」

「地方の行政をコントロールする役所だよ」

「日本にはそんな役所があるのか。地方のことは地方に任せられないのか？」

「本来ならば任せるべきだけど、実際問題として任せきれないというのが本音だね」

「そう言い切るあんたの前では、さっきの質問にはこたえにくいな」

「ということは、独立論者だというのは本当なんですね？」

「本当だ。しかし、俺は沖縄独立論者なわけじゃない」

「どういうことです？」

「日本がちゃんとアメリカから独立しなければならない。そう考えているのさ」

磯貝は思わずブルーフィールドの顔を見た。ブルーフィールドは、あくまでも酒の席の話題だという顔をしている。

比嘉に視線を戻すと、磯貝は言った。

「日本はれっきとした独立国ですよ」

比嘉の表情は変わらない。

「あんたの立場だとそう考えたいだろうな」

比嘉はにやにやと笑ったままで言った。

「事実ですよ」

「ならば、基地をさっさとなくしてくれ」

磯貝ははっとし、気まずい思いをした。どうも沖縄の人たちには負い目があるような気がする。

比嘉は、笑いを消し去り大きく首を振ったブルーフィールドに言った。

「おっと失礼。俺は例えばの話をしただけだ。この人がどうやら絡み酒のようなんで、つい言っちまった」

ブルーフィールドは肩をすくめ、言った。

「あんたたちが、基地のことをよく思っていないのは知っている」

「気にするなよ。あんたが悪いわけじゃない。それにな、俺はアメリカはそれほど嫌いなわけじゃない。嫌いなのはヤマトだよ」

比嘉の笑いが皮肉な感じになった。

「ヤマト？」

「日本のことを、俺たちはそう呼ぶ」

磯貝はひどく居心地が悪くなった。比嘉の機嫌を損ねてしまったのだろうか……。

比嘉は、陽気な笑顔を取り戻して磯貝に言った。

「あんたも気にすることはない。ヤマトの政治家は嫌いだが、あんたが嫌いなわけじゃない。むしろ、俺はあんたのことが気に入ってるんだ。またぜひ来てくれ」
その夜、磯貝は比嘉にそれ以上の質問をすることができなかった。

4

東京の暑さは沖縄とはまた異質で耐えがたかった。巨大なビルやアスファルトがそのまま熱を蓄え、反射している。その感覚は那覇の比ではない。冷房の室外機が吐き出す熱も無視できない。街がヒーターと化しているのだ。

気温や湿度は沖縄のほうが高い。那覇は大都市で条件は東京とそれほど違わないように思えるが、不快さが違うような気がした。東京のほうがずっと不快だと感じる。島の気候のせいなのだろうか。

東京に戻って三日がたった。

磯貝は、沖縄のことを懐かしく思い出している自分に気づいた。

拉致《らち》されそうになったり、撃ち合いに巻き込まれたり、恐ろしい思いをした。しかし、それは海外でのトラブルのようなどこか非日常的な感じがして、東京に戻った今、あまり危機感を感じなかった。

比嘉たちの演奏やブルーフィールドのことを思い出すと楽しい旅行の後のような気分だった。そして、何より仲泊美里のことが切実に思い出された。

今思えば、比嘉が夕食に連れて行ってくれた店も印象深い。観光客目当ての沖縄料理店だとこれほど印象には残っていなかっただろう。

報告書を書きながら、磯貝はあれこれと沖縄の思い出に浸っていた。

報告することは山ほどあった。まず、フリートレードゾーンについての今後の県の対応。県は強く政府の規制緩和を求めている。今後、日本の企業だけでなく海外の資本も積極的に受け入れるという方針だった。

そのために、沖縄県は県事務所を海外各地に置いている。台北には物産公社の形で出向させているし、香港、韓国、福州市《ふくしゅう》、シンガポールなどに県職員がおり、これは他県に例を見ない。実際に、台湾などはかなりの額を沖縄に投資しているらしい。台湾資本で水産加工の工場だけでなく、コンピュータ関連部品の工場を作る計画もある。

報告においてもっとも大切なのは、それらの県の政策が何を意図して行われているかを推察することだ。もっと有体《ありてい》に言えば、屋良知事と比嘉が、何を考えているかが問題なのだ。

磯貝は、古丹神人、猿沢秀彦、遠田宗春の三人が比嘉隆晶の人的ネットワークを形成しているらしいと書いた。特に道議会議員の古丹のことを強調した。

比嘉隆晶が「たしかに独立論者だが、それは沖縄独立という意味ではなく、日本がアメリカから独立することを意味している」と言ったことも書いておいた。

さらに、「アメリカよりもヤマトが嫌いだ」と言ったことは重要だと感じた。

報告書が完成したのは、午後四時五十分。じきに終業時刻だ。いい加減な役所仕事ならば提出を明日にするところだが、外務、通産、大蔵の三省が絡んでいることもあり、この報告は重要だと思った。しかも、この出張の報告書は直接内閣情報調査室長に提出するように言われているので、すぐに届けることにした。室長の陣内平吉《じんないへいきち》は、日勤の誰よりも早くやってきて、誰よりも遅くまで残っていると噂されている。

「出張の報告書をお持ちしました」

磯貝が告げると、陣内室長はいつもの眠たげな半眼を向け、無言で手を出した。地味なグレーの背広を着ている。その背広には皺《しわ》が寄り、ネクタイには何かの染みがついている。結び目のあたりはわずかに黒ずんでいた。さえない服装だが陣内はまったく気にしていないようだった。のっぺりとした顔は年齢不詳に見える。瞼《まぶた》は厚ぼったい一重で、いつも眠たげに半ば閉じている。

磯貝は報告書を手渡した。パソコンのエディタで作成した報告書はＡ４判の紙で十ページにおよび、その他、Ｃ推進室から手に入れた添付資料がその三倍はあった。

陣内はすぐに読みはじめた。磯貝は、その場を去るべきかどうか判断できず、立ち尽くしてページをめくる陣内を見つめていた。おそろしいスピードだった。ちゃんと読んでいるとはとても思えない。

だが、間違いなく彼は読んでいるのだ。陣内室長をその見かけだけで判断する者は必ず痛い目にあう。彼は、考えることにすべてのエネルギーを注いでいる。外見にまで気が回らないのかもしれない。

やがて陣内は眼を上げて言った。

「興味深いレポートですね」

淡々とした口調だ。彼は滅多なことでその口調を変えることはない。

磯貝は、ほっとした。教師に採点される学生の気分だ。

「あなた一人にこうした調査をおしつけて申し訳ないと思っています。本来ならば、もっと本格的な調査団を組織するべきなのですが、どうも沖縄はデリケートでしてね。大げさなことは慎みたい」

「いえ、とんでもない。私にとっても有意義な仕事ですから……」

「もし事情が許せば、私自身が行きたいところなのですよ」

磯貝は意外に思った。

「それほど重要なことなのですか？」

「沖縄問題は重要ですよ」

陣内はじっと半眼で磯貝を見つめている。何を考えているかまったくわからず、磯貝は落ち着かない気分になった。

「一九九六年九月」

陣内は言った。「沖縄県振興について、調査費などの予算執行を官邸主導で行うことが閣議決定されました。つまり、沖縄振興は我々内閣情報調査室の仕事でもあるわけです」

「米軍基地による土地使用の代理署名問題があった年ですね？」

「そう。普天間基地返還、代用ヘリポートなど、沖縄問題が一気に噴出した年です。米兵による女児暴行事件が起きたのがその前の年。政府にとっては逆風が吹いていました」

「沖縄振興を官邸主導でやるというのは、当時の大田知事に対してのポーズだったんじゃないですか？　基地用の土地を強制使用するためには、公告・縦覧という事務手続きが必要で、大田知事はそれを拒否していた。政府は沖縄振興に前向きの姿勢を見せて、大田知事を懐柔したのだと思いますが……」

陣内は無表情のまま言った。

「もし、政治家の思惑がそうであったとしても、それは関係ありません、沖縄振興策を官邸主導でやると閣議決定されたことは事実なのです。我々は、それを実行する。そういう立場なのです。違いますか？」

磯貝は緊張した。

調子に乗りすぎたかもしれない……。

「おっしゃるとおりだと思います」

「比嘉隆晶と親しくなったようですね？」

「は……？」

「この報告書からそれがうかがえます」

あの短時間でそれを読み取ったというのだろうか？

「彼の考えを探るためにできるだけ一緒に行動していました」

「私は、以前から比嘉隆晶に興味を持っていました」

陣内の、細められた眼の奥の表情は見えない。

「比嘉隆晶に……？」

「彼の独立論についてどう思いますか？」

「彼は、日本がまだアメリカ占領下にあるような言い方をしました。彼が生まれ育ったのは、アメリカ軍の支配下にあった沖縄です。そして、いまだに基地がある。そのせいでそういう考え方をしているのでしょう」

「彼は沖縄だけで暮らしていたわけではありません。しばらく東京に住んで演奏活動をしていました」

そういえば、比嘉は西荻にあるライブハウスなどで演奏していたと言っていた。

「その当時のことをご存じなのですか？」

「私も何度か演奏を聴きに行きましたよ。古丹神人、猿沢秀彦、遠田宗春。いずれも懐かしい名前です」

意外だった。陣内室長とジャズの演奏はまったくかけ離れた印象がある。

「しかし、比嘉隆晶がアメリカの統治下にあった沖縄で育ったことは確かです」

「私は比嘉隆晶の考え方に賛成です」

陣内が言った。

磯貝はますます落ち着かない気分になってきた。陣内の真意がわからず、ここは何も言わずにいたほうがいいと判断した。

「この国は、とても独立国とは言いがたい。比嘉隆晶はそのことを言おうとしているのだと思いますよ」

「独立国とは言いがたい？」

「そう。この国は、自分では国土を守ることも通貨や株や債券を守ることもできない」

「それは……」

磯貝は、何か罠《わな》を仕掛けられているような気がしていた。陣内は曲者《くせもの》だ。それが一般的な周囲の評価だ。ここはうまく切り抜けなければならない。「それは日本に限ったことではないでしょう。そのために国際政治というものがあるのです。例えば韓国だってアメリカの軍事力に依存しているはずです」

「韓国は徴兵制を敷いています。人々が国を守ろうとしている。少なくとも自国の軍隊を自衛隊などとは呼んではいません」

「日本は憲法で戦争を放棄しています」

「その理念は正しい。しかし、その憲法は誰が作ったのでしょうね。アメリカですよ。いまだにアメリカが作った憲法を後生大事にしていること自体、独立していない証拠じゃないですか？　湾岸戦争のときのことを考えてごらんなさい。金を出せと言われれば、いくらでも出す。あの金は、ホワイトハウスの周りに巣くうロビイストたちにばらまかれたのだという噂もあります」

陣内はかすかにほほえんでいるようにも見える。半眼なので表情が読みにくい。

「あの……、室長は本気でそうお考えなのですか?」

「もちろん本気です。良識ある官僚なら国を憂うのは当たり前のことです。私たちの仕事は国のために働くことです。その国がつまらない国だったら、仕事もつまらないものだということにはなりませんか?」

「しかし、どんな国であろうと守らねばなりません。官僚が国を変えることはできないのですから」

磯貝は不安になってきた。陣内は挑発しているのだ。

僕は試されているのかもしれない。だが、それは何のためだ……?

うろたえる磯貝を見て、陣内はうれしそうな顔になった。彼が感情を表に現すのは珍しいことだった。

「そう。あなたの言うとおりです。国はつつがなく運営されなければなりません。国政は我々の役割ではない。政治は時代によって変わります。しかし、我々の役割は変わらない。我々官僚は、今現在はどんな国であっても、明日《あした》は今日よりよくなると信じて国を存続させなければならないのです」

「私はそのつもりでいます」

「けっこう。しかし、それがどういうことなのか本当にわかるには時間が必要だと思います」

陣内の言っている意味がわからない。質問しようとしたが、それより先に陣内が質問した。

「沖縄はどんなところだと思いますか？」

突然話題を変えられて、面食らった。質問の内容も漠然としている。

「はあ、いいところだと思います」

「どういうふうにいいところなのです？」

これはただの世間話ではない。磯貝は自分にそう言い聞かせた。油断してはいけない。陣内は常に何かを探ろうとしている。

「経済的には厳しいのかもしれません。しかし、人々は生活を楽しんでいるように見えます。特に夜の街は活気にあふれています。ウィークデイでも、人々は夜中まで遊びつづけます」

「あなたも一緒に夜遊びをしたというわけですね」

「比嘉隆晶と一緒でした。おかげで、危ない目にあいましたがね……」

「ほう……。何がありました？」

「沖縄市の街中で銃の撃ち合いに巻き込まれました」

陣内は片方の目だけを大きく開いた。半眼しか見たことのなかった磯貝は、意外に澄んだ美しい眼をしているので驚いた。

「新聞でその記事を読んだ記憶があります。犯人は中国系だったということですが……」

「比嘉隆晶の店を出たところで、声を掛けられました。無理やり車に乗せられそうになりまして……。抵抗しているところへ、別のグループがやってきて撃ち合いになったのです」

「待ってください。あなたが声を掛けられたのですか？」

「そうです」

「警察の事情聴取は受けましたか？」

「確かに、警官はやって来ましたが……」

「新聞にはあなたのことは載っていませんでした」

「そばに比嘉隆晶がいまして、彼はこう言ったんです。この人は何も知らない。そうしたら、警官はすぐに引き上げて行きました。たぶん、警官たちは比嘉隆晶が知事の参謀だということを知っていたのでしょう」

陣内は再び眼を半ば閉じた。眠そうな表情だが、見方によっては瞑想《めいそう》しているようにも感じられる。

無言で何か考えているのかもしれない。その時間はごく短かった。陣内は磯貝の報告書を脇にのけると、指を組んでわずかに身を乗りだした。

「沖縄は気に入りましたか？」

「ええ、まあ……。あんなことさえなければ……」

「しばらく、沖縄へ行ってみませんか?」

「は……? それはどういうことですか?」

「県庁に出向です」

「出向……?」

「驚くほどのことではありません。国際都市形成構想推進室には、神奈川県の職員が出向していると、あなたの報告書にもあります。私にはあなたを出向させる権限があります」

「沖縄で何をすればいいのです?」

「継続的な調査と考えてください。県庁に出向するからには、県の仕事に精を出していただかねばなりません。それを通じて、沖縄の現状をしっかり把握し、問題点を洗い出すのです」

「出張で何か不足がありましたか?」

「不足ですね」

陣内は磯貝が提出した報告書を指さした。「これでは何もわからない」

「沖縄問題研究会で提示された必要な条件は満たしていると思いますが……」

「そう。比嘉隆晶のことが書かれていなければ、それで充分でしたね。政府の仕事なんてそんなものです。そうでしょう」

うかつにそうですとはこたえられない。

「比嘉隆晶についての記述は余計だったという意味ですか?」

陣内は半眼のまま、またかすかにほほえんだ。

「逆ですよ。私は、報告のその部分だけに興味を抱いたというわけです。あなたは、ここの係員には珍しく仕事らしい仕事をしてくれたということです」

皮肉な言い方だが、つまりは磯貝の仕事を評価しているということだ。少しばかり気分が高揚した。

「沖縄県の国際都市形成構想は本来、日本政府にとっても望ましいものであるはずです。沖縄開発庁でもその問題には積極的に取り組んでいます。しかし、その推進に当たっては沖縄と政府の間で何かちぐはぐなやりとりが続いています。それはあなたの報告書からも感じ取れる。その原因が何なのかを詳しく探っていただきたい」

「あの……、いつから行くことに……？」

「あなたさえよければすぐにでも」

「急ですね……」

「公務員には常にそのくらいの覚悟がなければなりません」

「覚悟ですか……」

そういえば、陣内の家庭生活の話はまったく聞いたことがない。家になど帰らないのではないかという噂まである。

出向というのは悪くない。キャリア組にとってはいい経験になると一般に考えられている。今ではなくなったが、大蔵省のキャリアは若いうちに税務署の署長を経験させられたものだ。

　磯貝は言った。

「わかりました。沖縄へ行きます」

「暫定的な措置なので、期間は当初一年。一年後にまたどうするかを決めます。さっそくですが、辞表を書いてください」

　国家公務員が地方自治体に出向するときはそうするのが慣例となっている。公務員は重勤できないからだ。中央省庁に戻るときは再就職という形になる。たいていは、出向前よりいいポストが用意される。

「そのまま戻れないというようなことは……？」

「ありません」

「わかりました」

　陣内はにこりともせずに言った。「形式的なことです」

「今日中に提出してください」

「はい」

「外務省が、沖縄担当大使を置いています。連絡しておきますから、会ってみてください」

「新任の大使だそうですね」

「そう。外務省がへそを曲げると、面倒なのでね」

「沖縄問題研究会のためにも、有意義な出向になることを願っています」

陣内は、そう言うと何かの書類を読みはじめた。話は終わりだということだ。

磯貝は、机に戻って辞表を書きはじめた。書式は決まっている。

事情はどうあれ、こんなに早く辞表を書くことになろうとはな……。

そのとき、磯貝が思い描いていたのは、ブルーフィールドのダイビングの誘いと、美里の大きくよく光る瞳《ひとみ》だった。


帰宅間際に、電話が入った。大蔵省の園田《そのだ》伊佐男《いさお》からだった。

園田は、磯貝と同期だった。大学時代に公務員予備校で知り合った。互いに私立大学生ということで話が合い、それ以来の付き合いだった。私大出身でキャリア組となった数少ない公務員試験の戦友でもあった。磯貝はあまり遊びに興味がないほうだったが、園田は違った。学生時代から女子大との合コンなどにも熱心だった。

背が高く、磯貝などよりもずっと見た目がいい。少々鼻が高すぎて、猛禽類《もうきんるい》のような印象があるが、まあまあハンサムでたしかにもてた。今でも、若い女性に人気があるが、大蔵キャリアという肩書を大いに利用しているところがある。

園田は久しぶりに飲みに出ないかと磯貝を誘った。

「ちょうどよかった。話があったんだ」

「はあ……」

磯貝はこたえ、いつも二人で行く虎《とら》ノ門《もん》の居酒屋で待ち合わせることにした。

樽屋《たるや》という名のその居酒屋は、サラリーマンで混み合っていたが、二人はなんとか奥にある座敷に席を取ることができた。ビールで乾杯し、料理を注文する。

「やっぱり、本土の居酒屋がいいな」

磯貝が言うと、園田は怪訝《けげん》そうな顔をした。

「何だ、そりゃあ……」

「言ってなかったか？　沖縄に出張していたんだ」

「いいじゃないか。沖縄なんて……」

「旅行で行くならな」

「まあ、たしかに沖縄問題は複雑だ。おまえも大変な役目を仰せつかったもんだ。研究会の調停役だろう？　だが、やり甲斐《がい》があるじゃないか」

「出向を命じられたよ」

「今でも出向の身分だろうが……」

「沖縄県庁へ行けと言われたんだ」

園田は驚きもしなかった。

「どのくらい行くんだ？」

「陣内室長は、とりあえず一年と言っていた」

「いつから？」

「できるだけ早く。まあ、独身で独り暮らしだし、身の回りの物を片付けたらすぐに立つよ」

「うらやましいな」

「うらやましい？」

「ああ。沖縄から帰ってきたら今よりいいポストが用意されているはずだ。ある意味で出世コースだよ」

「沖縄問題研究会の調停役から解放されるだけでも悪くないかもしれないな。たいへんな研究会なんだよ。外務、通産、大蔵がそれぞれの思惑を持っている。沖縄開発庁が音頭を取っているという形なんだが、それはたてまえで、彼らは研究会の結果を自分たちの提言に盛り込むだけだ。実際の運営は内閣情報調査室がやっている。つまり、僕がやっているんだ」

「そいつもうらやましい」

「そうか？」

「おまえはそれだけ重要な役割を与えられているということだ。陣内さんの下で働けるだけでも幸せだよ。彼を認めている者は多い。首相が代わる度に内閣官房の顔ぶれは入れ代わるが、陣内さんだけは外されたことがない」

「やりにくい上司だぜ。何を考えているかわからない」

園田は笑顔を見せた。磯貝にはその笑いの意味がわからなかった。ひょっとしたら、こいつは今の僕の立場を猫に小判だと思っているのかもしれない。

園田はマグロの刺身を頰張ると言った。

「研究会で外務、通産はそれぞれの思惑を持っていると言ったな？　どういう思惑なんだ？」

「沖縄県がまとめたグランドデザインに沿って、ある種の実験をやりたがっているように見える。通産省は、科学技術の開発という点で積極的だ。国際平和都市にソフトウェアなどのベンチャービジネスを育てようと考えているようだ。実際、海外からそういった分野への投資の話もある。外務省は、沖縄担当大使を置いている関係上、政府と沖縄県との橋渡しをする立場にあるが、実は限定した地区でのノービザ雇用を考えている。アジア地区のエリートを積極的に雇用して、優秀な労働力を注ぎ込もうとしているようだ」

「海外の労働力より、沖縄県内の雇用が先決じゃないのか？」

「外務省はそんなことを考えはしないよ。アジアの労働力を受けいれることで、国際的な評価を得ることをもくろんでいる。もちろん、彼らが考えているのは先端技術をマスターしたエリートに限られているがね。大蔵省が考えていることはわかるだろう？」

「ああ。規制緩和による経済効果と、海外からの投資だ。いずれにしろ、机上の空論のような気がする」

「沖縄県はもっと現実離れしていると感じたよ。グランドデザインは米軍基地全面返還を前提として描かれている。その計画を推進する部署の名前がな、C推進室というんだ。このCが何かわかるか？　コスモポリスだよ」

磯貝は苦笑したが、園田は別の事を考えているようだった。難しい顔をしている。磯貝がそれに気づいて笑顔を消すと、園田は言った。

「沖縄はやばいぞ」

磯貝はその言い方が気になって思わず園田の顔を見つめた。

「やばいって……、何が……？」

園田は眉根《まゆね》に皺《しわ》を寄せて、小さく溜《た》め息をついた。

「金融対策だ。ブリッジバンクを作り、公的資金で経営が危なくなった銀行を救済するという方針だったが、それが認められないような世論になった。つまり銀行の責任論だ。経営不振になった銀行は自己責任において、統廃合という道を選ばなければならない」

「つまり、政府は切り捨てるわけか？」

「仕方がないんだ」

沖縄問題研究会での大蔵省の見解を思い出した。

「北海道の拓殖銀行のようなことが、沖縄でも起きると言いたいのか？」

「琉央《りゅうおう》銀行というのがある。そこが危ない」

磯貝は園田と同じように眉根に皺を寄せた。

「北海道も長い間革新系の知事だった。沖縄も革新系。政府というのはそういうやり方をするのだな…」

「大手都市銀行は潰《つぶ》せない。影響が大きすぎる。地銀に皺《しわ》寄せが行くのはしかたがない。今、大蔵省は世論を突っぱねるわけにはいかないんだ。風当たりが強いからな」

「その琉央銀行がつぶれると、沖縄はどうなる？」

「預金者は保護される。だが、北海道でも起きたことだが、メインバンクがつぶれた企業は、立ち行かなくなり、全国レベルよりも厳しい不況が訪れる。倒産が相次ぎ、失業者が増える」

「それは避けられないことなのか？」

「海外の資本が買い取るという噂もある。大蔵省としてはむしろそれを歓迎している。一昔前の護送船団の時代には考えられなかったことだがな」

「それは公表していいことなのか？　例えば、県の職員に知らせていいのか？」

「知らせなくても、県の職員は薄々勘づいていると思うがね……。まあ、どの程度確かかは俺もわからない。余計な波風を立てないためにも、言わないほうがいいと思うな。おまえの胸だけにしまっておいてくれ」

「海外資本の流入を、大蔵省はどう考えているんだ？」

「本格的な自由化の時代が来る。日本がどうなるか、ちゃんと予測できている者は少ない。沖縄がそのテストケースになると考えている人間もいる」

「沖縄問題研究会に出席している大蔵省の連中はまさにその考えのようだな。つまり、大蔵省も沖縄を実験の場と考えているんだ」

「それは有意義な実験かもしれない。そして、おまえはそれを観察できる立場にある。おまえにとってもチャンスだな。そういうチャンスを逃しちゃだめだ。おまえひとりの問題じゃない。そいつは俺にとっても意義があるんだ」

「なぜだ？」

「人事院が提言しただろう？　東大法学部卒の偏重を見直さなければならない。これからは、私立大学の出身者にも重要なポストを与えるべきだと……。キャリアになったからには上を狙わなければな。時代は少しずつ変わっている。俺たち私大出身者にも風が吹いてきたというわけだ」

「日本のシステムというのは、なかなかしぶといものだ。そう簡単に変わるとは思えない」

「若いキャリアに税務署長をやらせるという慣習は変えてほしくなかったが、変わった。いずれ、俺たちにもチャンスが来る。それまでできる限りの努力をしようと思っている。おまえは、すでにそのチャンスを手にしようとしているんだ」

「沖縄の出向のことを言っているのなら、そんな大げさなもんじゃないと思うがな」

「それは認識が甘いよ。常に上に行くことを考えるべきだ。官僚になったからには、そういう生き方しかないんだ」

園田の言っていることはわかる。磯貝も彼の野心を見習わなければならないと、常々思っていた。

「そうだな」

磯貝は言った。「これは官僚としてのステップアップのチャンスかもしれない」

「当然、そう考えるべきだ」

官僚としての生き方か……。

磯貝は、園田のように割り切って考えられるのがうらやましかった。何といっても、官僚は出世が第一なのだ。園田の言うように東大法学部卒だけが優遇される時代は終わろうとしているのかもしれない。

その夜は、園田の影響で妙に気分が高揚して遅くまで話し込んだ。したたかに酔ってふらふらと自宅に戻った。


「今日からこの部署の一員となった磯貝君だ」

C推進室の与那嶺室長が、磯貝を紹介した。新しい机が運び込まれており、それを与えられた。隣には、磯貝と同年代の男がいる。仲本《なかもと》という名前だった。細身の男だ。髪がやや長めで俯《うつむ》くと、目が隠れてしまう。横から見ると表情が見えない。街中で会っても気づかないほど印象の薄い男だった。

席について挨拶《あいさつ》をすると仲本は、愛想のない態度でうなずいた。他の職員も、決して冷淡ではないが、どこかよそよそしい感じがする。

中央省庁からの出向者であることを、皆知っているのだろう。やりにくいな……。陣内からは県の仕事に精を出せと言われた。職員たちの信頼を得るためにも、それは必要なことだと思った。だが、本当の目的は継続調査だ。つまり、屋良知事や比嘉隆晶が何を考えているのかを探ることだ。

磯貝は、与那嶺室長に一言断って席を離れた。

「いちいち断らなくていいんです。好きにやってください」

与那嶺は言った。

彼も中央からの出向者をどう扱っていいか、まだ迷っているようだ。最初に会ったときは、C推進室の調査にやってきた中央の官僚だった。それがいきなり部下になったのだから戸惑うのも当然だった。

どういう態度を取ればいいか決めあぐねているのは磯貝も同様だった。

彼は部屋を出ると、担当大使のところへ向かった。

沖縄担当大使は、一九九六年に新設が決定し、最初に赴任したのは一九九七年二月だった。日米地位協定の運用などに対する沖縄県の要望を聞き、政府との調整役となる。初代が元チュニジア大使の原島秀毅《はらしまひでき》。現在は、南郷義輝《なんごうよしてる》が務めていた。

磯貝はあらかじめ外務省に南郷のことを問い合わせていた。

一九四九年（昭和二十四年）生まれ。チリ大使を経て今の役職に就いた。一九七二年東大法学部を卒業して外務省に入った。

ドアをノックすると、ややあって太い声が聞こえた。その調子が尊大な感じがした。

「失礼します」

南郷大使は、机の向こうで椅子の背もたれに体をあずけていた。ふんぞりかえるという形容がぴったりだった。

まだ髪は黒く豊かだ。脂ぎって精力的な感じがする。恰幅《かっぷく》がよく、日に焼けていた。手袋の跡があり、ゴルフ焼けであることがわかった。

南郷は無言で磯貝を見つめていた。

「内閣情報調査室から出向してきました。磯貝です」

南郷は表情を変えなかった。その価値もないといった態度で磯貝を見返している。

「話は聞いている。それで？」

「室長から、会っておけと言われまして」

「ならば、用は終わったわけだ」

磯貝は、どうしていいかわからなくなりたたずんでいた。歓迎されるなどとは思っていなかった。ただ、今後の注意事項などについてアドバイスがあるのではないかと思っていた。

南郷は、さきほどとまったく姿勢を変えず、磯貝を見ている。居たたまれなくなった磯貝は言った。

「では、失礼します」

磯貝が退出しようとすると、南郷は言った。

「まあ、待ちなさい」

「はあ」

磯貝は振り返った。

「内閣情報調査室といったな」

「はい」

「元はどこだ？　警察庁か？」

「自治省です」

「ほう。自治省か？」

南郷は少しだけ磯貝に関心を持ったようだった。どうやら、人柄や能力ではなく省庁の格で他人を見るタイプのようだ。磯貝は別に驚かなかった。官僚にはこのタイプが多く、それが別に間違ったことだとは思っていなかった。彼も自治省の格が比較的高いことを誇りに思っている。

「内閣情報調査室は何だって自治官僚を沖縄に送り込んできたんだ？」

「先だって、私は国際都市形成構想推進室の調査にやってきました。その結果を見てのことだと思います」

「あの長ったらしい名前は何とかならんのかな。まったく、日本の田舎役人のセンスはかなわん」

「C推進室と呼んでいるようです」

「C推進室？　Cとは何だ？」

「コスモポリス」

「コスモポリスだと？」

南郷は鼻で笑った。「だから、田舎者だというんだ。国際社会のことをなめている。コスモポリタニズムの時代じゃない。インターナショナリズムの時代なんだ」

「同感です」

「君は自治省から来たんだな。ならば言うが、沖縄問題など自治省の管轄なのではないかね？　なぜ、外務省がわざわざ手を出す必要がある？」

「さあ。政府の判断ですから……」

「まったく、政治家どもの無能さにはあきれかえる。国内に大使を置く国がどこにあるというんだ。君たち自治省がしっかり手綱を締めていればいいんだ。あれだろう？　地方選挙だってある程度コントロールできるんだろう？」

「そういう話は聞いたことがありません」

「君はまだ若いからな。何でも、地方に行くと、派出所の警官がほとんど誤差なしに票読みをやれるそうじゃないか。そういう情報は自治省に入るはずだ。気に入らない革新なんかの候補がいたら、選挙違反で摘発したりするんだろう？　中央の選挙では実行している。市民派の衆議院議員などが当選すると、次の日には警官が選挙違反の摘発のために選挙事務所や自宅を家宅捜索するらしい」

「そうなんですか?」

「事実だよ。今度の屋良知事な。大田知事よりもはるかにしたたかだというじゃないか。なんで、事前に手を打てなかった?」

「だから、私にそういうことを言われても……」

「大田知事はな、基地問題で何度もワシントンを直接訪ねているんだ。政府を通り越してだ。そういうことは外交上、恥になるんだ。ワシントンで大田知事は言われたそうだよ。どうしてここへ来るんだ。あんたには交渉権はない。東京へ行きなさい、とな。もの笑いの種だよ」

磯貝は気づいた。南郷は磯貝に質問しているのではない。不満をぶつけているのだ。ずっとはけ口を求めていたのではないだろうか? 自治省から来た磯貝はいいカモだったのだ。

「私の立場は、沖縄の言い分を聞き政府との調停役となることだなどと言われているが、実は違う。ワシントンに直訴に行くような恥かきをやらせないためのお目付役なんだよ。私はそう解釈している」

「なるほど……」

「今度の屋良知事は、選挙以来、地位協定や基地問題に関して発言していない。だが、大田の政策を受け継ぐことは明らかだ」

「なかなか大変な問題だと思いますが……」

「どうってことない。沖縄振興策を持ち出して、駆け引きするだけだ。基地はいらない、金は欲しいじゃ虫がよすぎるということをわからせなきゃいけない。私はそのためにいるんだ」

磯貝は、南郷のこうした物言いに、格別何も感じなかった。日本の官僚の立場というのはこういうものかもしれない。官僚はあくまで日本の利益になることを考えなければならない。日米安保条約がある限り、米軍基地を拒否はできない。磯貝は漠然とそう考えていた。そして、政府がそれを拒否できないということは、官僚はそれを存続させるために努力すべきだ。

心情的にはいろいろと異論もあるだろう。しかし、それが国家公務員の務めだという考え方もある。磯貝はそう考えていた。

「私もほぼ同じ考えです」

磯貝は言った。南郷は、ふと磯貝の顔を見つめた。そこに磯貝がいることに初めて気づいたとでも言いたげだった。

「そうかね？　それはありがたいね」

南郷の口調は皮肉に満ちているようだった。若造のしかも格下の自治省の役人に言われてもうれしくはないといった口調だ。

「大使は、沖縄独立の気運をどうごらんになりますか？」

磯貝は思い切って尋ねてみた。

南郷は、鼻で笑い、皮肉な口調で言った。

「独立でも何でもできるもんならすればいいんだ。いや、県のやつらはすでに独立した気分でいるんじゃないのか？　知事が直接アメリカ政府に交渉に行こうとするんだからな。外交ルールを無視している。ここは、住民の生産性が低い発展途上国だ」

「C推進室が、その生産性の低さを打開しようとしているようですが……。沖縄県は台湾、中国、シンガポールなどに県職員を置いているようです」

「それも領事館気取りだと言いたい。一地方自治体のすることじゃない」

「経済が壊滅的なアジア諸国にあって、台湾だけは活発な経済活動を行っています。その台湾の資本が沖縄にどんどん入ってくれば、雇用も確保され生産性も上がるかもしれません」

「台湾は国際市場じゃない。今後どうなるかわからんよ。君は、県に出向になったとはいえ、いずれ内閣情報調査室か自治省に戻るのだろう？　戻るときは、それ相当のポストが用意されているはずだ。課長補佐くらいにはなるのか？」

「どうでしょう……」

「キャリアなんだろう？」

「ええ、いちおう……」

「文一かね？」

「いえ、私立大学出身です」

南郷は急に冷めた顔になった。東大法学部（文一）卒でなければ人間ではないと思っているのかもしれない。磯貝は急に萎縮《いしゅく》し、卑屈な気分になった。

「とにかく……」

南郷は言った。「まあ、どんな立場であれ、君は中央に戻る身だ。その立場を忘れんことだ。沖縄独立だって？　冗談じゃない。佐藤内閣が戦争をせずに取り返した領土だ。戦争をせずに領土を取り返すなど、世界の外交史上例を見ないのだぞ。その恩も忘れて、何が独立だ。政府をなめている」

「私もそう思います」

「君は、表向き県の職員になったわけだが、中央に戻ることを決して忘れてはいけない。これは、役人の先輩としての忠告だ」

「そのつもりでおります」

「私もいつまでもここになどいない。いずれはヨーロッパの先進国の大使を務めてこの仕事を終えたい。途上国はこりごりだ」

「ここでの任期は三年ほどですか？」

「そんなものだろうな。君はゴルフをやるかね？」

「いいえ」

「覚えておいたほうがいい。官僚は付き合いも大事だ。沖縄にはなかなかいいコースがある」

そろそろ引け時だと思った。

「機会があればやってみたいと思います。それでは、失礼します」

南郷は尊大な態度でうなずき、磯貝は部屋を出た。

わかりやすい人物だ。官僚の典型のひとつと言ってもいいかもしれない。たしかに、陣内などよりは考えていることが想像しやすい。尊敬はできないが、反感は感じない。あれが大人の態度というものかもしれない。

そんなことを思いながら、C推進室に戻った。

5

形ばかりの歓迎会があった。沖縄料理の店の座敷にC推進室のメンバーが集まった。店は古い建物で、座敷は板張りだった。板の上に座布団を敷いて座る。床板は黒光りしており、ひんやりして気持ちがよかった。

神奈川県から出向しているという人物が挨拶《あいさつ》に近づいてきた。磯貝と同年代で、おそらく二十代の後半か三十代前半というところだ。江木《えぎ》と名乗った。

「沖縄へようこそ……。と、僕が言うのもなんですけど……。沖縄はいいところですよ。来る前は観光地としてしか見ていなかったんですけどね。住んでみると、妙に心地いい。何だか人生観が変わってしまいそうです」

それはそうだろうと磯貝は思った。神奈川県で役所勤めをしようと思っていた男が沖縄で暮らすことになったのだから、人生観を変えなければやっていられない。

「そうですか。よろしく頼みます」

「最初、沖縄の料理には慣れなくてなかなか苦労しましたがね、今では慣れました。あ、もちろん、日本料理の店も中華の店も寿司屋もあります。その点はあまり心配いらないでしょう。沖縄の人は、人情味もあるし、世話焼きです。すぐに受け入れてくれますよ」

何だか外国の話を聞いているような気がしてきた。そこで、江木は急に声を落として言った。

「ただね、僕らには本当に心を許してはくれない」

「僕ら？」

「本土の人間です。ヤマトンチュは信用してもらえないのです。表面では親切にしてくれます。でも、なかなか腹を割ってくれません。それは覚悟していたほうがいいですよ」

腹を割ってくれない？　じゃあ、美里もそうなのだろうか？　それは、戦争体験のある高齢者の話ではないのか？

「出張で来たときには、そんな感じはしませんでしたね」

「出張や旅行で来るのと、住むのとでは違います。特に、いずれヤマトに帰ることが決まっているような場合は信用されません。僕なんかたいへんですよ。実家が神奈川県大和市《やまと》なんですから……」

江木は笑った。

磯貝は江木の忠告を軽く受け流した。沖縄にこれからずっと住もうというわけではない。陣内はとりあえず一年と言った。一年たてば東京に戻れるかもしれない。出向が延長されたとしても三年を超えることはないだろう。

気になるのは美里のことだけだった。本土の人間だというだけで拒否されるのはたまらない。美里のような若い世代なら問題はないに違いない。磯貝はそう考えることにした。芸能界では沖縄アクターズスクールの卒業生がどんどんデビューして活躍している。アクターズスクールは大繁盛で、若者はこぞってそこに入りたがっているらしい。そして、アクターズスクールを経営しているのは本土の人間なのだ。

沖縄の人々が本土の人間を受け入れないというのは、被害妄想でしかないのではないか？　歴史的な負い目を感じているからそんな気がしてしまうのだ。大陸や半島の人々に対する心情と似たものがあるのかもしれない。

僕はそういうことに対しては冷静に対処する。美里に対しても、負い目など捨てて接しよう。そうすれば心も通じ合うに違いない……。

歓迎会は二時間ほどであっさりとお開きになった。磯貝にとってはありがたかった。まだ部屋の片づけも済んでいない。

県庁が用意してくれた部屋は、国際通りから市場を抜けた裏手にあった。壺屋《つぼや》というあたりで、二階建てのアパートの一室だった。六畳間に四畳半。それにキッチンが付いていている。一人で暮らすには充分の広さだ。

東京でも独り暮らしだったので、引っ越しにはそれほど苦労しなかった。家財道具などあまりなかった。

部屋は二階だが、周りに高い建物がないので見晴らしはよかった。那覇の繁華街のビルが見えている。こうしてビルを眺めていると東京とそれほど違いはないような気がする。しかし、空気が違った。植物の匂いを含んだ湿った空気。南国にやってきたのだという気がする。

段ボールを二つほど開けたが、妙に落ち着かない気分になった。時計を見るとまだ九時を少し過ぎたばかりだ。磯貝は、再び部屋を出てタクシーが拾えそうな大通りを目指した。結局、国際通りまで出てしまった。

空車をつかまえると言った。

「沖縄市まで行ってください」

『ビート』では、ロックグループが演奏していた。ロックだが、どこか沖縄民謡の要素が感じられる。それほど混んではいない。比嘉たちの演奏の日が異常だったので、普段はこんなものなのだろう。

真っ先に美里の姿を探した。美里は、カウンターで、客に出すための飲み物を受け取っていた。美里が振り返り、あら、というような顔をした。

磯貝が後方の席に座ると、美里がやってきた。

「しばらく、沖縄に住むことになったんです」

「比嘉さんから聞いているわ」

「今日赴任したんですが、どうしてもここへ来たくなって……。比嘉さんは？」

「今日は那覇に泊まりよ。週に何度かはそうなの」

「その後、ジョンは来ますか？」

美里は笑った。

「あれから毎日のように……。今夜も、現れるかもしれないわ。来るとしたら十時過ぎ。いつもだいたいそうなの」

磯貝は時計を見た。もうじき十時になる。ブルーフィールドにも会いたかった。

「何にします？」

「え……？」

「ご注文」

「ああ、オリオンビールをください」

美里はうなずくと去って行った。磯貝はどきどきしていた。バンドの音が大きいのでどうしても顔を近づけて話すことになる。美里が近づくと、たまらなくいい匂いがした。これまで何人かと付き合ったことはある。だが、こういう気分は実に新鮮な気がした。美里は特別だという気がしはじめている。

今日もジーンズのショートパンツをはいている。うっとりするくらいにきれいな脚。癖のない艶《つや》やかな長い髪。大きくよく光る瞳《ひとみ》。笑うと右側だけにえくぼができることを発見した。

彼女との再会は運命的だった。

磯貝はそう感じていた。美里がどう思っているかは知らない。どうやら、特別なことは感じていないように見える。それは仕方がない。だがとにかく、磯貝は縁を感じているのだ。

そこで、磯貝は誰かを好きになったときに最初に突き当たる疑問を感じた。

彼女は誰か付き合っている人がいるのだろうか？

それは本人に確かめるしかない。あるいは、彼女のごく近しい人に。彼女の知人で磯貝が知っているのは比嘉だけだ。

比嘉に尋ねるのか？

それだけはできそうになかった。なんとかそれとなく探り出すしかない。いきなり、本人には訊《き》けない。それほどの度胸はなかった。

バンドの演奏をぼんやりと眺めながらそんなことを考えていると、出入り口にブルーフィールドが姿を現した。彼は磯貝を見つけると、美里とは対照的に濃い青い眼を大きく見開き喜びを全身で表現した。

「こんなに早く沖縄へやってくるとは思わなかった」

「これからしばらく沖縄に住むことになる」

「本当か？　しばらくというのは、どれくらいだ？」

「最低一年」

「そりゃあいい。覚えているか？　スキューバダイビングをしようと言ったこと？」

「もちろんだ」

「さっそく行こう。今度の休みはどうだ？」

「急だね……」

「ここは沖縄だぜ。ダイビングなんて公園の散歩みたいなもんだ。その気になれば、いつだって行ける」

「ダイビングショップには予約とかが必要なんじゃないのか？」

「だいじょうぶだ。私がいつも行っている店ならどうとでもなる」

「機材はレンタルしなければならない」

「心配するな。すべてオーケイだ。美里も誘おう」

実はそれが重要なことなのだ。

「彼女、来てくれるかな？」

「それもオーケイだ。この間、一緒にダイブした」

磯貝は、心が騒いだ。

だが、なんとか平静を装って言った。

「そうか。彼女はインストラクターの資格を持っていると言っていたな……」

笑いがひきつっていたかもしれない。

「久米島《くめじま》まで行ってダイブしたんだ。最高だった。浅いところにはチョウチョウウオが群れていて、ゴマモンガラが珊瑚《さんご》に嚙《か》みついているんだ。ちょっと深くに行くと、キンメモドキの群れがいた。大物には出会わなかったが、珊瑚礁のダイビングは他にも楽しみがいっぱいある」

何のことかわからなかった。

ブルーフィールドにとっては、一緒に行ったのが美里だということはたいして重要ではないようだ。彼にはスキューバダイビングの楽しさのほうが大切なのだ。磯貝は少しだけ安堵《あんど》した。

「楽しそうだな」

「保証するよ」

美里がビールを二つ持ってやってきた。ブルーフィールドには注文を取っていない。いつも同じものを頼むのだろう。磯貝の心は再びざわついた。

ブルーフィールドが美里に言った。

「今度の日曜日に、またダイビングに行かないか？」

「あら、いいわね」

「磯貝も一緒だ」

「体験ダイビングね。恩納《おんな》ビーチにでも行きましょうか。手軽だし」

「いいね」

ブルーフィールドがうなずいた。「あそこは私も気に入っている」

磯貝は美里に尋ねた。

「迷惑じゃないですか」

「迷惑？」

「その……、ふたりともベテランみたいだし、初心者の僕がいると、楽しめないんじゃないですか？」

美里はほほえんだ。

「誰だって最初は初心者よ」

そんなほほえみを初めて見たような気がした。彼女はあまり笑顔を見せない。それがまた神秘的な感じがするのだ。

「電話番号を教えてくれ」

ブルーフィールドが言った。

「引っ越してきたばかりで、まだ付いていないんだ」

「住所は？」

磯貝は、手帳を取り出して住所をコースターに書き写した。まだ覚えていないのだ。

磯貝は美里に言った。

「あなたにも教えておこう」

美里はポケットからメモ用紙を取り出した。こちらの住所を教えれば、相手の住所や電話番号を尋ねるのも自然だ。

磯貝は住所を書いた紙を渡し、さりげなく電話番号と住所を訊こうとした。そのとき、美里は客の一人が手を挙げるのを見つけた。磯貝が渡した紙をさっとポケットに入れると、二人に目礼してその客のところへ行ってしまった。

まあいい。これから毎日だってここに来ることができる。チャンスはいくらでもある。しかし……。

磯貝はブルーフィールドのほうを見た。

この男に出し抜かれたりはしないだろうな……。

磯貝はまだブルーフィールドのことを何も知らなかった。結婚しているのか？　いつまで沖縄にいるのか？　どこに住んでいるのか……。

ライブ演奏が終わり、会話が楽になった。ブルーフィールドが言った。

「私の電話番号はまだ持っているか？」

「持ってる」

「じゃあ、土曜日に電話してくれ。車は？」

「いや、持っていない。そのうちに中古車でも買おうと思っているんだが……」

「わかった。ならば、私が車で迎えに行こう」

「あんたはどこに住んでいるんだ？」

「キャンプ・コートニーだ」

「それはこの近くなのか？」

「具志川《ぐしかわ》市だ。海兵隊のキャンプの中では、ここから一番近い」

「海兵隊の人たちはコザではなくて、別の町に飲みに行くのではないのか？　何という町だったかは忘れたが、そんな話を聞いたことがある」

「金武《きん》町の新開地だ」

「あんたはわざわざコザまで来るのか？」

「新開地はすっかりさびれてしまった。それに、私は比嘉隆晶たちのファンなのでね」

まさか、比嘉ではなく美里のファンなのではあるまいな……。具志川は、比較的近いとはいえ、毎日飲みに来るほど近くはないような気がする。

いや、待て。疑心暗鬼になっているのかもしれない。最初に会ったとき、彼は紹介をしないのに比嘉のことを知っていた。演奏を聴きに来ていたのかもしれない。

「あなたこそ、那覇からわざわざここへ飲みに来ている」

磯貝は肩をすくめた。

「比嘉さんが今度僕の上司になった。ご機嫌を取っておこうかと思ってね」

波を通った太陽の光が、海底の砂に美しい模様を描き出している。その重なり合う光の模様は常にゆらゆらと揺れて輝いている。生まれて初めて見る光景だった。写真やテレビで海底の様子を見たことはある。だが、そうした映像と実物はまったく別物だった。

美里から耳抜きとマスククリアを教わり、ビーチから海の中に入った。腰のあたりの深さからゆっくりと潜った。ダイビングの世界ではビーチエントリーというのだそうだ。

水の中では美里が常に手を引いてくれた。それがうれしくて初めてのダイビングの緊張を忘れた。それにしても何という美しさだろう。沖縄の海は明るく、かなり遠くまで見渡せる。

色とりどりの魚が周りを泳いでいる。驚くほど鮮やかな青色をした小さな魚がマスクのすぐそばを泳いでいる。

砂が白くて美しい。

無理に吸おうとしなくても、レギュレーターからひんやりとした空気が流れ出てくる。少しも苦しくなかった。

自分の呼吸の音だけが聞こえる。ブルーフィールドは、軽やかに浮かんでゆっくりと磯貝と美里の周りを泳いでいる。初めて潜る磯貝はブルーフィールドのように水中にうまく浮かぶことができない。砂の上を這《は》いずり回っている。美里も磯貝に合わせて、海底を進んでくれる。

密生する枝珊瑚が見えてきた。魚の数が急に増える。鮮やかな蛍光ブルーの縁取りがある大きな魚が優雅に泳いでいた。

美里が磯貝のエアーの残量を示すゲージを手にとって見た。ブルーフィールドは枝珊瑚の上をゆったりと泳いでいる。磯貝はそういうわけにはいかないので珊瑚の周囲を這いずり回っていた。

やがて、美里が方向を変えた。岸の方向に向かいはじめたのだ。うまく泳げない磯貝は移動に時間がかかる。たっぷりと余裕を見て引き返すことにしたのだ。ブルーフィールドはそのまま珊瑚礁の上で泳ぎ回っていた。

「どうだった？」

岸に上がると、美里が尋ねた。美里の顔にはマスクの跡がついている。美しい顔が台無しだったが、まったく気にした様子はない。飾らない一面を見ることができる。なるほど、これもスキューバダイビングの良さか……。

「こんなにきれいだとは思いませんでしたよ」

「今日は特にコンディションが良かったわ」

「魚がすごくきれいで……。これくらいの小さいブルーの魚がすぐそばで泳いでいましたね」

「ああ、ソラスズメね。ダイビングに慣れてくると、気にもしなくなる魚だけど、きれいよね。あたしも好きよ」

「それから、蛍光ブルーの縁取りのある大きな魚がいたでしょう。珊瑚のところに」

「サザナミヤッコね」

美里は半袖《はんそで》のウェットスーツを着ている。シーガルというのだそうだ。

「本格的に始めてみたくなりました。ライセンスを取るのは難しいのですか？」

「そうでもないわ。三日もあれば取れるでしょう。ショップで訊《き》いてみるといいわ」

「そうしてみます」

美里はBCジャケットを着けたままのタンクを砂の上に横たえて、腰を下ろした。磯貝もそれをまねした。二人で並んで腰を下ろし、海を眺めていた。ブルーフィールドはまだ上がってこない。幸福な時間だった。このときだけは沖縄に来てよかったとしみじみ感じていた。

ショップに機材を返すと、ブルーフィールドがいいシーフードレストランがあると言って案内した。三人で早めの夕食を取ることにした。

海岸通りに面した白い壁の瀟洒《しょうしゃ》なレストランで、夕日を見ながら長い時間をかけてシーフードを味わった。南国の夕日はあっという間に沈んでいく。空の色が刻々と変化し、夕闇がじんわりとやってくる。南国の日暮れは新しい世界の始まりを告げており、なんだかわくわくする光景だった。容赦ない陽光の攻撃が終わり、人々が戸外で楽しみはじめるのだ。

ブルーフィールドはミシガン州の出身だと言った。冬の寒さは厳しく、ずっと暖かい土地に憧《あこが》れていたということだった。彼にとっても沖縄は楽園なのだろう。独身だが、故郷に恋人がおり、電話代がばかにならないと言った。

磯貝はブルーフィールドの恋人の写真を見せられ、安堵《あんど》していた。美里の前で恋人の話をするということは、恋のライバルではないということを物語っている。そう判断したのだ。

美里は自分のことについてはあまりしゃべらなかった。口数が少ない。だが、無愛想なわけではない。二人だけではもっと会話がぎこちないものになったかもしれない。ブルーフィールドの社交性はたしかにありがたかった。美里と楽しい時間を過ごせたのは彼のおかげだった。磯貝は素直に感謝していた。

食事が終わると、ブルーフィールドはまず美里を送り、それから那覇まで磯貝を送ってくれた。美里は沖縄市に住んでいる。『ビート』のそばで車を降りたので、自宅の場所はわからなかった。まだ電話番号も聞いていない。

まあいい。これからいくらでもチャンスはある。磯貝は自分にそう言い聞かせた。

「今日はおかげでたっぷり楽しめた」

磯貝はブルーフィールドに言った。

「私もだ。沖縄に住んでいながらなかなか日本人の友人はできないのだよ。また『ビート』で会おう」

ブルーフィールドのステーションワゴンは赤いテールランプを光らせて去って行った。

国際通りから市場を抜けてアパートへの道をぶらぶらと歩いた。快い疲れを感じていた。

アパートの近くは曲がりくねった細い道だった。坂道も多い。石垣と白い漆喰《しっくい》の塀が細い道を挟んでいる。

色濃い南国の木々が風にそよぐ音が聞こえる。

磯貝は、どきりとした。

バス通りに出たところで、路上駐車している車が目に入った。紺色のセダン。それまでの幸福な気分がいっぺんに吹き飛んでしまった。

撃ち合いの夜を思い出した。

まさかあの車じゃないだろうな……。

形も色もよく似ているような気がした。車種を正確に覚えているわけではないので、あのときの車かどうかははっきりしない。

しかし、いい気分ではなかった。アパートの目と鼻の先にその車は停まっている。暗くて中に人がいるかどうかわからない。

胸が高鳴り、恐怖に首の後ろがしびれた。毛の生え際がちりちりしている。磯貝は足を早めて路地を曲がった。監視されているのではないだろうな？

もしそうなら、なぜ……？

チャイニーズ・マフィアの目当ては比嘉なのではないのか……。

そのとき、美里がしきりに後方を気にしていたことを思い出した。

比嘉とともに美里も何かのトラブルに巻き込まれているのか……。

だが、中国系の男たちは、この僕に話があると言った。あれはどういうことなのだろう。やはり、比嘉や美里に近づいたせいなのだろうか。比嘉は何も知らないと言った。だが、それは言葉通りに受け取ることはできない。

美里がトラブルに巻き込まれているというのは、耐えがたい想像だった。『ビート』には近づかないほうが無難だということだ。だが、訪ねずにいられない。さらに、美里の身に危険が迫っているというのは、自分自身の危険とは別の意味で恐ろしかった。美里に何かあったらと考えると……。

磯貝は足早にアパートの部屋に駆け込んだ。胸がどきどきして、新たな汗がどっとふきだしてきた。車が一台停まっていたというだけのことだ。なのにこんなに怯《おび》えている自分が情けなかった。

僕はただの公務員だ。こんな思いをする理由はないはずだ。明日《あした》、比嘉にあらためて尋ねてみよう。比嘉は何かを知っているはずだ。

6

「何だ、話というのは？」

比嘉は七階の参事官室にいた。

「ちょっと内密な話なので……」

部屋には他の職員が三人いた。比嘉はうなずいた。

「隣の会議室があいている。そこへ行こう」

比嘉は会議室に入ると、手近な椅子に腰掛けた。磯貝は立ったままだった。

「それで？」

比嘉は磯貝をうながした。

「ゆうべ、アパートのそばに紺色の車が停まっていました。撃ち合いをした連中が乗っていた車に似ていたような気がします」

比嘉は表情を変えなかった。のんびりした余裕の表情だ。

「同じ車だったのか？」

「それははっきりしません」

「紺色の車などいくらでもあるだろう」

「監視されているような気がするのです」

「なにを根拠にそんな事を言うんだ？」

「ひとつは、比嘉さんや美里さんの態度です。外出するときはいつも周囲に気を配っている」

「俺も美里も用心深いんだよ」

「僕は、『ビート』を出たところで拉致《らち》されそうになりました。つまり、彼らは僕に用があったのではなく、比嘉さんや美里さんに用があったのかもしれません」

「前にも言ったが、俺は何も知らない。あんたも知らない。それでいいじゃないか」

「その言葉は信用できないような気がするんですが……」

「もし、俺が何かを知っていたとしても、あんたには関係ない」

「撃ち合いに巻き込まれたんだから、関係ないとは言えないでしょう」

「だが無事だった」

「今度同じようなことがあったら、無事でいられるかどうかわかりませんよ」

「そうそう撃ち合いなどないさ」

「だといいのですがね……」

「撃ち合いなどさせない」

比嘉の表情は穏やかだったが、その言葉はきっぱりとしていた。

磯貝はその言い方が気になった。

「撃ち合いをした連中が誰なのか知っているのですか？」

比嘉はしばらく磯貝を無言で眺めていた。何かを考えているのだ。磯貝はなぜか緊張した。

やがて比嘉は言った。

「もし、俺がやつらのことを知っていたとする。だが、それは沖縄の問題だ。あんたに話す必要はない」

磯貝はその言葉に驚いてしまった。

「僕は今、沖縄県の職員ですよ」

「出向だ。いずれは中央へ戻るのだろう」

「だとしても、沖縄の問題というのはおかしいですよ。沖縄も日本じゃないですか」

「形式の上ではな」

「形式も何も……」

「俺はそういう気がしているがね」

「日本が侵略者だと言いたいのですか。薩摩《さつま》の琉球《りゅうきゅう》支配、明治政府の琉球処分の歴史は知っています。太平洋戦争では、日本の中で唯一戦場となった土地であることも知っています。しかし、僕たちはその歴史を乗り越えなければなりません」

比嘉はびっくりしたような表情を見せた。

「おいおい、誰もそんなことは言っていないよ。俺たちはそんな被害者意識だけを抱いて生きているわけじゃない。県には県の事情があると言っているだけだ」

「そういう言い方は納得できませんね。そう、おっしゃるとおり、僕は出向しているに過ぎません。いずれ中央に戻る身です。そして、おそらくまた自治省に戻ることになるでしょう。だからこそ言っているのです。自治省は地方自治体のことを把握していなければなりません」

「なんとまあ、まじめな男だな……」

「比嘉さんの周囲では何かが起きている。あなたは県知事の補佐役です。一般人とは違うんです。そして、僕は一度はそれに巻き込まれかけたのです。僕にも知る権利はあると思います」

比嘉は大きく息を吸い込み、鼻から吐き出した。

「知らなくてもいいことなんだ」

「僕は知りたいのです。やつらは何者で何をしようとしているのですか？」

「質問の片方だけにこたえよう。彼らは台湾人だ」

「台湾のマフィアですか？」

「まあ、そういったところだ」

「なぜ撃ち合いになったのです？」

「言っただろう。質問のこたえはひとつだけだ」

「僕は台湾マフィアに監視されているかもしれないのですよ」

「それがどうした？　国を運営したり守ったりというのは本来危険なものじゃないのか？公務員ならば腹をくくったらどうだ」

「公務員が危険なものですって？」

「警察官、自衛官、消防士、海上保安庁……。いずれも危険と隣り合わせの職業だ。あれが本来の公務員の姿だよ。だから、昔は武士が立法、行政、司法すべてを担っていた」

「そんな時代じゃありませんよ」

「本質は変わらないさ」

今までそんなことを考えたこともなかった。公務員の仕事は安全な役所の中でやるものだと漠然と考えていた。

「理由もわからずにつけ回されるのはごめんです」

「あんたはつけ回されているというが、根拠はない。ただ、紺色の車がアパートのそばに停まっていたというだけのことだ。その車が台湾マフィアのものだと決まったわけじゃない」

「それはそうですが……」

「さあ、無駄話をしている時間はない。県の職員になったのだから、給料分は働いてもらうぞ」

比嘉は立ち上がり、会議室を出ていった。

何かが起こっている。それは確かだった。出張で来たときにはそれがわからなかった。地方自治体は、中央からの査察などに対してあらかじめ準備をしている。たった一度の出張では実情はわからない。

陣内は磯貝の報告書を読むと、即座に出向を命じた。報告書を読むだけで、磯貝自身が気づいていなかった何かに気づいたのだろうか。

まさかな……。

比嘉は、もしかしたら磯貝の本当の目的を悟って、なるべく問題から遠ざけようとしているのではないだろうか？　磯貝は、陣内から調査を継続するようにと言われただけだ。しかし、この出向の本当の目的は比嘉の考えや行動を探ることだと磯貝は解釈していた。比嘉は警戒しているのかもしれない。ならばこちらもいっそう慎重に行動しなければならない。磯貝はそう考えた。

公務員は本来危険なものか……。

その言葉は、比嘉自身の覚悟なのかもしれなかった。

比嘉の言うとおり、知らんぷりを決め込んで、県庁と自宅をおとなしく往復するだけというのも一つの手だと思った。それならば、比嘉もことさらに警戒することはないだろうし、とりあえずは身の安全を守ることができるだろう。

しかし、美里に会えないのはつらかった。彼女のことが心配でもある。美里がトラブルに巻き込まれているとしても、磯貝にはどうすることもできない。それはわかっているのだが、そばにいたいと思った。

そして、何かが起こっているとしたら、それを調査するのが内閣情報調査室調査官の任務のはずだと考えた。ひょっとしたら、陣内はそれを期待しているのかもしれない。

陣内は何を考えているかよくわからない。一緒にいて気分のいい上司ではない。だが、内閣情報調査室のトップであることは間違いないし、おそろしく思慮深いことで知られている。

磯貝は迷った末に、その夜も『ビート』へ出かけることにした。

夕食を那覇で済ませ、沖縄市まで足を延ばすことにした。タクシー代もばかにはならない。磯貝はバスの路線を調べた。彼は、比嘉や美里のように外出するとき、背後を気にするようになっていた。

バス停で磯貝はその男に気づいた。

若い男だ。派手なアロハシャツを着ている。建物の角で何気ない態度を装っているが、明らかに不自然だった。背筋がひやりとした。その男に見覚えがあった。磯貝を拉致《らち》しようとした二人組のうちの一人だ。

もう疑いようはない。僕は監視されている。

新たな恐怖がやってきた。撃ち合いの夜をありありと思い出す。もはや漠然とした不安ではない。具体的な恐怖だ。

部屋に引き返そうかとも思った。しかし、一人でいたくなかった。バスが近づいてくるのが見えた。磯貝はちらりとアロハシャツの男のほうを見た。姿が消えていた。

周囲を見回した。すぐ背後にいて一緒にバスに乗り込んでくるのではないかとどきどきした。

男は姿を消したままで、バスの中までやってくるようなことはなかった。沖縄市までの道のりがやけに長く感じられた。

『ビート』は混み合っていた。先日の四人の演奏の日ほどではないが、席はほぼ埋まっている。

カウンターのところに美里がいたので、尋ねた。

「今夜はやけに混んでいますね。何かあるんですか？」

「あら、いらっしゃい。古丹さんが来てるのよ。会期明けだそうで……。宣伝もしていないのに、口コミで聞きつけたファンがやってきたというわけ」

「ドラムとピアノだけで演奏するんですか？」

「別に珍しいことじゃないわ」

「比嘉さんと話ができますか？」

「楽屋にいるわ。行ってみたら？」

楽屋には比嘉と古丹の二人だけがいた。談笑しているが、先日と同様、しゃべっているのはもっぱら比嘉だけのようだった。

「よう、すっかりお得意さんになったようだな」

比嘉は磯貝の顔を見ると言った。「どうした、妙な顔をして」

「やっぱり監視されていました」

「何だって？」

「僕をさらおうとしたやつが、家のそばに立っていました」

「そうか……」

「そうかって……。やつらは台湾マフィアなんでしょう？」

「そうだ」

「ちゃんと話してくださいよ。僕が監視される理由を知っているのでしょう？」

比嘉はちらりと古丹を見た。古丹は無言で比嘉を見つめている。物静かな眼差《まなざ》し。

「わかった」

比嘉は磯貝に向かってうなずいた。「演奏の後、話をしよう」

そう言われてしまっては何も言い返せなかった。彼らの演奏は何か神聖なもののような気がした。

磯貝は楽屋を出るしかなかった。

先日の演奏と同様に、比嘉のドラムソロで演奏が始まった。バスドラム、フロアタム、トップシンバルが同時に轟《とどろ》き、客の興奮を一気に高めた。

疾走するようなドラムソロだ。バスドラムとスネアで一定のテンポをキープしつつ、二本のスティックが縦横無尽に飛び回る。

ドラムソロの頂点でピアノが入ってきた。二人は猛然とバトルを繰り広げ、磯貝は、ほんのひとときだが恐怖を忘れることができた。

「あんたが監視されているという話はわかった」

演奏が終わり、客がまばらになったフロアで比嘉が言った。比嘉と磯貝、古丹が同じテーブル席に座っていた。

「そして、その理由について心当たりがあることも確かだ」

「ちゃんと話してくれますね」

「ちょっと待った。心当たりがあると言ったんだ。何もかも知っているわけじゃない」

「知っていることだけでいいです」

「ほとんどが推論の域を出ない」

「それでもいいです」

比嘉はビールをぐいとあおった。古丹は終始無言で二人のやりとりを見つめている。

「あんたを尾行しているのは、おそらく李省伯《りしょうはく》の手下だろう」

「何者です、それは」

「竹連幇《ちくれんぱん》系の台湾マフィアだ」

「どうしてその台湾マフィアが僕を尾行したり、拉致《らち》しようとしたりするんですか？」

「あんたに声を掛けた連中は、訊《き》きたいことがあると言ったんだろう。その言葉どおりだと思うがね」

「僕から何を聞き出そうというのです？」

「さあね。俺にはそこまではわからんよ。やつらに訊いたらどうだ？」

「なぜ撃ち合いになったのです？」

「後からやってきた三人組というのは、おそらく天道盟の連中だ。やつらは縄張りを荒らされまいと神経質になっている」

「テンドウメイ？」

「台湾語ではティエンダオモン。やはり台湾マフィアだよ」

「台湾マフィア同士の抗争というわけですか？」

「抗争というのは大げさだな。ちょっとした小競り合いだ」

「銃を撃ち合ったのですよ」

「だが、怪我人が出たわけじゃない。やつらが本気で相手を殺そうとしたら、あんなもんじゃ済まないよ」

「なぜ、沖縄で台湾マフィア同士の抗争が起きるのですか？」

「どこで起きたって不思議はないさ。李省伯という男はな、しばらく新宿の歌舞伎町にもいたことがあるということだ。やつらは、どこへでもやってくる」

「納得できませんね」

「何がだ？」

「台湾マフィア同士が沖縄で縄張り争いをやることも、僕に何かを訊こうとしたことも……。何もかもです」

「俺だって納得しているわけじゃないよ」

比嘉はまだのらりくらりとはぐらかすつもりでいる。今夜はなんとかはっきりしたことをつかみたかった。

さきほどから古丹は何も言わない。だが、磯貝は無言の圧力のようなものを感じ取っていた。古丹の眼が反感を物語っているような気がする。美里が離れた場所から、ちらりちらりとこちらの様子をうかがっているのが気になった。

「わかる範囲で話してください。いったい何が起きているのか……」

「今話した」

「充分とは言えませんね」

「いいか？　俺だってはっきりしたことを知っているわけじゃないんだ。今言ったことだってほとんどが推測なんだ。調べたいのなら、自分で調べたらどうだ」

美里のいらっしゃいという声がした。古丹が出入り口のほうを見た。彼の眼差しは厳しかった。

磯貝は古丹の視線を追った。出入り口に三人の男が立っていた。一目で素性がわかった。前に立っている男はこの恐ろしい暑さにもかかわらず黒い背広を着ている。ネクタイはしていない。開いたシャツの胸元に太い金のネックレスが見えた。

後ろにいる二人のうちの一人はひどく趣味の悪いアロハシャツに白いスラックスをはいている。もうひとりは、オリーブドラムのTシャツに迷彩のズボンをはいていた。

黒いスーツの男は、パンチパーマだった。アロハシャツの男はオールバック。迷彩ズボンの男はスキンヘッドだ。いずれもすこぶる凶悪そうな顔をしている。

三人はゆっくりと磯貝たちのほうへ近づいてきた。古丹はまったく身動きしなかったが、全身の緊張が高まるのがわかった。店の中の空気がぴりぴりとしてくる。

磯貝は嫌な気分になった。相手はどう見てもやくざ者だ。そんな連中と同じ店にいるというだけでも不愉快なのに、彼らは近づきつつあるのだ。

黒いスーツのやくざが比嘉の脇で立ち止まった。二人がその後ろに立つ。

比嘉は、その男のほうを見ていなかった。磯貝は胸がどきどきした。緊張で顔面が青ざめるのが自分でもわかった。

男は比嘉を見下ろしている。ゆっくりと比嘉が眼を上げた。

「何か用か？」

比嘉がそう言うと、黒いスーツのやくざがやや首を傾げて言った。

「ショウちゃん。わしら、困っとるのさー」

「何のことだ？」

「台湾の連中のことさー。これ以上、黙ってるわけにいかんよ」

比嘉は、相手を見つめたまま、わずかに身を乗りだした。

台湾の連中のこと……？

好奇心がもたげてきた。やくざたちは、比嘉に話があるらしい。磯貝や古丹は眼中にないようだ。

比嘉が言った。

「手を出せば被害が出る。おまえらだってそれは充分に知っているだろう」

「けど、ショウちゃん……」

「ドンパチが始まれば、住民が巻き添えを食うかもしれない」

「それでなくても、俺たちはシノギが減ってどうしようもないんだ。このままじゃ、台湾のやつらだけでなく、本土のでかい組織にも食われちまう」

「暴力団新法を忘れたのか？　この沖縄で指定団体にでかい面《つら》はさせない」

「ショウちゃんはそう言うけど、わしらの世界にもいろいろあるのよ」

「だからこらえてくれと頼んでいるんだ」

「たいがいのことはこらえるよ。だが、台湾の連中のことは……」

「俺が何とかする」

突然、アロハシャツの男が怒鳴った。

「てめえ、兄貴が下手に出てりゃ、つけあがりやがって。何様のつもりだ？」

比嘉はその男のほうを見た。かすかに笑みさえ浮かべている。その眼の奥に一瞬、危険な光が見えた。アロハシャツの男が興奮して一歩出ようとした。

「やめろ、ばかやろう！」

黒いスーツのやくざが怒鳴った。「話の邪魔をするな。おとなしくしてろ。おまえがかなう相手じゃない」

比嘉はたっぷりとアロハシャツの相手を見据えてから、視線を黒いスーツのやくざに戻した。

「やくざ者が俺にかなわないだって？　悪い冗談はよせよ」

やくざは、不愉快そうに眉《まゆ》をしかめ、その軽口を無視した。

「お客さんがいるところを、悪かったな」

「いいさ。ついでだ。紹介しよう。古丹は知ってるな？　こっちは磯貝さん。中央省庁から沖縄県に出向してきている。このやくざ者は俺の幼馴染《おさななじ》みでな、玉城栄吉《たましろえいきち》というんだ」

玉城は居心地悪そうに身じろぎした。

「ショウちゃん。今日のところは出直す。だが、俺の気持ち、くんでくれ。俺たち、体を張ってこの島を守らなければならない」

「体を張るのはおまえたちだけじゃない」

比嘉は言った。

玉城栄吉は、驚きとも反感ともつかない複雑な表情で一瞬比嘉を見つめた。だが、すぐにうなずくと背を向けて出ていった。二人の弟分の間をすり抜けて出ていく。弟分たちは、比嘉を睨《にら》みつけてから玉城の後を追った。

古丹が比嘉を見つめている。それに気づいた比嘉が言った。

「何だ？　何か言いたそうだな？」

古丹が口を開いた。低く重厚な声で言った。

「おまえは昔から変わらん」

「どういうことだ？」

「考える前に突っ走る」

比嘉がにやりと笑った。

「それが必要なときもある」

「トラブルを楽しんでいるんだ」

「これからの政治家にはぜひとも必要な資質だと思わないか？」

磯貝は古丹の声を初めて聞いたような気がしていた。ただ重厚なだけではない。物静かで、気持ちの昂《たかぶ》りを冷ましてくれるような声音だった。

古丹はそれきり、また口を閉ざしてしまった。磯貝は、比嘉に言った。

「驚きました。本当に幼馴染みなんですか？」

「ああ。あいつは小さい頃は気が弱くてな。いつも泣かされてばかりいた。今じゃ、一家を構えている。玉城組を名乗っているよ」

「あの人の口ぶりだと、比嘉さんが台湾マフィアとのいざこざを抑えているように聞こえますね」

「俺にそんな力があるもんか。俺はあくまで知事の代理で物事を進めているだけだ」

「玉城さんが言った、気持ちをくんでくれという言葉はどういう意味でしょうね？」

「どういう意味だろうな」

「台湾マフィアに好き勝手をやらせたくない。力ずくでも縄張りや利権を守りたい。だけど、比嘉さんがそれをやらせてくれない。そう聞こえましたが……」

「あいつらはやくざだぜ。シノギを守るためなら、俺が何を言おうと戦うさ」

「じゃあ、玉城さんは何を言いに来たんです？」

比嘉は、笑みを消した。

「島を守ると言いに来たんだ。あんたには関係ない」

その口調は冷ややかだった。

「関係なくはありません。僕は現在は県の職員ですし、台湾マフィアにつけ回されているんです」

「だが、あんたはいずれ東京に戻る人間だ。いざというときには、ウチナーよりもヤマトの側に付くはずだ」

「いざというときですって？　それはどういう意味なんです？」

「ぎりぎりの交渉をするようなときだ。これまで沖縄は何度もそういう交渉をヤマトの政府とやってきた。薩摩の琉球支配のときもそうだった。明治の琉球処分のときもそうだった。太平洋戦争のときもそうだった。少女が米兵に乱暴されたときもそうだった。大田前知事の、代理署名問題のときもそうだった」

磯貝は、しどろもどろになった。何か言い返したいが、言い返す言葉がない。

「あんたは、ダイビングをやったり、観光をしたり、沖縄の生活を楽しんでいればいいんだ。余計なことに首を突っ込まない限り、俺はあんたを歓迎する」

「そんな……」

磯貝は困惑した。それを隠そうとしたが、無理だった。

比嘉は、古丹に言った。

「この人は、まだ自分の立場がわかっていないようだな」

比嘉は、依怙地《いこじ》になっているのだ。被害者意識はないと言ったが、こういう言い方は被害者意識から来ているとしか思えない。その点、古丹は冷静に考えてくれるだろう。何か助け船を出してくれるかもしれない。

磯貝はそんな期待を抱いて古丹を見た。

古丹はまた重たい口を開いた。

「比嘉はヤマトンチュと言うが、俺たちはシャモと呼ぶ」

磯貝は眉をひそめた。

「シャモ？」

「和人のことだ」

磯貝は言葉を飲み込んだ。古丹は磯貝を弁護するどころか、比嘉と同じように感情的な話をしようとしている。磯貝は思った。道議会議員ならば、もう少し理性的な話ができると思ったのだが……。

「比嘉の国に島津《しまづ》藩がやってきたように、俺たちの国には松前《まつまえ》藩がやってきた。シャモは俺の先祖を惨殺し、土地を奪った。そして、大地を穢《けが》し、川や湖を汚した」

落ち着け。僕は自治官僚だ。

磯貝はそう自分に言い聞かせなければならなかった。

落ち着いて考えれば、彼らの誤りも見えてくる。中央政府が地方をちゃんとコントロールすることで得られるメリットだって大きいはずだ。そういう事例がたくさんあるはずだ。だが、思いつかない。どうしたというのだ……。

「それは過去の話です。今は同じ日本じゃないですか。北海道も沖縄も日本の地方自治体なんです」

「シャモは侵略者だ。その歴史を都合よく忘れてしまう」

「北海道と沖縄に関しては政府も特別な扱いをしています。北海道開発庁と沖縄開発庁を置いて、発展につとめているんです」

「シャモの発展というのは土地を穢すことでしかない。日本の政治というのは、あるときに決定的な間違いをした」

「あるとき……？」

「明治維新だ。維新政府のあやまった方向性が、軍国主義を生み、公害を生み、経済偏重主義を生み、教育制度の失敗を生み、そして今回の財政破綻《はたん》を生んだ。カムイコタンは、そんなものとは無縁だった」

「ばかな……。日本の民主主義は明治維新から始まったのですよ」

「幻想だ」

「幻想なんかじゃありません。東南アジアには現在も軍事独裁の政権があり、その国の人々は人権をひどく制限されています。日本ではそんなことはありません。政治犯として獄中にいる人は一人もいないのです」

「官僚らしい考え方だ」

「公共投資は地方を豊かにしたはずです。誰だって、豊かな生活がしたい。経済成長と公共事業が下水道などのインフラを整備し、日本中の人が清潔に暮らすことができるようになりました。家計も豊かになり、誰もがカラーテレビとビデオ、エアコン、自家用車を持つことができるようになったのです。これは政府の功績じゃないですか」

比嘉がにやにやと笑いながらうなずいた。

「そう。日本は、アジアで一番便利で清潔な国になった。そして、誰もが神経症になっちまったんだ。最近の若いやつらは東南アジアへ旅行して、蠅が飛んでいると言って大騒ぎするそうだ。神経がおかしいとしか思えない。そういう影響はすぐに子供たちに出る。ヤマトのガキどもは自制心がなくなり、すぐにナイフで人を刺す」

古丹が言った。

「一八九九年に、北海道旧土人保護法が制定された。アイヌ民族を保護するという名目で、土地を奪い、狩猟民族であるアイヌに農業を強いた。民族の独自性と文化性を無視した明らかな差別的同化政策だった。一九八四年に北海道と道議会、ウタリ協会がその法律の廃止とアイヌ民族の権利の回復をうたう新法の原案を作成した。信じがたいことに、その間の長い年月、アイヌは旧土人保護法の支配下にあった。そしてその新法が国会に提出されたのは、草案作成から十年以上もたった九七年五月のことだ。それまで待たなければならなかった」

古丹の口調は穏やかで淡々としていた。しかし、はっきりとした怒りを感じ取ることができた。「あんたは、北海道開発庁が我々に利益と繁栄をもたらすような言い方をしたが、我々の聖地であるアシリ・レラを強制収用してダムの底に沈めたのはその北海道開発庁だ」

「アシリ・レラ？」

「シャモの言葉では、二風谷《にぶだに》という」

「しかし……」

磯貝は何とか反論しようとした。民族や文化といったセンチメンタリズムでは政治は行えない。「灌漑《かんがい》や土地の安全確保のためにダムは必要だったのだと思います」

「俺は必要だったとは思っていない。二風谷ダムは、苫小牧《とまこまい》東部に計画中だった大規模工業基地への工業用水供給のためのものだった。だが、工業基地そのものの計画が頓挫《とんざ》した。二風谷ダムは必要なくなったのだが、洪水調整などの多目的ダムに用途目的が変更されて、ダムだけが作られたのだ」

その古丹の話を引き継いで比嘉は言った。

「あちらこちらで同じような話を聞くような気がしないか？　ついこのあいだも、諫早《いさはや》で役に立たない干拓を強行した。俺は沖縄の基地問題でも同じようなことを感じている。金のことしか考えない土建屋政党が牛耳るヤマトの政治など、信用できるものか」

「納得していない住民がいることが問題なのだ。政府が大型の公共事業をやろうとするとき、必ず住民の声を力でねじ伏せようとする。それがシャモのやり方だ」

「そう。それがヤマトの政治だ」

「でもそれは豊かな生活のために必要なものだと思います。公共投資はその地方を豊かにします」

比嘉はかすかに笑みを浮かべている。

「それが志の低い土建屋政党の考えだと言うんだ」

「シャモがやってくる前、畑などなくてもアイヌたちは豊かだった。かつて本土にも広く生活圏を持っていたアイヌはシャモに追われ追われて北海道へ移って行った。そこは寒さの厳しい土地だったが、豊かに暮らしていた。南海の島の沖縄人が古くから中国やフィリピンと交易をしていたように、アイヌもイヌイットやロシア人と交易をしていた。シャモが考える豊かさとアイヌが考える豊かさは違う。シャモが考える豊かさを他の民族に押しつける必要はない」

「そう。ヤマトの浅知恵を島の人間に押しつけないで欲しい」

「そんな……。政府は先住民や地方の文化を充分に考慮しているはずです」

古丹が重々しい口調で言った。

「日本政府は、一九八〇年に国連に対して、国内に少数民族はいないと報告している。それが政府の認識だ」

磯貝は劣勢を認めなければならなかった。この二人は政府を信用していない。猜疑心《さいぎしん》を持った人間を説得するのは容易ではない。残念だが、ここは折れるしかないと思った。

磯貝は、それ以上は反論しないことにした。口を閉ざした磯貝に比嘉が言った。

「……とまあ、俺たちを挑発するとこういうことになる。心配するな。あんたを責めているわけじゃない。お互いの立場をわかってもらいたかったんだ。あんたが望まない限り、二度とこういう話はしない」

二人に充分な説明ができずもどかしい思いをしたが、それだけの甲斐《かい》はあった。今、古丹と比嘉が言ったことは、中央に戻ったときに陣内に報告するに値する話だと感じた。話の内容自体は陳腐かもしれないが、二人の立場を考えると無視できない。

「何でこんな話になっちゃったんでしょうね」

「島のことに口出しして欲しくない。俺はそう言ったんだ。なぜ、台湾マフィアが沖縄で小競り合いをしているか、あんたはわからないと言う。だが、ちょっと頭をひねればわかるはずだ」

「わかりませんよ」

「ヤマトの官僚はおめでたいな。いいか？　九七年、台湾は大切なものを失った」

「九七年……？」

磯貝は頭を働かせようとした。九七年に何があったか……。記憶をまさぐった。「そうか、香港の中国への返還……」

「そう。中国は今のところ香港の市場経済についてはある程度大目に見ている。だが、香港市場が健全性を失いつつあるのは事実だ。台湾はかつて香港にかなりの市場を確保していたが、それもままならなくなった。台湾の財界は一度は本気で那覇を第二香港にすることを考えた。いろいろな問題があってそのままの形では実現できないが、それは、沖縄県の国際都市形成の構想と多くの部分で一致した」

「それが台湾マフィアとどういう関係があるのです?」

「国際市場はきれいごとじゃないということさ。台湾が香港に市場を確保するためには、竹連幇が大きな役割を担っていたといわれている。竹連幇は、香港の三合会と同盟関係にある」

「三合会?」

「トライアド。いくつかの黒社会が集まってできた香港最大の暴力団だ」

「僕を拉致《らち》しようとしたのが、その竹連幇の連中だと言いましたね?」

「おそらくね。沖縄にはまず天道盟が進出してきた。天道盟は新興の組織だが、現在は台湾で最大だ。かつて台湾では四海幇《しかいばん》と竹連幇が有名だったが、天道盟はその二つをしのいで急成長した。それには理由がある。四海幇と竹連幇は、外省人、つまり大陸系の組織だ。天道盟は本省人、つまり台湾で生まれ育った人々の組織だ。現在、台湾では三分の二が本省人で、その割合は増えつつある。天道盟はますます大きくなっていくだろう。台湾では長いこと外省人主体の国民党が実権を握ってきたが、このところ本省人の民主進歩党が勢力を伸ばしている。天道盟は同じ本省人の組織ということでこの民主進歩党と関係が深い。実業家だけでなく、病院や学校の経営者から政治家、警察官にまで天道盟のメンバーがいると言われている」

「警察の中に暴力団が？」

「中国や台湾のマフィアというのは、歴史的にかなり特殊な存在だ。単なる暴力団というより秘密結社的な組織なんだ。例えば、中国の要人が海外を旅行するようなときに、マフィアが陰で活躍すると言われている」

「ようやく話が見えてきました。まず、沖縄には天道盟が進出してきて、第二香港ともいえる自由貿易地域を作るのに一役買おうとしている。いわば、それは既得権で、竹連幇は後れを取ったというわけですね」

「そういうことだな。竹連幇系のマフィアたちにしてみれば、新興組織が生意気に、というわけだ。そして、何とか出遅れを取り戻そうとしている。実力行使の抗争以外にもいろいろ手を打とうとしている。そこで、あんたの登場だ。やつらが、あんたにどういう興味を抱いているか、俺は知らない。だが、やつらは、基地問題をめぐる中央政府と沖縄の確執を知っている。それをうまく利用できないかと考えたのかもしれない。もしかしたら、あんたは俺が知っている以上に重要な立場にあるのかもしれない。いずれにしろ、あんたが何を調べに沖縄にやってきたのか、興味津々というわけだ」

比嘉は、磯貝が外務、大蔵、通産三省からなる沖縄問題研究会に関わっていることを知らないはずだ。知らせる必要はない。磯貝はそう判断した。

「台湾マフィアを沖縄から排除できるかどうかという見通しは？」

「排除する気はない」

比嘉はきっぱりと言い切った。磯貝は驚いた。

「なぜです？」

「天道盟を排除するということは、台湾資本を排除するということだ。それでは、国際都市形成構想が立ち行かない」

「マフィアを受け入れるというのですか？」

「フリーマーケットの宿命だよ。台湾資本と台湾マフィアは常にペアになっている」

「そんな……。それは自治省の役人として見過ごすわけにはいきませんね」

「馬脚を現したな？」

「え……？」

「あんたはさっき、自分は沖縄県職員だと言った。だが、本音はまだ自治官僚なんだ。俺たちとは立場が違う。だから言ったんだ。中央に帰るまで観光でもして遊んでいてくれと……」

磯貝はミスを犯したことに気づいた。比嘉は磯貝を最初から信用していなかった。そして、今その不信感を確かなものにしてしまった。

だが、取りかえしがつかないミスではない。時間はある。いずれ充分にカバーできると磯貝は考えた。

「台湾マフィアは排除すべきだと思います。住民が危険にさらされることになります」

美里のことだって心配だ。

比嘉は冗談でも言うような態度だが、きっぱりと言った。

「俺はマフィアだろうが何だろうが、島の自立のためになら、何でも利用する。米軍の基地だろうが、ヤマトの政府だろうが利用してやるさ」

7

C推進室での仕事は、単調なものだ。統計などの資料の整理と連絡業務が主で、自治省や内閣情報調査室の経験がある磯貝は物足りなさすら感じた。新参者の彼が、企画などの重要な仕事に携われないのは当然だが、隣の席の仲本も、ただ淡々と数字をコンピュータに打ち込んでいるだけだ。

仲本はそのことについて、不満を持っている様子もない。それが仕事なのだと割り切っているようだ。無駄なことは一切せず、そうかといって、仕事の効率を上げようと工夫をするわけでもない。

役人らしいといえばそれまでだがな……。

長い前髪で表情の見えない仲本の横顔をちらりと眺めて、磯貝はそう思っていた。仲本の態度は、初日とまったく変わらない。どこかよそよそしい感じがする。必要なこと以外話そうとしない。

昨夜、『ビート』で比嘉と古丹の話を聞いていなければ、そういうやつなのだと思っていればよかった。だが、今は、仲本のよそよそしさにはいくつかの理由があることがわかってきた。

中央の役人に対する反感もあるだろう。腰掛けで県の仕事をしていることも面白くないに違いない。そして、ヤマトの人間に対する不信と憎しみがある。

歓迎会の席で、神奈川県から出向してきた江木が言っていたことが誇張でも間違いでもないことがわかってきた。与那嶺室長の態度も、ただ預かり物にどう接していいかわからないというだけではない。彼も磯貝に対して不信感を抱いているのだ。磯貝は急に居心地の悪さを感じるようになった。

比嘉は磯貝の懸念を無視し、マフィアすら利用すると言った。何とかしなければならない。だが、孤立した感のある磯貝にとって相談すべき相手は限られている。与えられた仕事を午後の早い時間にさっさと片づけ、仲本が席を外している隙に内線電話で南郷沖縄担当大使に面会の予約を入れた。

南郷に会いに行くことをなるべくC推進室の職員たちに知られたくなかった。こそこそしている自分が嫌になったが、慎重に行動しなければならない。

午後三時に南郷を訪ねた。

南郷は先日と同様に尊大な態度で磯貝を迎えた。いかにも迷惑そうな顔だ。大使という要職にある自分を、若手の自治官僚ごときが訪ねてくるのが面白くないのだろう。大使であるからには、国家元首かそれに準ずる人間としか折衝をしたくない。そう考えているに違いない。外務省エリートのプライドが手に取るようにわかる。

「何事だ？」

「台湾マフィアの件をお耳に入れておこうと思いまして」

「台湾マフィアだって？　どういうことだ？」

「C推進室に関連する事柄です。国際都市形成構想というのは、現在あるフリートレードゾーンを拡充して、かつての香港かシンガポールのような自由貿易都市を作ろうという構想でして……」

南郷は顔をしかめた。

「時間がない。君との面会に割ける時間は十分だけだ。簡潔に頼むよ」

「現在、対立する二派の台湾マフィアが沖縄に入ってきており、今後、抗争事件などを起こす危険があります」

「先日、沖縄市で銃撃戦があったという話は聞いている」

南郷は関心を示そうとしなかった。

「その台湾マフィア二派の動きに刺激されて、沖縄の暴力団も動きだしそうな気配なのです」

「それがどうしたというんだ？」

「沖縄にとって憂慮すべき事態だと思います。手を打たれるのでしたらば、早いほうがいいと思いまして……」

「それは私には関係のない話だな」

「でも、大使は、沖縄と政府の間に立たれる方でしょう」

「私の仕事は外交だ。沖縄内部のことについては口出しできんよ。そんなことをしたら、内政干渉になる」

「放っておかれるおつもりですか？」

「それしかないんだ。外務省が何をできるというんだ」

「台湾に働きかけるとか……」

「君は本気でそんなことを言っているのか？　信じがたい外交センスだな。日本政府が外交チャンネルを使って何かを言うにはそれなりの準備と気配りが必要だ。台湾に直接何かを言うわけにはいかない。中国やアメリカの動向を確かめなければならないのだ。日本政府が台湾に直接何かを言うということは、台湾の主権を認めたということになる。中国が黙っていない。それに第一、台湾に何を言えと言うのだ？　おたくのマフィアが沖縄にやってきているので何とかしてくれとでも言うのか？　それは日本が国内の治安維持能力を自ら否定したことになるのだぞ」

「政府は何もできないのだと？」

「少なくとも外務省は何もできん。マフィアだの暴力団だのというのは、沖縄県内部の問題だ。県警の仕事だよ」

「沖縄県には任せておけない事情もあるのです」

「何だ、その事情というのは？」

「ある人間が、沖縄県振興のためにはマフィアだろうが何だろうが利用すると言っています」

「そう言うのならやらせておけばいいだろう。南米では麻薬カルテルと政府が手を組むのはよくあることだ」

「ここは南米ではありません。日本の沖縄なんですよ」

「どこがどれだけ違うか、私にはわからんね。さあ、もう時間だ。今後はつまらないことで私の邪魔をせんでくれ。ゴルフの話なら聞かんでもないがな」

なるほど、外務省のエリートというのはこの程度のものか。磯貝は冷めた気分で南郷を眺めていた。

磯貝は言った。

「米軍の兵士が沖縄の少女を暴行した事件がありました。アメリカがその件について外務省に謝罪したとき、外務省は、はい、わかりましたと言っただけだったと新聞で読みました」

「当然だ。それ以外に何ができる」

「基地がなければ、そのような事件が起きなかったとはお考えにならないのですか？」

「基地問題は外務省の管轄外だ。防衛施設庁の問題であり、内閣官房の問題だろう。それに、暴行事件は刑事事件だよ。私らは関係ない」

「日本人として腹が立たないのですか？」

「私が腹を立てたところで何になるんだ。さ、君の持ち時間はもう切れたんだ」

「台湾マフィア問題は、あくまでも沖縄県で対処しろと言われるのですね」

「それしかなかろう。強いて言えば、地方警察を指揮監督する警察庁の仕事だが、警察庁だって同じ判断を下すだろう」

南郷はひとつも間違ったことは言っていない。日本の政治のシステムをよく理解した発言だ。

にもかかわらず、釈然としなかった。南郷の発言は、間違ってはいないが現状にそぐわない。そんな気がしていた。では、どうすればいいのか。それはまだ磯貝にもわからない。比嘉も南郷も磯貝の言葉に耳を傾けようとはしない。ならば、ただ何もせず成り行きを見守るのもひとつの方策だ。

磯貝はそんなことを考えながら、南郷の部屋を後にしていた。

「独立なんて無理だよ」

居酒屋の隅で、江木がそっと言った。

役所を定時で引け、帰ろうとする磯貝を、江木が誘った。二人とも独り暮らしだ。一緒に夕食を食べに行かないかと言われたのだ。断る理由はなかった。

そして、今や立場を共有できるのは江木だけのような気がしていた。江木も同様のことを感じているようだ。自治官僚と、神奈川県職員では立場が違う。だが、今はそんなことはどうでもいい。同じヤマトからの出向者だ。

ジョッキのビールを二杯あけたところで、磯貝は江木に尋ねた。

忌憚《きたん》のない意見を聞かせてくれ。C推進室の構想の延長線上には沖縄独立があるのか？

江木は周囲に気を配り、誰も自分たちの話を聞いていないことを確かめてこたえたのだった。

「C推進室はもっと現実的なことを考えていると思うね」

「現実的なこと？」

「ああ」

「何だそれは？」

「一国二制度……。中国における香港のようなものと言えばいいだろうか……」

昨夜の話を思い出した。台湾の実業家は、沖縄第二香港構想を抱いていたことがある。

しかし、それは過去の話で、そのまま実現化するのは不可能だと比嘉は言った。

「それは、どの程度確実な話なんだ？」

江木は肩をすくめた。

「僕の印象レベルだよ。それすらも実現化にはいくつもの問題がある。県民も大多数は現状維持を望んでいるんだ」

現状維持か……。それは基地を含めての話なのだろうか……？

「独立は無理だと言ったな？　一国二制度が可能ならば独立だって可能なんじゃないのか？」

「沖縄本島には水がない」

「水？」

「そう。ちょっと雨が降らなければたちまち水不足になるんだ。かろうじて台風の水を貯《た》めて利用するしかない。土地が水を蓄えるためには山と林が必要だ。沖縄本島にはそれがない」

「水がそれほど問題なのか？」

「どんな産業も大量の水を必要とする。例えば、ある台湾資本は沖縄にコンピュータ関連の工場を作って、アジアのシリコンバレーにしようと考えている。しかし、やはり水が障害になっているんだ。半導体の工場は水を多量に必要とする。観光で食おうとしても、水の制限があるため、それほど多くのホテルを建てることができない。つまり、沖縄は経済的な独立が難しいということだ」

「一国二制度なら何とかなるのか？」

「少なくとも、日本経済の庇護《ひご》の下で事を運ぶことができる。まあ、その日本経済も雲行きが怪しくなって久しいが、国際市場であるというメリットはある」

「何をやろうにも、経済がネックになるんだな。なるほど……、水か……。しかし、どこかの資本で大がかりな淡水化プラントかダムでも作れば問題は解決するんじゃないか？」

江木は考え込んだ。

「それだけの資本を沖縄に投下するだけの意味があると考えるのはどこだろうな。やっぱり日本政府だけじゃないか？　独立したらその日本政府の公共投資もあてにできなくなる」

「ジレンマだな。独立するには水が必要で、そのためには日本の公共投資が必要か……」

「僕が思うに、C推進室の成功は日本経済の救いになる可能性もある」

「なぜ？」

「今日本が直面しているのは、かつてないほどの経済危機だ。景気の冷え込みは深刻で一向に上向く気配がない。政府はあの手この手で景気対策をやったが、いずれも効果がなかった。そのうちに景気も上向くとの楽観的な見方もあったが、これだけ不景気が続くと誰もそんなことは言わなくなった。世界各国は政府の無策を非難している」

「それがC推進室とどういう関係があるんだ？」

「規制緩和だよ。まず、金融ビッグバンがやってきた。海外からさまざまな金融資本がやってきて新しい商品が売り出された。状況はがらりと変わった。しかし、依然として日本の金融界は旧態依然とした体制を打ち壊せずにいる。大蔵省も危機感を抱きながら何をしていいのかわからず、国内の銀行を保護することで精一杯になっている。銀行や証券会社は自分たちが生き残ることだけを考えている。貸し渋りという言葉が流行語になった一時期があったが、現在でも状況は変わっていない。つまり、銀行も証券会社も企業活動をサポートするという責任を放棄したんだ。それは、すべて、厳しい規制の中でのうのうと生きられた時代の名残なんだ。時代が変わったことを理解していない。C推進室が目指す国際都市というのは、結局は規制を大幅に緩和した自由なマーケットゾーンということだ。日本政府に学ぶ気があれば、そこから得られるノウハウや情報は計り知れない」

江木のこの見方は、沖縄問題研究会における大蔵省の見解とそれほど違ってはいない。現地で働いている江木の話を聞いているうちに、規制緩和という単語がにわかに現実味を持ってきたように感じられた。

磯貝は、沖縄問題研究会で何度か交わされた議論を思い出しながら言った。

「規制緩和はアメリカの外圧で、むしろ日本は思い切って孤立主義的な保護貿易策を取るべきだという声もあるが……。過激な連中は鎖国すべきだとまで言っている」

「それこそ感情論だね。そんな政策を打ち出したとたんに、円は暴落、東京株式市場も暴落。立つ瀬はなくなる」

磯貝は自治省キャリアというプライドを忘れて、江木の話に興味を覚えはじめた。

「C推進室がもし成功を収めたとき、日本は何を学ぶことができる?」

「本当の自由貿易だ。これまで日本の貿易は、アメリカの言うとおり保護貿易だった。保護貿易策は発展途上国では有効に働くことがある。企業が未熟な場合、国際的な競争力を得るまで保護してやるという考え方だ。しかし、ソニーやパナソニックが世界を席巻している現在、その考え方は許されない。沖縄にはもともと自由貿易のノウハウがあった」

「自由貿易の？」

「そう。中世の琉球王国は貿易国だったんだ。中国やフィリピンと交易をしておおいに栄えていた」

「それは昔の話だろう。現代とは経済状況が違う」

「民族、あるいは住民の資質というのは大きいよ。なおかつ、沖縄はアメリカ世《ユー》の経験を持っている」

「アメリカ世？」

「戦後の米軍統治の時代を、沖縄の人々はそう呼んでいる」

江木は琉央銀行が危ないということを知っているのだろうか。磯貝は考えていた。大手の地方銀行がつぶれるとその地域は大打撃を被る。その事実を知っていてもなお、江木はこのようなことを語れるだろうか？

いや、江木は知っているのかもしれない。そして、台湾資本が琉央銀行を吸収しようとしている事実さえも知っているかもしれないと磯貝は感じた。彼はその上で語っているのだ。理屈ではなく、なんとなくそう感じられるのだ。

「しかし、政府が一地方自治体に学ぶなんて……」

磯貝のその言葉に、江木はにやりと笑った。その笑いは皮肉な感じで、磯貝はしまったと思った。つい、うっかり口が滑ってしまった。

「あんたも古いタイプの官僚なんだな。いや、官僚というのは、いつの世でも変わらないということか」

磯貝は、ふと自己嫌悪を感じた。これまで自分の立場に自信とプライドを持っていた彼は、そんな気分になったことはなかった。

国が地方自治体をリードする。当たり前のことだ。しかし、何か釈然としないものを感じていた。

「国があって地方自治体がある。それは当たり前のことだよ」

磯貝は取り繕うように言ったが、言葉に力はなかった。

なぜか、自分の言っていることが正しくないような気がしていた。間違ってはいない。しかし、どこかずれている……。

どうしてこんな気分になるんだ?

江木が言った。

「国があって地方がある。そういう考えは確かにある。しかし、一方で、地域を積み上げていって初めて国になるという考えもある。すべての住民は土地に合った生活をしている。その土地土地の生活の知恵もある。それはばかにはできないんだ」

江木のその言葉が、昨夜の比嘉や古丹の言葉にだぶり、磯貝は自分の立場が危うくなっていくようなかすかな不安感を覚えた。

店を出て自宅に戻るまで、磯貝は常に周囲を気にしていた。どこかに竹連幇系の台湾マフィアがいてこちらを見張っているに違いない。そう思うと緊張した。

部屋に戻ると、設置したばかりの留守番電話の赤いランプが点滅していた。メッセージが残っているのだ。まだ、職場の限られた人間にしか番号は教えていない。

嫌な気分だった。台湾マフィアの情報網はあなどれないと聞いている。やつらなら、電話番号を探り出すくらいは朝飯前かもしれない。

ボタンを押してメッセージが再生されるまで、ひどく緊張していた。

「美里です。『ビート』まで、電話をください」

ほっとした。磯貝は、すぐに『ビート』に電話した。美里が出た。

「磯貝です。留守電聞きました」

「今夜はいらっしゃいます?」

「いや、今夜はちょっと……」

「ゆうべのことなら、気にすることないわ」

「話を聞いていたんですか?」

「聞かなくてもだいたい何を話しているかはわかるわ」

「僕は電話番号を教えた覚えがないんだけどな……」

「比嘉さんが教えてくれたの」

「なるほど……」

「比嘉さんがね、エイサーに誘ったらどうかって……。今度の日曜日、あいてます？」

「エイサー？」

「盆踊りのようなものね」

「ぜひ行きたいのですが……」

「何か用事でもあるの？」

「比嘉さんから何か話を聞いていませんか？　僕は監視されているらしいのです」

「李省伯ね」

磯貝は、美里までがその名前を知っていたので驚いた。

「そう。台湾マフィアです」

「選ぶのはあなたよ。やつらの圧力に負けて自分の生活を制限するか、それとも自分のやり方を押し通すか」

それはなかなか手厳しい指摘だった。

台湾マフィアと聞いて腹をくくれる人間はそう多くないはずだ。しかし、マフィアたちは磯貝と敵対しているわけではない。比嘉に言わせると、あの撃ち合いは対立組織の牽制《けんせい》だという。天道盟といったか……。

李省伯という男は、今のところ磯貝と話をしたがっているだけのようだ。闇雲に恐れる理由はない。

美里の誘いなら、何を捨てても駆けつけたい。それが正直な気持ちだった。台湾マフィアという危険のスパイスが美里への思いをいっそうかき立てているのかもしれなかった。

「わかりました。ぜひうかがいます」

「じゃあ、日曜日。午後一時に『ビート』の前で待ち合わせよ」

「楽しみにしています」

実際に楽しみだった。比嘉に言われて磯貝を誘ったという点が気にならないではなかったが、それについてはゆっくり考えればいい。また美里と楽しい休日を過ごせる。それくらいの余禄《よろく》は許されるのではないかと思っていた。

8

重苦しいほどに強烈な陽光の下、人々が日傘をさして集まってきていた。サンシンの音が響き、独特の節の唄《うた》が始まる。すると、太鼓の音がそれにこたえ、輪を作った人々が踊りだす。

色鮮やかな衣装。それは伝統的なものだということだが、日本のどの地域のものにも似ていない。むしろ中国的な感じがした。男は白いズボンに白いシャツ。縞《しま》模様の脚絆《きゃはん》のようなものを脛《すね》に巻いている。それにチョッキのような衣装を着けている。あざやかな緋色《ひいろ》のチョッキは日本の装束でいえば羽織に当たるのだろうか。

太鼓を叩《たた》きながら足を踏み鳴らし、賑《にぎ》やかに踊る。じっとしていても汗がふきだす暑さの中で、活動的に踊る姿は一種狂躁《きょうそう》的ですらあった。

磯貝の隣には美里がいて、その向こうにはジョン・ブルーフィールドがいた。

待ち合わせ場所にブルーフィールドが現れたとき、磯貝は密《ひそ》かに落胆していた。美里と二人きりになれると思っていたのだ。

磯貝は気分を切り換えた。たしかに美里と二人きりになるのは刺激的かもしれない。だが、ブルーフィールドの社交性はありがたい。彼は、常に一緒にいる人間にサービスをしようとする。会話も彼がいたほうが円滑に進む。この際、ブルーフィールドの社交性をおおいに利用させてもらおう。そう考えることにした。

袴《はかま》に編笠《あみがさ》という別の一団が、やはり輪を作って踊りはじめた。袴といっても筒が細く裾《すそ》にくくりのある騎乗袴のような袴だ。

唄と太鼓、踊りは延々と続く。熱狂的でありながらどこかのどかな光景。

熱気の中で人々の動きを眺めていると、磯貝は奇妙な気分になってきた。ざわめきが遠のく。人々の表情や言葉が意味を持たなくなり、ただそこに風景のように存在していた。すべての物事が自分から遠ざかり、独特の寂寥《せきりょう》感を覚えた。

どこまでも青い空。真っ白に輝く雲。

サンシン、歌声、太鼓の音。

笑い声、指笛、歓声。

誰かがどこかで話をしている。

近くの人間と遠くの雲の距離感が計れなくなる。自分の体が何か別なもののように感じられる。

孤独。だが、決して不愉快ではなかった。解放された気分だ。

その感覚は、ふっとやってきてすぐに消え去った。現実感がよみがえる。だが、歌声やサンシン、太鼓の音を聞きながら人々の動きを眺めていると、またやってくる。

それを繰り返しているうちに、やがてその世界に引き込まれそうになった。不安感はなかった。白昼夢を見ているような感じだ。

磯貝は思い出した。

幼い頃に同じようなことをよく体験した。夏の日、家に一人でいるとどこか遠くで子供たちの遊ぶ声が聞こえる。はるか遠くだ。

友人たちが遊んでいるに違いない。幼い彼は、運動靴を引っかけ表に飛び出す。しかし、家の近所には子供たちの姿はない。聞こえたような気がした声ももう聞こえない。振り仰ぐと真夏の太陽があった。

青い空と白い雲。道端の草の緑。風に揺れる木々。陽光を反射する家々の壁。

そうした風景のきらめきの中で、自分がひどくちっぽけな気がした。自分の存在がどんどん小さくなっていく。大きな夏という季節の中で、ぽつんとたたずんでいる自分がいる。あの時の気分と同じだった。

沖縄市中が、踊りの熱気に包まれている。旧暦の盆明けに沖縄各地でこのエイサーが催されるという。のどかな日本の盆踊りなどとはまったく違う。エネルギーに満ちた祭りだ。磯貝にとって盆などは、カレンダーの上だけのことだ。

実家の近くにある寺に墓参りに行った記憶もあるがはるかな昔のことだ。祖父や祖母が生きている頃は、仏間に灯籠《とうろう》を飾った。古い座敷が灯籠の淡い光で幻想的な空間になり、幼い磯貝は、妙に華やいだ気分になったことを思い出した。

もう実家でも灯籠を飾ることもない。ましてや東京の独り暮らしだと、お盆は単なる休日でしかない。こうして、島中で盆の行事を行うことに磯貝は驚いていた。しかもエイサーには、年寄りだけでなく若者も進んで参加しているように見える。町中に独特の旋律とリズムが満ちていた。

その熱気は日が暮れても、町にくすぶっていた。

「海岸へ出てみましょう」

美里が言った。ブルーフィールドがうなずいた。

「車で恩納村まで行こう」

海岸に出る頃には、夕日が沈みかけていた。先日レストランから見た夕日よりも大きく見えた。夕日はあっという間に姿を隠していく。美里は海に向かって砂浜に腰を下ろした。

海岸にはいくつものグループが涼みに来ている。若者のグループばかりかと思ったらそうではなかった。酒を酌み交わし、サンシンを奏でる大人たちがいる。島唄を歌っていた。ラジカセでダンスミュージックをかけている若者たちもいるが、それはむしろ少数派だった。

磯貝の不思議な感覚は、昼間からずっと続いていた。酒とも違う独特の陶酔感だ。町に満ちていたエイサーのエネルギーが海岸までやってきて、ほどよく冷やされていく。人々は、砂浜の上で唄と踊りを楽しんでいる。

「ずいぶん賑やかなお盆でしたね」

磯貝は美里の隣に腰を下ろした。「これほど盛大にお盆をやるところがまだあったなんて……」

ブルーフィールドが美里の向こう側に座る。美里は残照の海を見つめていた。その色が刻々と変化している。夕日の赤に、雲の紫。そのグラデーションにピンク色の光の帯が横たわっている。

「沖縄の人々は先祖を祭ることを大切にするわ」

「それは日本中でそうでしょう」

「ヤマトでは仏教の影響が強いでしょう。沖縄は古代の日本の信仰が今に残っているの」

「先祖崇拝ですか？」

「単に先祖を祭るというだけではないわ。先祖が向こうの世界で暮らしていて、時折こっちの世界を訪ねてくる。皆、そう信じている。だから、なくなった人々に話を聞くユタを、誰もが頼りにしている」

「ユタ？　それは霊媒師のようなものですか？」

「それほど大げさなものではないわ。ちょっとした悩み事があれば、近所のユタのところに相談に行く。そんな感じね」

「恐山《おそれざん》のイタコに似ていますね」

「もともとは同じ信仰だったかもしれない。縄文人の信仰ね。さらにあたしたちは、ニライカナイを信じている。ニライカナイは海の向こうにある神の住む場所よ。こうした信仰はアイヌに似ているわ。アイヌは、神霊が天上に住んでいると考えていて、熊の魂をそこに帰すためのイヨマンテという祭りをやる。あたしたちは、海の向こうの神を迎えるためにハーリーの競走をやる」

「ハーリー？」

「爬龍船の競走よ」

「沖縄の信仰が、青森や北海道に似ているなんて……」

「不思議なことではないわ。縄文時代の名残よ。ウチナーの人たちは、アイヌと多くの形質的な共通点を持っている。宗教観も似ている。ヤマトンチュとは違うわ」

「僕たちだって、先祖供養はしますよ」

「それは、かすかな名残に過ぎないわ。仏教の中に取り込まれた土着信仰の名残。あたしたちははるかに強く大昔の信仰を受け継いでいる。さらに、あたしたちは卑弥呼《ひみこ》の伝統も受け継いでいるのよ」

「卑弥呼の……？」

「つまり、あなたたちヤマトンチュの先祖が大陸から渡ってくる前のいわゆる倭人《わじん》の宗教。中国人が三国志魏志《ぎし》東夷《とうい》伝倭人条に鬼道と記したシャーマニズムね。いまだに、沖縄は女系社会なの。かつて、琉球王朝では神事はすべて女性が行っていた。その巫女《みこ》のことをノロと呼ぶの。ノロというのは、ただの巫女ではなく神が宿った人だと考えられている」

「へえ……」

まるで外国の話を聞いているようだと感じた。東南アジアの諸国を旅すると、神々がごく身近にいるような感じがするという。人々の生活がそれだけ土着の信仰と密接に結びついているのだ。

寄せては返す波の音。遠くから聞こえてくるサンシンの音色、とっぷりと暮れた浜でそれらを聞いていると、美里の話が不自然に感じられなくなってくる。

「ノロですか……」

「ノロはごく身近なのよ。すぐ近所のおばちゃんが、祭りのときにはノロとして活躍する。化粧に時間がかかって集合に遅れたノロに、近所の人が、あれ、あそこの神様が来てないぞ、などと言っているのを聞いたことがあるわ」

「神様が遅刻ですか」

「エラブーは、沖縄の特産物で、かつては王朝のシンボルでもあったの。そのエラブーを捕る資格があるのはノロだけだった」

「エラブーって何です？」

「海蛇よ。海蛇は、沖縄だけでなく古代の出雲《いずも》でも神聖な生き物とされて崇《あが》められていたわ。出雲にいた倭人たちはたぶん、ウチナンチュと同じ民族だったのね。知念《ちねん》村の沖に久《く》高島《だかじま》というのがあって、そこでは今でもエラブーを捕ることができるのはノロだけという伝統が強く残っているわ」

「久高島……」

「そう。久高島では、十二年に一回、午年《うま》に、島の全女性が集まり、三十歳になった女性に巫女になる資格を与えるお祭りをやるの。このお祭りをイザイホーと呼んでいるわ。三十歳から四十一歳までの女性をナンチュと言うの。巫女の一番下の位ね。久高島にはほかにもいろいろなお祭りがあるわ。あそこは神の島なの」

「神の島か……。昔はこの沖縄全部がそうだったんでしょうね」

磯貝は、同じく大昔は日本全国も神々の土地だったのだろうと想像しながら言った。

「そう。神が人とともに暮らす島……」

「でもそういう神事はだんだん失われつつあるんじゃないですか？」

「ヤマトの企業が、拝所《ウガンジョ》をつぶしてリゾートホテルを建てたりしますからね」

「ウガンジョ？」

「沖縄の聖地よ。ヤマトでいえば神社みたいなものね」

「そんな……」

磯貝は、怒りを感じた。そして、怒りを感じる自分に何ら疑問を感じていなかった。これは不思議な出来事だ。沖縄には産業が必要だ。リゾート施設は沖縄の観光産業になくてはならない。聖地もたしかに大切だが、未来のために施設のほうを選択するのは間違いではない。開発にはそういう現実的な選択が必要な場合がある。いつもの磯貝ならば当然そう考えたはずだ。

「沖縄にはウガンジョが無数にあるわ。大規模開発をしようとするとどうしてもそういうことになる。でも、心配しないで。そんなことで沖縄の人々の信仰がなくなったりはしない。あたしも、三十歳になったらナンチュになるの」

美里はさらりと言った。ごくあたりまえのことを言う口調だった。

「ナンチュって、さっき言った巫女のことですか？」

「そう」

美里はほほえんだ。「あたしは久高島の出身なの」

ブルーフィールドは何を思うか、じっと海を見ながら二人の話を聞いていた。

磯貝は、美里の日常的な口調がかえって衝撃的だった。巫女になることをあたりまえと感じているのだ。

昼間の熱気の余波。

すっかり日が暮れた海で波打ち際だけが白く見えている。

波とサンシンの音。

磯貝の陶酔は深まっていった。美里の話がその陶然とした気分をさらに深めた。

水平線にかすかな夕日の名残が見える。磯貝は、そこから神がやってくるような気さえしていた。

沖縄へやってきてしばらくたったが、その日初めて本当の沖縄にほんの少しだけ触れたような気がした。そのごくわずかな触れ合いが、磯貝にとっては大きな衝撃だった。自分とは全く違う世界でいきいきと生活している人々がいる。それを初めて実感したのだ。

美里がそこに導いてくれた。

美里であることが重要だった。古丹の話を聞いても、比嘉に諭されても、そんな気分にはならなかった。

もちろん、沖縄の人々が皆そんな気持ちで生活しているわけではないだろう。日々の生計に追われている人も多い。金儲《かねもう》けに奔走する人もいれば、現代的な夢を追う若者もいる。しかし、この風土と宗教観はすべての住民に有形無形の影響を与えている。そんな気がした。

かつて、日本もそうだったのかもしれない。農村は鎮守の森を中心に生活しており、祖霊や仏を大切に生きていた。その失われた生活感が沖縄には残っている。貴重な財産だ。磯貝は思った。僕はそういうことを考えて仕事をしていただろうか。

古丹の言葉がよみがえった。比嘉の言葉がよみがえった。そして、江木の言葉が……。

磯貝は、神の姿でも見ようとするようにじっと色を変えていく水平線を見つめていた。美里とブルーフィールドも同様に無言で海を見ていた。

一夜明けると前日の出来事が嘘のように思えることがよくある。夢から覚めたようなものので、心は再び現実の世界に戻ってしまうのだ。磯貝は、当然そうなるだろうと予想していた。

現実はなかなか厳しい。中央省庁からの出向者ということでどうやら孤立しているらしいし、竹連幇系台湾マフィアに監視されている。台湾マフィアがいつ次の行動に出るかは誰にもわからない。日本政府を代表して沖縄に駐在している担当大使は、立場だけを主張して何もしようとしない。

内閣情報調査室か自治省かどちらに戻ることになるかはまだわからないが、そのときのために、陣内に好印象を与えておかなければならない。比嘉の行動を追い、彼の本心を探りだすのが使命なのだ。

そうした現実は重たい。磯貝の頭の中は現実の問題で一杯になるはずだった。

いつものように家を出てバス停に向かう。今日も晴天で暑くなりそうだった。朝のうちからすでに三十度を超えそうだった。うんざりとする暑さだが、妙に景色がいきいきと見えた。

棕櫚《しゅろ》の葉の緑やハイビスカスの赤がいつにも増して鮮やかだった。そして、石垣の白さと瓦《かわら》の赤さが目に染みる。屋根の上のシーサーが急にはっきりとした意味を持っているように感じられた。それまでは、どうということのない飾り物に過ぎなかった。しかし、屋根にシーサーを置く人の気持ちが急に理解できるような気がしてきたのだ。

そして、細い道の辻《つじ》に立つ石敢当《いしがんとう》もかつてはただの石にしか見えていなかったのだが、今ではそれを立てた人々の気持ちが見えるような気がした。

シーサーも石敢当も魔よけだ。一家の無病息災、地域の安全を願って置くのだ。そこに、人々の生活が感じられた。それは、無力な人間の祈りの気持ちであり、超自然の存在に対する謙虚さの表れでもあった。

磯貝の気持ちは安らかだった。昨夜の陶然とした気分とともに、美里のことが思い出された。この安らかな気分はたしかに美里のイメージからきている部分が大きい。

美里のことを思うと、まるで十代の頃のようにうっとりとした気分になるのだった。彼女への愛情は、そのまま沖縄の人々への愛情とだぶっている。たしかに、沖縄の風土や住民に対する愛情は純粋なものとは言いがたいかもしれない。美里を美化するために、その属性をも美化しているに過ぎないのかもしれない。

それはわかっているのだが、どうしようもなかった。美里への想いは日一日と強まっていく。そして、昨夜の出来事は決定的だった。

磯貝は、沖縄のことをより深く理解しようと思うようになった。

約三十年の自分の生き方に後悔はない。いや、冷静に深く考えれば後悔だらけなのかもしれないが、後悔などしてもしかたがないと考えてこれまで生きてきたのだ。

磯貝は、少しだけ変わったことを自覚した。過去を振り返って、何か、し忘れてきたような気がしはじめたのだ。脇目もふらずに生きてきた。見まいとしてきた部分に、意外に大切なものがあるように思えてきたのだ。

沖縄に住み、沖縄のことを理解する。そのことで、これまで無視してきた大切なものを拾っていけるかもしれない。

その生き方は、僕にとってだけでなく、県庁の人々にとっても意味があるに違いない。

磯貝はそう思った。

地域を深く理解する。それは、口で言うほど簡単ではない。だが、努力する価値はあると思った。そして、その努力は同時に美里を理解することであったから、磯貝にとってはこれ以上の楽しみはなかった。

磯貝は、やる気まんまんで県庁に到着した。隣の席の仲本はいつものように陰気な顔で資料を見つめている。朝の挨拶《あいさつ》も、眼を見ずにただうなずくだけだ。

まずは、この男を理解しなければならないな。いつか、飲みにでも誘ってみようか。酒でも飲めば人が変わるかもしれない。まずは本音を聞くことだ。

午前中はそんなことを考えて暮らせるほど平穏だった。県庁ではそうして一日が過ぎていくのが普通だった。退屈な仕事と、ちょっとばかり気をつかうがまあ当たり障りのない人間関係……。

だが、午後二時過ぎに入った知らせで、県庁の雰囲気が一変した。

9

その二人連れは、那覇の国際通りを歩いていた。昼間の国際通りは人通りがそれほど多くない。誰もが日の光を避けて建物の中にいたがる。

一日でもっとも暑い時刻を迎えようとしている。男たちは、着ているものを汗でぐっしょりと濡《ぬ》らしながら、ぶらぶらと西に向かい、つまり、港から遠ざかる方向に歩いていた。

日本人ではなかった。明らかに中国系だ。声高に話をしながら、店を冷やかしたり、通りすぎる女子高校生をからかったりしていた。一人は派手なオレンジ色のシャツに白いズボン、もう一人は黒い半袖《はんそで》のシャツに黒いズボンをはいていた。

二人とも、陰惨な目つきをしている。猜疑心《さいぎしん》に満ちた裏社会の人間の眼だった。

車が一台、彼らを追い抜いて行き、急停車した。後ろにいた車が追突しそうになり、腹立たしげにクラクションを鳴らした。

急停車した茶色のクラウンから二人の男が降りて来て後ろの車を睨《にら》みつけた。普通の神経の持ち主ならば、決して喧嘩《けんか》を売りたくない連中だった。

クラクションを鳴らした軽四輪は、そっとハンドルを切って前のクラウンをよけ、走り去った。

国際通りをぶらついていた二人連れは突然行く手を遮られて罵声《ばせい》を上げた。クラウンから降りてきた二人が立ちふさがったのだ。

オレンジ色のシャツの男が食ってかかった。それから激しい中国語によるやりとりがあり、四人は揉《も》み合った。みやげ屋の従業員が何事かと顔を出す。観光客らしい三人連れの女性が慌ててその場を通りすぎた。

怒鳴り合いはやがてつかみ合いとなり、すぐさま殴り合いに変わった。国際通りを歩いていたオレンジ色のシャツと黒いシャツがたちまち血だらけにされた。一人は顔面を殴られて鼻血を流し、一人は何か固いもので頭を殴られて出血していた。どちらもそれほどの怪我ではないが、派手な出血をする。

彼らを叩《たた》きのめした二人は、クラウンに乗り込み姿を消した。

それから約三十分後、那覇港のフリートレードゾーンで発砲事件があった。

クラウンに乗っていた男たちが、拳銃《けんじゅう》で撃たれたのだ。殴り倒された二人組が仲間に連絡をして、茶色のクラウンを探し出したのだ。

閑散としていたフリートレードゾーンにパトカーが駆けつけた。警官たちは、停車しているクラウンとそのそばで倒れている二人を発見した。一人は死亡し、一人は重体だった。

県庁内をいろいろな情報が飛び交った。C推進室は、県内の治安維持には直接関係ない部署だが、事件が起きたのがフリートレードゾーンだったので無関係というわけにはいかない。

C推進室にやってくる情報はごく限られており、噂話の域を出ていなかった。時折室長の電話が鳴るが、はっきりしたことがわかっているわけではなさそうだった。

どうやら、台湾マフィア同士の抗争だということがわかり、磯貝は居ても立ってもいられなくなった。席を立ち、七階に向かった。比嘉が何かを知っているかもしれないと思ったのだ。

比嘉は机に腰を載せ、電話に出ていた。部屋に入っていくと、そこに三人の職員がいた。いずれも、県の上層部の人間だった。彼らはいっせいに磯貝を見つめた。磯貝は戸口に立ち尽くし、比嘉を見つめていた。

比嘉は、磯貝に気づいたがすぐに眼をそらし、電話に向かって言った。

「撃たれたのは、天道盟側のチンピラだな？　わかった。やったのは李省伯の手下だろう。発砲事件の三十分ほど前に国際通りで喧嘩があったという情報を得ている。おそらくその意趣返しだろう。……だめだ。動くなと言っただろう。俺たちに任せろ。心配するな、悪いようにはしない」

比嘉は電話を切った。

髪をぺたりと七三になでつけた県上層部の一人が磯貝に言った。

「何だ君は？　何か用か？」

その声に促されるように比嘉が改めて磯貝を見た。磯貝は何を言っていいかわからずに立ち尽くしていた。

比嘉が言った。

「いいんだ。C推進室の人間だ」

「C推進室だって？」

別の職員が言った。

「どういうことになっているのか、ちゃんと説明してくれ」

比嘉は、両手でごしごしと顔をこすった。

「県警に訊《き》いたほうがいい」

「今の電話は何だね？　君は詳しいことを知っているんじゃないのかね？」

「情報源の一つだ。いま一つ信頼性に欠けるんで、情報をそのままあんたたちに話すわけにはいかない」

「君はやりすぎたんじゃないのかね？」

また別の職員が言った。

「やりすぎた？　そりゃどういう意味です？」

「いろいろなことを急ぎすぎたということだよ。どうやら、台湾マフィアの抗争らしいじゃないか。国際都市の構想を推進するに当たって、海外の資本を当てにした。そのツケなんじゃないのか？」

「ちょっとした小競り合いですよ」

比嘉は余裕の態度で言った。「警察が対処してくれます」

「私たち県の職員や県議会は、皆が皆、あんたらの支持者じゃないんだ。事を急に進めすぎることに危惧《きぐ》を抱くものもいる」

比嘉はその男を見据えた。

「どこの役所にでもあんたのような、保身しか考えない役人がいる。だが、それじゃやっていけない世の中なんだ」

「システムを維持するのも、役人の大切な役割だ。あんたはあくまでも特別職の公務員だ。私たちはいつでもあんたの首を切ることができる」

「いいさ。だが、俺が県庁を去っても屋良知事がいる限りやり方は変わらない。俺は私利私欲や野心で動いているわけじゃない。沖縄のためにやっているんだ」

「県民の中には現状維持を望む者も多い」

比嘉は両手の平を上に向けた。

「俺は現状を維持するために闘っているんだ。このまま古いシステムに寄り掛かっていては、今のままの生活も立ち行かなくなる。ヤマトの政治家が信じられるか？　これまで、どんな思いをしてきた？　沖縄は独自の道を見つけなければならないんだ」

相手の職員はじっと比嘉を見つめると、さっと眼をそらした。それから思い詰めるように床を見つめたまま部屋を出て行った。

比嘉は残った二人に言った。

「C推進室の彼が俺に話があるようだ。正確な情報がわかったら必ず知らせる。あんたたちには、県警と連絡を取り合ってもらいたい。これは知事の意向だ。さ、二人にしてくれ」

県上層部の二人は、曖昧《あいまい》にうなずいて部屋を出て行った。

比嘉が磯貝に言った。

「ドアを閉めてくれ」

磯貝は言われたとおりにして、部屋の中に一歩、歩み出た。

「さっきの電話は、玉城さんですか？」

「察しがいいな」

「どういうことになっているんです？」

「別にどういうことはないさ」

「撃たれたのが天道盟のチンピラだと言っていましたね」

比嘉は溜《た》め息をついた。

「どうやらそういうことらしい」

「……ということは、やったのは竹連幇系のやつらということですね」

「国際通りで喧嘩があった。竹連幇のチンピラがぶらついているところに、天道盟のやつらが因縁をふっかけたんだ。ここは天道盟の縄張りだ、でかい面すんな、とか何とか言ったんだろうな。つまらん喧嘩だよ。殴り合いになり、竹連幇のやつらはしたたかにやられた。そのままじゃおさまらない。竹連幇は老舗《しにせ》だというプライドもある。天道盟のやつらになめられて黙ってはいられないんだ。仲間に連絡して自分らを殴ったやつらを探し、フリートレードゾーンで発見した。そこで拳銃をぶっ放したというわけだ」

比嘉は吐き出すように一気に言った。さきほどまでの余裕の表情ではなかった。あれはポーズだったのだ。虚勢を張っていたのだろうか？

いや、今の表情を見ると単なる虚勢ではないようだ。彼は決してうろたえてはいない。マフィア同士の衝突は、望ましい出来事ではないが、ある程度予想していたことなのかもしれない。比嘉は、思案している。その姿を県の職員たちに見せなかったのは、責任感のためだろう。

県庁が一枚岩でないことは先刻のやりとりですぐにわかった。比嘉は職員たちがうろたえないためにも自信に満ちた態度を取り続けなければならなかったのだ。

裏付けのない虚勢は愚かだ。しかし、磯貝は、比嘉の覚悟を評価できるような気がした。沖縄のために体を張ると比嘉が言っているのは、掛け値なしに本気なのだ。

陣内のことを思い出した。陣内は、比嘉がどの程度本気なのかを推し量っていたのかもしれない。大田知事もそうだったが、このところ腹をくくった政治家が沖縄に続出している。もしかしたら、それは何かの兆候なのかもしれない……。

比嘉の思案顔は、苦悩の表情にも近かった。すべてがうまくいくと考えていたわけではあるまい。しかし、実際に事が起きてみると対処するのは簡単ではない。

県庁の上層部がここに集まっていたのは、単に比嘉が知事のスポークスマンだからではないだろう。暗黙のうちに彼を頼りにしているのかもしれない。

磯貝もそうだった。比嘉に訊けば何かわかるかもしれない。比嘉ならこの先どうすればいいか知っているかもしれない。そう思ってやってきたのだ。

比嘉には他人にそう思わせる雰囲気があった。

「玉城さんは何と……？」

比嘉はちらりと磯貝を見たが、すぐに眼をそらした。話すべきかどうか迷っているようだ。やがて、比嘉は言った。

「台湾のやつらに好き勝手はやらせない。そう言っていた」

「つまり、力ずくでも抗争を抑えると……」

「そういうことだな」

「ならば、やってもらえばいいじゃないですか」

「あんたはやくざがどういう連中か知らない。一度手を借りたら骨の髄までしゃぶられるぞ」

「幼馴染《おさななじ》みなんでしょう？」

「そうだ。だが、そんなものやくざには関係ない。金と面子《メンツ》のためだったら親兄弟でも平気で殺すのがやくざだ。玉城の本音はな、三《み》つ巴《どもえ》の抗争に持ち込んで、力ずくで利権を手に入れようということだ。那覇港を牛耳ろうとしているんだよ。未来の国際都市をやくざなんかにくれてやるわけにはいかない」

「天道盟にならいいのですか？」

「何だって？」

「台湾の天道盟にはある程度の利権を与えるつもりなんでしょう？」

「契約関係だ。やくざがごねているのとは訳が違う。天道盟のバックには台湾民主進歩党が付いている。この政党は本省人の増加を反映して今後さらに勢力を伸ばしていくだろう。いずれ与党になるかもしれない」

「天道盟系のメンバーが撃たれました。天道盟のボスも黙ってはいないでしょう」

「この沖縄で報復合戦などやらせない。この状況はまだコントロール可能だ」

「どうやってコントロールするのです？」

比嘉が鋭い眼を向けたので、磯貝は驚いた。まだ比嘉は磯貝を客扱いしている。その客が自分の庭の出来事に首を突っ込むのが面白くないらしい。

「あんたには島のことは関係ないと言っただろう」

「沖縄だって日本だと言ったはずです」

「ならば、日本の政府が何とかしてくれるのか？」

磯貝は、南郷担当大使の態度を思い出して口をつぐんでしまった。

「島には島の事情があると何度言ったらわかる。さあ、俺はやることが山ほどあるんだ。

あんただって仕事があるだろう」

「他人事《ひとごと》じゃないんですよ」

「何だって?」

「今のところ、竹連幇のやつらは僕を監視しているだけです。でも、いつ次のアクションに移るかわからない。この事件が引き金になるかもしれないんです。竹連幇は時機を待っているのかもしれません。チンピラ同士のいざこざとはいえ、天道盟のメンバーを撃ってしまったのです。報復があるかもしれない。竹連幇としては、何とか沖縄進出の手がかりを早急に手に入れたいと考えるのではないでしょうか」

比嘉は難しい顔で磯貝を見つめていた。磯貝は比嘉が何か言うまで黙っていた。やがて比嘉は、溜め息を洩《も》らすと言った。

「しばらくは身を慎むことだ」

「それだけでは不足ですね。相手は台湾マフィアなのです」

比嘉の表情はさらに深刻になった。

「あんたの言い分はわかった、何とかしよう」

「具体的にどういう手を打つのか聞かせてくれなければ安心はできませんね」

「安心などしてくれとは言っていない。前にも言っただろう。公務員なら腹をくってくれ。中央省庁ではどうだったか知らんが、これからの沖縄ではそうなんだ」

「さっきの三人が腹をくっているようには見えませんでしたね」

比嘉が何か言おうとしたとき、ノックの音が響いた。比嘉が返事をするまえに勢いよくドアが開いて、屋良知事が姿を現した。

比嘉は机に腰を下ろしたまま知事を見つめた。

屋良知事は、まるで磯貝がそこにいないかのように比嘉だけを見つめてきっぱりと言った。

「いざというときは、私が動く」

比嘉はこたえた。

「お気持ちはわかりますが……」

「首長が先頭に立たなければ、これからの沖縄を引っ張っていくことはできん。いいな」

比嘉の返事をきかぬうちに、ドアはぴしゃりと閉じられた。

磯貝はすっかり驚いていた。

もしかしたら、屋良知事は比嘉の傀儡《かいらい》に過ぎないのではないかとさえ思っていた。これまではそれほどに影の薄い存在だった。しかし、そうではないことが、今の一瞬のやりとりではっきりとわかった。

屋良知事は確固とした意思を持っている。比嘉が知事の意思に沿って動いていると言っていたのは嘘でもたてまえでもなかったのだ。

役人体質が染みついた職員は日本中どこにでもいる。この沖縄県庁にもいるのだ。しかし、知事と比嘉は確固たる意思で沖縄の自立の道を探ろうとしている。それがわかった今、磯貝に語るべき言葉はなかった。

比嘉は、受話器を取ってどこかにダイヤルしはじめた。磯貝との話は終わったということだ。

思えば、人払いをして磯貝と話をしたというのも特別な待遇だった。磯貝が中央からの出向者だからかもしれない。『ビート』の馴染《なじ》みだったからかもしれない。李省伯の手下に監視されていることを知っていたからかもしれない。

これ以上比嘉の手を煩わせることはできない。そんな気がして、磯貝は部屋を出た。

その日は、それ以上何事も起こらなかった。翌日も那覇の町は穏やかだった。だが、もしかしたら、それは見せかけの穏やかさで、水面下では何かがくすぶっているのかもしれない。

街角には警官の姿が目立った。防弾プロテクターを着けて立っている。県警の警戒態勢だけが物々しさを語っている。

夕刻から急速に天気が悪化した。それまで晴れていた空があっという間に暗くなり、土砂降りの雨となった。南国独特の雨だ。

通り雨だからじきに止むだろうと職員たちは言ったが、雨はなかなか止もうとしない。あきらめ顔で傘を差し、県庁を出る者が目立ちはじめる。磯貝も、帰宅することにした。県庁の売店でビニール傘を買い、近くの飲食店に向かうことにした。夕食を食べているうちに雨が上がるかもしれない。

表に出ると思ったより雨足が激しい。叩《たた》きつけるような雨だ。周囲に人影はない。誰もが雨を避けているのだ。雨が降れば止むのを待つ。日が照れば翳《かげ》るのを待つ。それが沖縄流の生活術なのかもしれない。

しかも、誰かがいたとしても、あまりに雨が激しくてわからない。視界は数メートルほどしか利かず、激しい雨音で音も聞こえない。少し遠くの建物は完全にかすんでいる。

最初に目についた飲食店に駆け込もう。そう思って国際通りのほうに向かった。

突然、磯貝は、腕をつかまれた。

はっとして振り向くと、無表情な顔が磯貝を見つめている。眉《まゆ》が薄く、一重瞼《まぶた》でのっぺりした感じだが、上唇にある傷が凶悪な印象を強調している。その顔は忘れもしない。

『ビート』で撃ち合いがあったとき、最初に声を掛けてきた台湾人だ。

しまったと思った。まさか、県庁を出たところでつかまるとは思ってもいなかった。雨の中にもう一人立っていた。それもあのときの台湾人に違いなかった。

「話がある」

腕をつかんだ台湾人が言った。初めて会ったときと同じく、派手なアロハシャツを着ていた。

「離せ。こっちには話すことなどない」

「あなたに会いたがっている人がいる」

「李省伯のことか？」

相手の表情は変わらない。雨に叩かれて髪が額にへばりついている。彼は右腕をつかんだままだ。もうひとりの男が左腕をつかんだ。

「離せ！」

磯貝は抗《あらが》ったが、二人の力は強かった。傘が磯貝の手を離れて地面に落ちた。全身を強い雨が叩く。

助けを求めようにも周囲には誰もいない。いや、いたとしてもわからない。南国の通り雨は、夜の闇よりも物事を隠蔽《いんぺい》するのに役に立つかもしれない。

磯貝は、二人に引きずられるように車のところに連れて行かれた。例の紺色のセダンだ。雨が髪から流れ落ちて目に入る。ぬぐおうとしても両手をがっちりとつかまれていた。

このふたりを振り切って県庁に逃げ込めば……。

磯貝は二人の手を振りほどこうとした。激しく上体を揺する。腰を落として足を踏ん張った。子供が駄々をこねているような恰好《かっこう》だった。

突然、腹にひどいショックを感じた。胃のあたりで何かが爆発したような感じだ。息ができなくなり、磯貝は口を大きく開けて空気を求めていた。苦しさで膝《ひざ》の力が抜けた。

左腕をつかんでいた男がいきなり腹に膝蹴《げ》りを見舞ったのだ。膝は正確に鳩尾《みぞおち》を捉《とら》えていた。

アロハシャツの男が右手で車の後部ドアを開けた。そこに磯貝を押し込もうというのだ。

膝蹴りのダメージは残っていたが、磯貝はなんとか力を振り絞って最後の抵抗を試みた。車に乗せられてしまってはもう逃げられない。

何とか体を伸ばして押し込まれまいとする。背筋が限界まで突っ張り、焼けつくような痛みを感じた。背中がつりそうだった。

胸がドアフレームに押しつけられる。胸骨がぎしぎしと圧迫されて、耐えがたい痛みだった。

その苦痛に耐えられそうになかった。

くそっ。ここまでか……。

そう思ったとき、急に体が楽になった。いままで磯貝を蹂躙《じゅうりん》していた力が一気に抜けて、磯貝は、そのままずるずると地面に崩れ落ちた。

あわてて起き上がった。車のボディーにつかまらなければならなかった。

急速に雨足が衰えて、視界が開けてきた。

何があったんだ？

磯貝は、振り向いた。

台湾人が一人尻餅《しりもち》をついている。アロハシャツの男は立ち尽くしていた。二人ともある一点を見つめている。

その視線の先に、比嘉隆晶が立っていた。白いシャツが雨に濡《ぬ》れて肌に張りついている。いつもの余裕の表情だ。目尻には笑いが刻まれてさえいる。

「ベイロウ。それは俺のお客だ」

比嘉はアロハシャツの男に向かって言った。「手を出してもらっちゃ困る」

「比嘉隆晶……」

ベイロウと呼ばれたアロハシャツの男は、一重瞼の奥の鋭い眼で比嘉を見据え、うなるように言った。「ビッグ・リーが会いたがってる。邪魔をするな」

「その男は現在、県の職員だ。李省伯と話をする理由はない」

ベイロウは、無表情のまま比嘉を見つめていた。比嘉もベイロウを見つめている。もう一人の台湾人が立ち上がった。その男が、シャツの下のベルトに差してあった拳銃《けんじゅう》を取り出そうとした。

ベイロウはさっと右手を差し出してそれを制した。

雨は上がっていた。夕刻の賑《にぎ》わいが近づいている。

「わかった。ビッグ・リーに伝えよう。だが、ミスター・ビッグ・リーは納得しないだろう」

比嘉は西洋人のように肩をすくめて見せた。

「それは李省伯の勝手だ」

ベイロウは車の後部ドアを勢いよく閉めると、助手席に乗り込んだ。もう一人の男は、いまいましげに比嘉を睨《にら》みつけると運転席に向かった。紺色のセダンは走り去った。

磯貝はずぶ濡《ぬ》れで立ち尽くしている。比嘉は磯貝を見ると言った。

「怪我はないか?」

「どうでしょう……」

「しゃべっているうちはだいじょうぶだ」

「とにかく助かりました」

それが本音だった。

「家に帰ってはやく着替えるんだな」

そのとき、磯貝は、通りの向こうに美里が立っているのに気づいた。

どうしてこんなところに美里が……。

その瞬間に、いろいろな疑問がわいてきた。台湾人たちに誘拐されそうになった心理的ショックで頭脳が停止した状態だったが、徐々に回復してくると、この状況は納得できないことだらけだった。

美里はこちらを眺めているが、近づいて来ようとはしない。比嘉は美里のほうを見なかった。気づいているのだろうか……。

比嘉は県庁のほうに戻ろうとしている。

「比嘉さん……」

磯貝が声をかけたとき、美里が悠然と歩き去った。

比嘉が振り向いた。

「あの……、どうしてあの二人が僕をさらおうとしたことがわかったのですか?」

「偶然通り掛かっただけだ」

「そんなこと、信じられると思いますか？」

「信じるかどうかはあんたの勝手だよ」

「どうして美里さんがいたんです？」

「美里が？」

「あそこに立っていました」

磯貝は通りの向こう側を指さした。比嘉はそちらを見ようとはしなかった。

「それも偶然だろう」

「比嘉さんは、あの台湾人の名前を知っていた。ベイロウとかいいましたか？　もしかしたら彼らの動きを把握していたんじゃありませんか？」

「どうして俺があんなやつらのことを……」

「こっちが訊《き》いているんですよ」

「あんたは、どうやら修羅場に慣れていないらしい。だから過剰に神経質になっているんだ。疑心暗鬼ってやつだ」

「もうそんなことではごまかされませんよ。比嘉さんは、あの台湾人の名前を知っていた。そして、僕がさらわれかけたらたちどころに現れた。そして、その場に美里さんがいた。これはどういうことなのですか？」

「礼はいいよ。照れるからな」

「僕はずいぶんと間抜け面をしていたでしょうね。那覇空港で初めて美里さんと会ったときも、あの紺色のセダンがいた。はっきりと覚えているわけではないですが、おそらく間違いはない。そして、僕は『ビート』で美里さんに再会したとき、運命的な偶然だと考えていたのです。でも、それは偶然でも何でもなかった。あなたが仕組んだことだったんじゃないですか」

「おい、何を言いだすんだ?」

「僕は日曜、美里さんにエイサー祭りに誘われてずいぶんいい気になっていました。でも、今思い出しましたよ。比嘉さんが美里さんに、僕を誘うように言ったのでしょう?」

「エイサー? ああ、そう言った。だからどうしたというんだ」

「比嘉さんは、『ビート』で僕にこう言いました。東京に帰るまで、観光旅行気分でいろと……。水面下で起きていることから、僕の眼を逸《そ》らそうとしたんじゃないですか」

比嘉は、薄笑いを浮かべてかぶりを振った。

「じゃあ、もう一度言おう。東京に帰るまで観光旅行でもしていてくれ」

「僕は沖縄のことを知ろうとしているのです。たしかに最初調査に来たときは観光旅行気分でしたよ。だが、今は違います」

「どう違うというんだ? どっちにしろ、あんたはいずれ中央省庁に戻る人間だ。ヤマトの人間がウチナーのことを理解してくれるのはありがたい。俺たちだって、ヤマトのことを理解していないわけじゃない。だから言っているんだ。立場が違うのだと。さあ、家に帰って濡れた物を脱いでさっぱりしたらどうだ?」

「着替えたところで、胸の内はさっぱりしませんよ」

比嘉は磯貝を見つめていた。そして大きな溜《た》め息をついた。

薄笑いを消し去っていた。

「なぜあんたは知りたがる? あんたには知る必要のないことじゃないか」

「そうはいきません。僕には知る権利があると思います」

「あの南郷大使のように、ゴルフや波の上の夜なんかを楽しんでいればいいだろう。それがヤマトの役人のやり方だ」

波の上というのは、那覇の歓楽街だ。たしかにそういう役人は多い。大蔵省のキャリアは若い時期に全国の税務署の署長をやらされるが、その時期にやることといえばゴルフや夜の席の接待を受けることだけだという。

「正直に言うと、沖縄への出向が決まったとき、そういう気分がなかったとは言いません。でも、今は違うんです」

「どう違うんだ?」

「知りたいんです」

再び比嘉は無言で磯貝を見つめていた。

県庁から帰宅する人も増えはじめ、あたりの人通りも増えてきた。街の明かりがともり、雨上がりで涼しくなった那覇の街は賑わいつつある。

比嘉は言った。

「今夜、本土から客が来る」

「客?」

「古丹がまた来る」

「彼らとは年に何度かしか会えないんじゃなかったのですか?」

「あんたと同じだよ」

「僕と……?」

「いろいろと取り越し苦労をしてな……。まあ、気が向いたら今夜『ビート』へ来るといい」

「それは、僕の疑問にこたえてくれるという意味ですか?」

「俺は知っていることしか話せない」

「行きます。途中で誘拐でもされなければね」

比嘉は一度深呼吸をした。

「だいじょうぶだ。そんな真似はさせない」

比嘉は歩き去った。

偶然だと思っていたことが偶然ではなかった。美里との再会。その裏に比嘉がいたとしたら、比嘉とはいったいどういう男なのだろうか。

比嘉のために暗躍する美里というイメージが頭の中に浮かんだ。

磯貝が沖縄のことを理解したいと切実に思うようになったのは美里がいたからだ。その美里が比嘉の思惑で動いていたのだとしたら……。

美里はどこに住んでいるのだろう。

あらためてそれが気になった。連絡を取るときはいつも向こうから電話が来る。こちらから電話する場合はいつも『ビート』にかけた。

日曜に待ち合わせをしたのも『ビート』の前。

ひょっとしたら、美里は比嘉と一緒に『ビート』に住んでいるのではないだろうか？

比嘉と美里の関係など考えたこともなかった。ただの店の主人と従業員だと思っていた。比嘉の個人的な話など聞いたことはないが、どうやら独身のようだ。比嘉と美里が男女の関係であってもおかしくはない。考えてみれば、その恐れは充分にあった。

もしそうだとしたら、本当に僕は間抜けだな……。

靴の中までぐしょぐしょで、歩くたびに雑巾《ぞうきん》を絞るような音が聞こえる。濡《ぬ》れ鼠《ねずみ》で、なんだかひどくみじめな気分になってきた。

10

『ビート』を訪ねると、美里がいつもと変わらぬ態度で磯貝を迎えた。日曜はエイサーを見物し、海岸で長いこと話をした。磯貝としてはずいぶん打ち解けたつもりだったのだが、美里は相変わらずだった。

特に親しくなったという気がしない。

比嘉の恋人ならばそれも当然か……。

すっかり気分がいじけてしまい、まともに美里の眼を見ることができなかった。

「比嘉さんは？」

「お客さんが来ているの」

「知っています。古丹さんでしょう？」

美里はうなずいて楽屋を指さした。通していいと彼女が判断したのだ。それくらいの権限を比嘉から与えられているということだ。つまり、それだけ親しいということなのではないだろうか。

美里の名字は仲泊。比嘉ではない。夫婦ではないということだ。だが、事実上は夫婦と変わりないということもあり得る。いや、最近では夫婦別姓で通すことも珍しくない。

磯貝は何だか自分がひどくつまらないことを考えているような気がしてきた。ほかに考えなければならないことはたくさんあった。

楽屋に行く前に、夕方のことを尋ねてみようかとも思った。どうしてあそこに立っていたのか。あそこで何をしていたのか……。

だが、結局言いだせなかった。思えばずいぶんと情けないところを見られているのだ。台湾マフィアの二人組に誘拐されそうになり、子供のようにじたばたし、比嘉に助けられた。

情けない気分で磯貝は美里に背を向け、楽屋に向かった。店はいつもより多少混み合っている。古丹がやってきていることを察知した客が口コミで集まったのだろう。先日古丹が来たときと同じだ。彼らは今夜も演奏するのだろうか？

客たちはそれを期待して集まっているようだ。

楽屋のドアをノックした。どうぞという比嘉の声が聞こえる。ドアを開けると、比嘉はいつになく真剣な顔つきをしていた。何やら込み入った話をしていたことが雰囲気でわかる。

「あんたか、入ってくれ」

比嘉が言った。疲れているように見える。こんな比嘉は見たことがなかった。古丹は難しい表情でひっそりと座っている。

入りにくい雰囲気だ。だが、遠慮する理由はない。比嘉が来いと言ったのだ。磯貝は楽屋に入り、ドアを閉めた。狭い部屋だ。部屋の壁に沿ってL字型にベンチが置いてあり、それに座布団が並んでいる。

前にテーブルがあり、その上にビールが並んでいた。

比嘉が一番奥に腰掛けており、テーブルの角をはさむように古丹が座っている。

磯貝は出入り口の近くに腰を下ろした。

「話はだいたいわかった」

古丹が低い静かな声で言った。「それでも、おまえはすべてが丸くおさまると言い張るのだな?」

「丸くおさめようなどとは思ってはいない」

比嘉がこたえた。「多少の問題は残るだろうさ。だが、制御できればいいんだ。俺たちはコザ暴動だって経験している。米軍相手のいざこざだって数えきれない。それらすべてを乗り越えてきたんだ」

「もっと慎重に事を進めるものと思っていたのだがな……」

古丹が言うと、比嘉はかぶりを振った。

「おまえは地方の議員だ。慎重になるのもわかる」

「それは違う」

「何が違うというんだ?」

「議員という立場が大切なわけじゃない。俺は、先住民の権利を守るために闘っている。だからこそ慎重なんだ」

「だからこそ?」

「先住民や少数民族の権利を守るということは、ただ単に法律や条文を定めるだけじゃだめだ。先住民たちが地域でマジョリティーと同等の暮らしができなければならない。俺はそのことを嫌というほど知り尽くしている。声高に権利を叫ぶだけじゃなく、先住民の暮らしを保障するには、マジョリティーの理解が得られなければならん」

「たしかに俺とおまえのやり方は違う。俺が抱えているのは少数民族の問題ではないからだ。地域をあらゆる意味で自立させる闘いなんだ」

「地域の政治を自分たちでデザインするという意味においては同じだ。俺は、北方領土のノービザ外交にさまざまな可能性を見いだそうとしている。それは、おまえが推し進めているC構想にも通じる」

「違うな。C構想は、沖縄の命運を握っている」

「俺はC構想そのものを批判しているわけじゃない。成功すれば、規制緩和の見事なひな型になる。日本政府が学ぶべき手本となりうるんだ。しかし、成果を急ぎすぎて無茶をやっては元も子もなくなる」

「世界中のどんな経済活動にも後ろ暗い部分は付きまとうんだ。きれいごとじゃ済まない。悪いやつほど大儲《おおもう》けをする。その税金で国が潤う。経済なんてな、結局そんなもんだ。沖縄には金が必要なんだ。金と雇用だ」

「問題は……」

古丹の口調はあくまでも静かだった。「台湾マフィアたちの動きを封じることができるかどうかだ」

その声は不思議な力を秘めているように感じられた。その声を聞くだけでこちらの心理状態が変わってしまうような気がする。それは説得力などというものとは違うと磯貝は思った。存在の力とでも言おうか……。

「俺は心配していたんだ。先日訪ねてきたのもそのためだ。そして実際に抗争事件が起きた。このままでは収まらないだろう。報復合戦が始まる恐れがある」

どうやら古丹は、台湾マフィアが撃たれたというニュースを聞いて再び飛んできたようだ。彼は多忙なはずだ。なのにこうして比嘉のために駆けつけている。

比嘉の人徳だろうか、それとも彼も沖縄の未来に興味を持っているということだろうか……。

「乗り切れるさ」

比嘉が言った。「乗り切らなきゃならないんだ」

「思い込みだけで通用するような問題じゃない」

磯貝はひとり取り残された思いだった。会話に入るきっかけがない。二人のやりとりをじっと聞いているしかなかった。

比嘉はふと気づいたように磯貝のほうを見た。

「彼が事情を知りたがっている」

古丹が磯貝を見た。そこに磯貝がいることにようやく気づいたとでも言いたげな顔だ。なぜ、磯貝が会話に参加しなければならないのかと、無言で尋ねているようだった。

磯貝は慌てて発言した。

「初めて古丹さんにお会いしたときは、僕は内閣情報調査室の調査員でした。その後、出向になりまして、今では沖縄県庁の職員です。僕にも事情を知る権利はあるはずです」

「内閣情報調査室といえば、陣内平吉のところか？」

一地方議員の古丹がそう言ったので、磯貝は驚いた。

「室長をご存じですか？」

「噂は聞いたことがある」

そういえば、陣内は昔彼らの演奏を聴いたことがあると言っていた。これも何かの巡り合わせだろうか？

いや、もう巡り合わせだの偶然だのと考えるのはやめたほうがいい。奇遇に思えることでも何かつながりがあるに違いない。磯貝はそういう世界で生きているのだと思った。政治とか国の運営というのはそういうものなのだ。今まで、認識が足りなかっただけのことだ。

おそらく、陣内は沖縄知事選で久しぶりに比嘉の名前を知った。そこで興味を持ちはじめたのだろう。そう考えれば、陣内の命令で沖縄にやってきた磯貝が古丹らと出会うことにいくばくかの必然性が感じられる。

「僕に沖縄出向を命じたのは、その陣内室長です」

磯貝を見る古丹の眼に初めて興味が生じたように見えた。

「陣内平吉の目的は何なんだろうな」

「僕にはわかりませんよ」

「無駄なことは一切しないという噂だ」

「そうなのでしょうね。でも、僕はただ最低一年間沖縄の様子を見て来いと言われただけです」

古丹は複雑な眼差《まなざ》しで磯貝を見ていたが、それ以上追及しようとはしなかった。

比嘉が磯貝を見据えて言った。

「俺はあんたに、何も知らぬまま本土に戻ってほしいと思っている。そうすれば、あんたは沖縄で平穏に暮らせるし、東京に帰ってからもすんなりともとの生活に戻れる」

「沖縄に来た当時は、僕もそのつもりでしたよ」

「今は違うというのか？」

「そう。違います」

「でしゃばりすぎだと思わないか？　あんたは、今は単なるC推進室の職員に過ぎない」

「李省伯はそうは思っていないようです。その点が僕にとって問題なのです」

比嘉は磯貝をしばらく見つめると、やがてうなずいた。

「いいだろう。どこから聞きたい？」

「まず、今日の事からです。比嘉さんは僕を尾行していた男の名前を知っていました」

「ベイロウ。北の狼と書く。本名じゃない。やつは、天安門《てんあんもん》事件のとき学生だった。当局の追及を逃れて台湾に密航し、竹連幇の李省伯に拾われた。新宿での暮らしも長かったので、日本語も流暢《りゅうちょう》に話せる。流氓《リュウマン》の中には、ベイロウのような民主運動家崩れもかなりいるそうだ」

「流氓？」

「中国やくざのことだ」

「どうして彼のことを知っていたのです？」

「俺は何でも把握しておかなければならない立場だ。知事に汚れた仕事を押しつけるわけにはいかない。俺が全部ひっかぶるんだ。天道盟との交渉だけじゃすまない。同時に竹連幇とも折衝しなければならない。でないと、那覇が台湾マフィア同士の戦場になりかねない。竹連幇との仲立ちをしてくれたのが玉城だ。竹連幇はさかんに日本のやくざと接近しようとしている。かつて、玉城組と李省伯は手を組もうとしていたことがあるんだ」

「今はどうなんです？」

「俺が天道盟と手を組んだので、李省伯のやつはへそを曲げちまった。玉城の力を信用して、沖縄での利権を手中にできると思っていたのに、当てがはずれてしまった。玉城もつぶれた面子《メンツ》を取り戻そうと必死なのさ。あいつは、台湾マフィア同士の抗争を抑えるために、国際都市形成構想に一枚嚙《か》ませろと言ってきている。利権が欲しいのさ。その利権の半分ほどをみやげに李省伯との蜜月《みつげつ》を取り戻そうとしているんだ。あいつがいう台湾マフィアを治める方法というのは、パイを分け合うことなんだ」

「マフィア同士のバランスを取るということですね？」

「そうだ」

「悪くない方法のように聞こえますが……」

「暗黒街の連中の欲というのは底がない。与えられたものだけで満足するような連中じゃないのさ。いずれ、自分の利権を拡張しようとしはじめる。そうなれば、那覇の街は禁酒法時代のシカゴみたいになっちまう。進出してくる勢力は一つに限るべきなんだ」

「他の勢力の抑止力として天道盟を選んだのですか？」

「そうだ」

「他にもっといい方法はないのですか」

「現時点では考えうる限りの最良の策だ。俺が交渉しているのは孫伯寿《そんはくじゅ》という男だ。天道盟の中でも実力者だが、それだけではない。将来は、民主進歩党から政界に打って出ることを考えている。もってこいの人選だ」

「その孫伯寿が政治家になったとき、沖縄県は、どういう関係を持つつもりですか？」

「ずっと変わらない」

「政府がそれを認めるでしょうか？　日本政府は正式には台湾政府を認めていません」

「外交じゃない。交易だよ。経済活動だ」

「日中の関係を悪化させる要因となる恐れがあります」

「官僚らしい考え方だな」

「そう。官僚としての良識ですよ」

「永田町《ながたちょう》や霞《かすみ》が関《せき》にいるからそういう考え方をするんだ。西表島《いりおもてじま》に行ってみるといい。沖に台湾が見えるんだ。そこに住む財界人は沖縄に投資しようとしている。それを拒否する理由はない」

「地方自治体は、国の方針に従わなければなりません。でなければ国は成り立ちません」

磯貝は一応そう言った。言ってはみたが、自分が何かひどくつまらないことを言っているような気がした。

間違ったことは言っていない。国があるからこそ自治体がある。

磯貝はそう考えた。しかし、どこか虚《むな》しい気がした。地元には地元の考えがある。その当たり前のことがようやくわかりはじめた。中央の声を聞く。それは正しいと感じる。同時に地元の声を聞くとそれも正しいように思える。板挟みだ。

そして、磯貝の心の中の針はどうやら沖縄の側に振れはじめているようだった。最初は美里のせいだった。が、それはきっかけに過ぎなかったようだ。乾いたスポンジが水を吸うように、沖縄の情報と住民の気持ちが心に入ってくる。

磯貝の口調に力はなく、したがって説得力のない言葉となった。比嘉はそれに気づいたように、かすかに笑みを浮かべた。

「前にも言ったはずだ。俺は沖縄の自立のためなら、何でも利用してやる」

前に聞いたときは耳を素通りした言葉だ。しかし、あらためて聞くと磯貝は一種の感慨を覚えた。

なりふり構わず自分が住んでいる地域を活性化させようとしている。県が潤い、人々の生活が安定するためになら泥をかぶるという意味だった。危険さえ顧みないという覚悟を感じる。

中央省庁にいたときには、日頃あまり意識することのない気概だった。屋良知事も比嘉とまったく同じだった。比嘉との一瞬のやりとりだけでそれを充分に感じさせた。

「いざというときは、私が動く。首長が先頭に立たなければ、これからの沖縄を引っ張っていくことはできん」

屋良知事は一点の迷いもなくそう言い放ったのだ。

磯貝は、日本政府を代表して沖縄に駐在している南郷大使を思い出した。彼を支えているのは、外務官僚としてのエリート意識だけのように見える。ゴルフと夜の接待のことが最大の関心事に思える南郷と、比嘉や屋良知事とのこの違いは何なのだ……。

つい先日までは、南郷に反感など感じなかった。いかにも官僚らしい態度に親近感すら抱いていた。それは長年にわたって、日本の役所の慣習の中で培われてきたたたずまいだった。南郷は磯貝に安心感を与える存在だった。つまり、特別なことがなければ自分もあなれると思うからだ。同時に、役人などあの程度の仕事をしていればいいという安心感が得られるからだ。

だが、今は違った。

特別なことが起きたとき、南郷はまったく頼りにならない。いや、外務省自体が頼りにならないと磯貝は感じたのだ。おそらく何事につけても対応に時間がかかるだろう。大抵の事件は、役所が右往左往しているうちに手遅れとなるのだ。

マフィア同士の撃ち合いなど、たいした事件ではないのかもしれない。一人が死亡し、一人が重傷。これくらいの事件は、世界中で毎日起きている。中央省庁からこの事件を眺めればそう感じるだろう。だが、その後の影響ということを考えると、意味は大きかった。

南郷は、地元の警察の問題だと言い切った。二つの点で問題だと磯貝は思った。ひとつは認識の甘さ。ひとつは責任逃れ。

無言でしきりに考え事をしている磯貝を見て、比嘉は言った。

「多少の問題は起きる。だが、沖縄はいい方向に向かう。俺はそう信じている」

「なぜそう言い切れるのです？　今までのほうがいいと考える人だっているでしょう。現に沖縄県庁の幹部の中にも現状維持を主張している人がいました。今までどおりならば、たしかに基地の問題とか雇用の問題はあるでしょうが、安全に暮らすことができます」

「今までどおりの制度を望む声がないわけじゃない。だが、それではもうやっていけない。七二年の復帰のときとは違う」

「どう違うのです？」

「あの当時、日本は高度経済成長期だった。沖縄もそのおこぼれにあずかりたかった。事実、そういうこともあった。日本に復帰することが経済的にも意味があったんだ。だが、今は違う。日本経済は瀕死《ひんし》の状態だ。求心力がなくなっているんだよ」

「日本の経済は持ち直すかもしれません」

比嘉はかぶりを振った。

「俺はそうは思わないんだ。さっきのあんたの問いにこたえよう。どうして沖縄がいい方向に向かうと言い切れるのか？　それは、世界の趨勢《すうせい》に従おうとしているからだ。つまり、規制緩和だよ」

「規制緩和が重要なのはわかります。でも、それほどの効果がありますか？」

「ある」

比嘉はこたえた。「規制緩和は緊急を要する。でなければ、沖縄どころか日本がつぶれるぞ」

「沖縄が日本の進むべき道を示すと……？」

「問題は、貿易の規制に限らない。つまり、かつての日本の制度がすべて疲弊し、世の中に対応できなくなっているんだ。政府は何度も景気対策として何兆円もの金をつぎ込んでいる。でも、それはほとんど空振りに終わっている。なぜだかわかるか？」

「それだけ不況の底が深いのでしょう。為替、証券、債券のすべてが安値を続けています」

磯貝は慎重にこたえた。テストをされているような気分だった。

比嘉はうなずいた。

「では、円、株、国債、これらすべてが国際市場で安値を続ける原因は何だと思う？」

「それは東南アジアで始まった通貨破綻《はたん》が影響して……」

「それも一因だ。だが、それは物事の本質を言い当ててはいない。日本の通貨や株が安値で取り引きされ続けていることの理由になってはいない」

問題は、日本のシステムだ。それが世界で信用されなくなっている。

それは何となくわかっている。だが、官僚としてそれは言いづらい。磯貝はこれまでそう感じてきた。しかも、政府のシステムを変えるには立法という手段が必要で、それは政治家の役割だった。官僚は与えられたシステムを運営するしかない。だから、そのことから眼をそらしてきたのだ。

官僚の仕事は現状のシステムを維持することだ。自治省に入省したときからそう教えられていたし、また彼自身もそう信じていた。

認めたくはない。だが、認めなければならない。日本式のやり方は、もう機能しなくなってきているのだ。

そのとき、突然、陣内室長の言ったことを思い出した。

沖縄への出向を命じられた時のことだ。陣内はこう言った。

「この国は、自分では国土を守ることも通貨や株や債券を守ることもできない」

さらにこう言ったのだ。

「我々官僚は、今現在はどんな国であっても、明日《あした》は今日よりよくなると信じて国を存続させなければならない」

それがどういうことか磯貝が理解するには時間がかかるだろうとも言った。かすかな衝撃を感じていた。陣内が言ったことが、今初めてちゃんと理解できた。足元が崩れていくような不安感を覚えた。官僚としてのすべての前提が覆されていく。無力感を感じた。何のために自分がいるのかわからなくなる不安。

比嘉が言った。

「わかっているのだろう？　日本の従来のやり方は、もはや役に立たなくなっている。例えば、ゼネコン主導の公共投資。金融機関の護送船団方式。政府与党は、景気対策と言いながら、結局公共投資で金をばらまくことしかできない。そして、金融機関を救済するために税金を使っている」

「しかし……」

無力感のため議論を続ける気がしない。だが、言わなければならなかった。「しかし、それは必要なことです。ゼネコンの下には下請けがあり、そのまた下に孫請け、その下にもさらに下請けがあります。つまり、零細企業を救うためにも、公共投資は必要なのです。雇用の促進にもなる。銀行を救うことも大切です。企業の活動を支えているのは銀行です。銀行が資金を調達しなければ、企業の活動はたちまち停滞してしまう」

「それが旧来のシステムに縛られた考え方だというんだ。ゼネコンから下請け、孫請けに金を回すというのはひどく効率の悪いやり方だ。しかも、ゼネコンはすでに建設業界の権力と化しているから、中間搾取も大きい。丸投げのような不正な行為が暗黙のうちに認められている。いくらゼネコンを肥え太らせても、中小の企業を救うことにはならないんだ。本当はそのシステム自体を壊さなければならないのに、政府与党はその組織を守るために金を使っている。銀行もそうだ。貸し渋りが問題になっているな。銀行を救済したところで、中小の企業に金を貸さないのだから、経済活動が活発になるはずがない。いいか？　経済活動に寄与できないような不健全な銀行は潰《つぶ》してしまうべきなんだ。なのに政府はこれも税金で救済しようとしている。この国はゼネコンや銀行と心中するつもりだとしか思えん」

「これまでは、何度も不況を乗り越えてきたじゃないですか」

「そう。アメリカの庇護《ひご》の下でね」

「アメリカの庇護の下で……」

「日本は自力で国土を守る必要もなかった。通貨を守る必要もなかった。株も国債もすべてアメリカが守ってくれるという甘えのもとで、ひたすら戦後の復興に努めた。今現在のシステムというのは、戦後の非常時に作られたもので、本来の意味での自由主義経済ではない。それから五十年以上たち、日本の経済力はアメリカと肩を並べるようになった。アメリカはもはや日本を守るべき対象とは考えていない。同じ土俵で勝負をすべきだと考えているんだ。日本は、ようやく自由主義経済の荒波に揉《も》まれることになったというわけだ」

「ビッグバンはそれほどの騒ぎもなく世間に受けいれられたように見えます」

「それも認識が甘い。旧来のシステムにしがみつく政府与党と各省庁出身の族議員たちが、ビッグバンの本当の効果を抑えているんだ。今のところなんとか形だけのビッグバンにとどめているが、じきにそれももたなくなるだろう。頭の切り替えができていない金融機関はどんどん淘汰《とうた》されていくだろう」

比嘉は琉央銀行のことを知っているに違いない。そして、台湾資本がそれを買い取ったほうがいいと考えている。磯貝はそれを感じ取った。

磯貝は、比嘉の顔を見た。

「これからの沖縄はそうした世界の趨勢に沿っていると……？」

比嘉はうなずいた。

「俺はそのつもりだ。そして日本の政府も、沖縄の実験を歓迎すべきだと思う」

「実験？」

「そう。沖縄の人々が体を張り、命を懸ける実験だ。日本政府はそういう気持ちで真剣に見つめるべきだ。新しいシステムの参考になるだろうからな」

「日本が沖縄を参考にする……？」

誰かがそんなことを言っていた気がする。誰が言ったのか思い出せなかった。そのときは、気にも留めなかったのだ。国が地方自治体を参考にするというのは、磯貝の立場では考えにくい。

しかし、今はそうではなかった。

規制緩和。行政改革。海外資本の積極的な利用。

それは言葉では知っていた。沖縄問題研究会でも何度も話し合われた。だが、お題目のようなもので、これまで築き上げてきた日本の仕組みはどうせ変わりはしないと考えていた。それが間違いのような気がしてきた。

もしかしたら、陣内は、こういうことをすべて見越して僕を沖縄に出向させたのではないだろうか……。

そうだとしたら、陣内も日本が変わるべきだと考えていることになる。

中央の役所にいるときはそんな危機感は感じなかった。今は、切実な危機感を感じる。乗っていた船が沈みかけているような恐怖。パニックが忍び寄ってくるような気がした。逃げ出したいが、もう逃げ場はないような気がした。もしかしたら、比嘉や屋良知事はずっとこうしたぎりぎりの状況の中で闘い続けてきたのかもしれない。そして、彼らは果敢にもさらに闘い続けようとしている。

古丹もそうだった。

だからこそ、古丹は多忙にもかかわらず、たちまち駆けつけてきたのだ。支援せずにいられないのだろう。その気持ちがようやく理解できた。

「まあ、いろいろと批判めいたことを言ったがな……」

比嘉が穏やかな調子で言った。「日本だって悪い面ばかりじゃない。世界に誇るべき歴史や文化を持っている。だが、それをないがしろにしはじめた時期がある。明治維新だ。

薩摩と長州《ちょうしゅう》が政治を牛耳って、西洋かぶれの姑息《こそく》な国にしてしまった」

「同じようなことを、古丹さんも言っていましたね」

「こいつはまた別の立場だ。明治政府が本格的に北海道の開拓に乗り出し、アイヌ民族を駆逐していったのだからな。私が言いたいのは、日本人としての誇りの問題だ。今のこの国では、とても日本人であることを誇る気にはなれないだろう。明治に作り上げたすべてのシステムが、今機能しなくなりはじめている。たとえば教育だ。国民の識字率を上げることに関しては大きな成果を上げた。しかし、精神性は置き去りにされ、その結果子供たちが荒れている。切れる中学生というのは、社会問題であると同時に、教育制度という政治問題でもある」

古丹が言った。

「教育に関しては取り敢《あ》えず日本の制度の枠内でいくしかない。沖縄にとっては、経済問題が先決だからな」

比嘉はうなずいて言った。

「だが子供たちに隠し事をしたり嘘を教えたりはしたくないな。沖縄戦のことは語り継いでいかなくてはならない」

「最低の義務だな」

古丹は重々しい口調で言った。「教育だの国家のシステムだのという観念的な話はおいといて、おまえに訊《き》いておかなければならないことがある」

比嘉は、すべて心得ているというふうにうなずいた。

「俺はなんとか玉城組を抑えるつもりだが、この混乱に乗じて全国規模の暴力団が沖縄にちょっかいを出してくると困る。そのことについて、俺は遠田に連絡を取った」

古丹はじっと比嘉を見つめたまま何も言わない。

「茶の家元ともなると、いろいろなところに顔がきく。それこそいろいろなところにな……」

比嘉の口調は意味ありげだった。古丹は眼をそらすとうなずいた。

「そちらのほうは遠田が何とかしてくれるだろう」

磯貝は驚いた。

茶の家元が裏社会に通じているとは思わなかった。だが、もしかしたら日本の社会というのは案外そういうふうにできあがっているのかもしれない。自治省の役人時代には考えもしなかったことだ。

「台湾マフィアの件は、沖縄県で対処できる。信じてくれ」

古丹は比嘉を見ぬまま何事か考えていたが、やがて、ぼそりと言った。

「おまえがそこまで言うのなら、信じるしかないな」

磯貝は二人の会話の呼吸を計っていた。この際だから、比嘉に尋ねておきたいことがあった。比嘉と古丹はしばらく無言でいた。おのおのの考えに浸っているのだ。磯貝は思い切って比嘉に尋ねた。

「沖縄の独立というのは可能なのですか？」

単なる好奇心からの質問ではなかった。その可能性について確かめずにはいられなかった。

比嘉は磯貝の顔を見つめると、ややあってかすかな笑みをうかべた。

「不可能ではない」

比嘉はあっさりと言った。

「不可能ではない？」

「独立というのは主権を持つということだ。主権国家の承認には、現在二つの説がある。まず第一に創設効果説、そしてもうひとつは宣言的効果説。創設効果説というのは、既存の国に認めてもらって初めて独立が成立するという考え方。宣言的効果説というのは、独立は宣言によって成立するという説だ。現在では、この宣言的効果説のほうが有力になってきている。また、沖縄に関しては、最近沖縄住民も先住民だと主張する人が出始めた。そして、先住権を認めるべきだという主張もなされている」

「沖縄住民が先住民ですって……」

「そう。実は、先住民や先住権というのははっきりとした定義がない。ただ、先住民の権利は最後の人権とも言われ、世界で注目されている。まあ、そういう意味で沖縄が独立することは不可能ではない。越えなければならないいくつかのハードルはあるがな……。実際には、シンガポールなんかが参考になるだろうと思う。だが、沖縄住民の統計を取ってみると、独立に賛成する人が反対する人をわずかに上回っているに過ぎない。これではなかなか住民のコンセンサスを取り付けられない。その他、安全保障の問題。米軍基地の問題。経済問題……。まあ、いろいろとたいへんだ」

「水の問題もありますね」

「水？」

「高い山と山林がない沖縄は、常に水不足の恐れがあります。産業もなかなか育たない」

「ああ、その点に関してはいい手本がある。地中海のマルタ島だ。あそこももともと水が不足しているのだがな、今では海水を淡水化するプラントでうまくいっている」

「例えば、半導体の工場などは水を大量に使うのでしょう？」

「代替フロンなどを活用すれば、水の量をかなり制限することができる。沖縄に半導体工場を誘致することは充分に可能だ」

独立は可能……。磯貝が真剣な表情で考えていると、比嘉は面白がっているような笑顔を見せた。

「おいおい、何を勘繰っているんだ？　俺は沖縄の独立なんて物騒なことを考えちゃいないぜ。あくまでも可能性の話をしたまでだ。可能だが現実的じゃない」

磯貝は押し黙った。

比嘉はたしかに沖縄独立などとは一度も口に出したことはない。

独立しなければならないのは日本だと言った。その言葉は掛け値なしの本音なのだろうか。ちょっとした言葉のアヤ程度にしか考えていなかったのだが、今あらためて考えると本気だったような気がする。

比嘉が磯貝に言った。

「さて、俺は台湾マフィアとの関係は全部話した。まだ訊きたいことがあるか？」

磯貝は、そう言われて、何とか頭の中を整理しようとした。まだまだすっきりしない部分がある。

「比嘉さんはベイロウという男が僕を尾行監視していることを知っていたのですね？」

「知っていた」

「なぜ知らんぷりをしていたのです？」

「言っただろう。あんたには、何も知らずに東京に帰ってもらいたかった」

「僕は沖縄に住んでいるのですよ。それは無理でしょう」

「やつらがあんたに手を出す前に、何とか話をつけられると踏んでいたんだ」

「でも、その見込みは外れた……」

「まあ、そういうことになるな」

「ベイロウたちの動きをどうやって知ったのですか？」

「なぜそんなことが気になる？」

磯貝は、一瞬躊躇《ちゅうちょ》したが開き直ったように言った。

「美里さんです。最初に彼女に会ったのは空港でした。僕はそのとき、例の紺色のセダンを見たような気がした。そして、今日です。ベイロウたちが現れたとき、通りの向こうに美里さんがいました。今考えると、空港で美里さんに会ったのは、決して偶然ではなかったかもしれません」

比嘉は、意味ありげに、にっと笑った。

「なるほど、美里のこととなると気になるだろうな」

磯貝の心の中はざわついた。しかし、感情を抑えて比嘉を見ていた。

比嘉は溜《た》め息をついた。

「あいつにも困ったもんでな……。危険だからよせと言っているのに、ベイロウの動きを探ると言って聞かない。そう。あんたが言った通り、美里はベイロウの動きを探っていた」

「なぜベイロウを……」

「李省伯が、東京から視察に来る役人に興味を持っているという情報を玉城から得た。孫伯寿が沖縄県庁と手を結ぶのなら、自分は中央の役人に何とか取り入ろう。そう考えたに違いないと俺は考えた。ベイロウは李省伯の腹心だ。何かをやるときには必ずベイロウを動かす。ベイロウは日本語がしゃべれるし、頭が切れる」

「つまり、僕のためということですか？」

「そう。美里はあんたのことをずいぶんと気にしていた」

ついに磯貝は眼をそらした。

敗北感を覚えた。美里と比嘉が付き合っているというのはほぼ間違いないと磯貝は思っている。

比嘉と美里の関係を確認したわけではない。だが、美里の態度やいろいろな状況を見ると、そう考えるのが妥当だった。期待して裏切られるのはごめんだった。

比嘉が言った。

「美里にはスパイごっこなどやめさせる。あいつはあいつなりに、沖縄のために何かやりたいと考えているのだろうが、マフィアに関わるのは危険過ぎる」

沖縄のためというより、比嘉のためかもしれない。

磯貝は、美里への憧《あこが》れと沖縄への憧れを混同している。それは自覚していた。いくら沖縄に対して肩入れする気になったとはいえ、これでは純粋な思いとは言えない。

比嘉が言うように、知らんぷりを決め込み、観光旅行気分で一年間を過ごして東京へ帰るべきなのだろうか。

だが、今となってはそれもできそうにない。東京に帰っても、今感じている危機感を抱き続けるだろう。足場が崩れていく不安にさいなまれながら仕事をしなければならない。居場所がなくなっていくという無力感を絶えず感じながら暮らしていくのだ。

そして、観光旅行気分で過ごした一年について、陣内室長は決して満足はしないはずだ。陣内は何かを期待している。それは、沖縄に学ぶべき何かであるはずだ。

進退窮まったというのはこのことだ。進むべき道が見えない。僕はいったい、どこへ行けばいいのだろう。大げさではなく、磯貝はキャリア官僚の人生をスタートして以来、おそらく最大の迷いに直面していた。

比嘉が古丹に言った。

「さてと、客が演奏を期待して集まってきているのだがな……」

古丹がうっそりとこたえた。

「とても演奏する気分ではないな」

「オーナーとしては客の事も考えなければならない」

古丹はしばらくテーブルの上で組んだ自分の手を見つめていた。やがて、溜め息をつくと、言った。

「演《や》るのなら、さっさと片づけよう」

比嘉がにっこりとほほえんだ。

「オーケー。そうしよう」

比嘉というのは何という男だろう。多くの難問を抱えながら、演奏を楽しみにしているように見える。古丹のように、とても演奏する気分ではないというのが普通だろう。

人間の度量が大きいというか……。

なるほど、これではとてもかなわないと、磯貝は敗北感を募らせた。

ステージに向かおうとする比嘉に磯貝は言った。

「あの……、もうひとつだけ、つまらないことを訊《き》いていいですか？」

「何だ？」

「本当につまらないことなんですけど……」

「だから、何だ？」

「美里さんは、その……、ここに住んでいるのですか？」

「何だ、まだ美里がどこに住んでいるのか知らずにいたのか？」

「はい」

「美里はたしかにここに住んでいるよ」

やっぱり……。

すべてが勘違いではないのかという一抹の期待を持っていたのだが、それも打ち砕かれた。美里はここ、つまり『ビート』に住んでいる。つまり、比嘉と一緒に暮らしているということだ。

キャリア官僚としてのこれまでの生き方に疑問が生じ、美里への思いも遮られた。がっくりと落胆したが、その気持ちを比嘉に悟られるのが嫌で、なんとか姿勢を保っていた。

比嘉はステージに出て行き、それに古丹が続いた。

やがて、ドラムソロが始まる。炎のようなドラムソロだ。猛烈なドライブ感。すぐにピアノが加わり、壮絶なデュオを繰り広げる。独り楽屋に残った磯貝は、その演奏をどこか遠くで聞くような気分でぽつんと座っていた。

11

ジョン・ブルーフィールドから電話があったのは、夜の十時過ぎだった。電話の向こうがざわざわしている。『ビート』からだと言った。

「最近姿を見ないので、どうしたのかと思ってね」

磯貝は部屋でぼんやりとテレビを眺めていた。テレビというのは不思議なものだ。日本全国で同じ番組が放映されている。地方の独自性を失わせるのにはなんと有効な手段だろう。日本中の人が同じ言葉をしゃべり、同じノリについていきたがるようになる。東京にいる頃はそんなことを考えたことはなかった。沖縄本島を離れ、西表島などへ行くと、極端にチャンネルが少なく、民放がネットされていない。人々はあまりテレビを見ず、それゆえにまだ沖縄古来の祭りなどが色濃く残っているという。

「おい、聞いているのか？」

ああ、『ビート』の話だったな……。そういえば、古丹に会った夜以来行っていない。

「ちょっと、忙しくてね……」

「忙しい？　例の台湾マフィアの件か？」

「台湾マフィアの件？」

「撃ち合いがあっただろう？　なんとか今のところは収まっているが、あれだけで済むとは思えない。対応に大変なんだろうな」

対応に大変……？

こいつは何を言っているのだろう。

「僕は関係ないよ。役所の仕事というのは目の前の書類やデータを片づけているうちに一日が終わる」

「別に私に隠し事をする必要はない。私が米軍の人間だから警戒する気持ちはわかるが……」

「隠し事なんてしていないさ。そんな必要もない」

「あんたは県の職員じゃなくて、日本政府の職員なんだろう？　しかも情報部の人間だ」

「情報部？　内閣情報調査室のことか？　そんなだいそれたもんじゃないと言っただろう」

「まあいい。あんたの顔を見られないとつまらない。そのうちにまた『ビート』で会おう」

「ああ、そのうちにな……」

電話が切れた。何の用だったのだ？　おそらく、誘い出すつもりだったのだろう。だが、磯貝にその気がないのを察知して誘うのをやめたのに違いない。

あの夜からどのくらいたっただろう。五日か、一週間か……。

磯貝は迷いつづけていた。――長いトンネルに入ったような気分だ。出口が見えず、そのせいで無気力になりつつあった。庁内でも滅多に席を離れない。ひたすら単調な仕事をこなすだけだ。隣の仲本と同じく自分の個性を消し、淡々と作業をした。能率を上げすぎないように気をつける。あまりてきぱきと仕事をすると、それだけしんどい思いをしなければならない。役所の仕事というのはきりがない。やってもやっても終わりがないのだから、やればやるだけ損をすることになる。どうせ同じ給料なのだ。

すると仲本の気持ちが理解できるようになってきた。

知事が代われば、県庁の方針も変わる。それによって右往左往しなければならないのは下っ端の役人だ。それを思うと、不安になる。ただこうして目の前の仕事だけをこなしていれば、とりあえずそうしたことを考えずに済む。

考えても仕方のないことは考えないに限るのだ。

磯貝も沖縄にいる間はそうしていようかと思いはじめていた。難しいことを考えなくても、給料はもらえる。それが公務員のいいところでもある。

開け放った窓から外を見た。那覇の街の明かりが見えている。

ベイロウはまだ僕のことを見張っているのだろうか？

李省伯は誤解をしている。磯貝が中央省庁から独りで視察にやってきたと聞いて、かなりの権限を持っているものと勝手に思い込んだのだろう。もしかしたら、沖縄問題研究会の運営に携わっていたということを知っているのかもしれない。

磯貝はキャリアでたしかに沖縄問題に関しては知識もある。だが、それがすぐに影響力につながるかというとそうでもない。磯貝が沖縄県や沖縄問題研究会に影響力を発揮できるようになるのは、むしろ中央に戻ってからの話なのだ。

今は、こうして沖縄県庁の下っ端に過ぎないのに、李省伯はそれを知らないのだ。誘拐するというのならすればいい。僕が今はそれほどの価値のない男だということに気づいて驚くがいいさ……。

独りでは飲みに出かける気にもなれず、布団の上にごろりと横になった。天井を見つめていると、美里に手を引かれて海にもぐったことを思い出した。そして、その夜の不思議な陶酔感が少しだけよみがえった。

すべての思い出に美里が絡んでいる。

磯貝はなんとかそれらの思いを頭から追い出そうとした。

日はすでに高く、まだ昼前だが那覇港はいつもの猛烈な暑さにさらされている。閑散とした港のフリートレードゾーンに、突然、銃声が轟《とどろ》いた。

最初は一発だけだった。

それは乾いた破裂音で、倉庫の壁に反響し、濃紺の青空に吸い込まれていった。

港で働く人々は、その音に気づいたが車のバックファイアか何かだと思ったのか、特別に気にした様子はなかった。最初の一発には、まったく危険な感じはなく、けだるい風景に溶け込んでしまった。

だが、状況は一変した。

間を置いて、もう一発の銃声がした。それを合図に、何発もの銃声が聞こえてきたのだ。港で働く人々はようやく手を止めて、耳を澄まし、何事かと周囲を見回した。

子供が爆竹で遊んでいるのだろうか。いや、こんな時刻にこんな場所で爆竹はおかしい……。人々はそんな会話をした。

皆銃声であることは薄々気づいている。しかし、心のどこかにまさかという気持ちがある。

やがてサイレンの音が聞こえてきた。パトカーのサイレンだ。

そのときになって、初めて港の職員や労働者は、今起きていることを認めたのだった。


C推進室にその情報が入ったのは、午前十一時を過ぎた頃だった。事件が起きてから、二十分ほどたっていた。

「港で銃撃戦？」

「今、テレビでやっています」

与那嶺室長は眉根《まゆね》に皺《しわ》を寄せ、机の脇にあったテレビのスイッチを入れた。

まずマイクを持ったテレビ局の記者の姿が映った。その背後は港の風景だ。コンテナが積まれ、その隙間から海に浮かぶ船が見えている。

バンという乾いた音が聞こえた。

記者はびくりと首をすくめ、青ざめた表情で言った。

「また、一発、銃声が聞こえました。双方が何人くらいいるか正確な情報は伝わっていません。警察では、双方数人ほどの人数で撃ち合っているものと見ています。えー、繰り返します。現在、那覇港のフリートレードゾーン内で中国系と見られるグループ同士の撃ち合いが起きています。双方の人数は、わかっておらず……」

「おいおい……。本当かよ……」

誰かがつぶやいた。

C推進室の雰囲気は、それほど差し迫ったものではなかった。職員たちは、自分の住む街で撃ち合いが起きているということに衝撃を受けているようだが、それだけだった。治安維持や安全保障を担当する部署ではないので、対応に追われる必要がなかったからだ。

「フリートレードゾーン内で営業している事業者に連絡を入れろ。安否を確かめるんだ」

与那嶺室長のきびきびとした声が響き、C推進室はようやく動き出した。銃撃戦に巻き込まれた事業者ならびに従業員は今のところいない。

その作業を終えたら、とりあえずすることはなかった。職員たちは、思い思いの恰好《かっこう》でテレビを見つめている。

磯貝は妙に覚めた気分だった。

やっぱり、こうなったか……。

古丹はこれを恐れていたのだ。どれくらいの死傷者が出るかはわからない。だが、問題は死傷者の数だけではない。

比嘉は台湾マフィアたちをコントロールできると言った。それがうまくいかなかったのだ。

比嘉の責任を追及する人間が出始めるだろう。県庁内でもその声は高まるに違いない。

そして、この銃撃戦がどこまで波及していくかわからないのだ。

それは理解できるが、磯貝にはどうすることもできない。ただテレビを眺めているしかないのだ。

どんな銃撃戦だって、こうしてテレビで見ている限りはドラマとそれほどの違いはない。

磯貝はそんなことを感じていた。

沖縄のことは他人事《ひとごと》。

比嘉がそれでいいと主張するのなら仕方がない。

気力がわかず、銃撃戦の危機感もあまりない。恐怖も感じない。那覇が自分の街だという思いがないせいかもしれない。家財産もなければ家族もいない。

ふと美里のことが頭に浮かんだが、美里は那覇ではなく沖縄市にいる。危険はなさそうだ。

それに、美里は磯貝の身内でも恋人でもなく、どうやら比嘉の愛人のようだ。

電話が鳴り、仲本が受話器を取った。彼は無言で磯貝に受話器を差し出した。

「僕に？」

仲本は無愛想にうなずいた。長い前髪が揺れる。受話器を受け取ると、電話の相手が言った。

「ジョンだ」

「どうしたんだ、県庁にかけてくるなんて……」

「この撃ち合いはどういうことなんだ？」

「僕に訊《き》かれても……」

「どこまで拡大すると読んでいる？」

「わかるもんか」

ブルーフィールドは苛立《いらだ》たしげに舌打ちをした。

「あんたが知らないはずはない。この状況を見越して情報部からやってきたのじゃないのか？」

磯貝は思わず眉《まゆ》をひそめていた。ブルーフィールドの様子がおかしい……。

「何を言っているんだ。僕は、今は県庁の職員だ。関係ないよ」

「なあ、軍の仲間が不安がっているんだ。兵の中には、那覇にガールフレンドがいるやつもいる。事情をよく知っている人に訊いてくれと仲間に言われているんだ」

磯貝は慎重にならざるを得なかった。

「どうして僕に尋ねるんだ？」

「あんたを困らせようとしているわけじゃない。話せないこともあるだろう。見解を聞かせてくれ。あんたの読みだ。この戦いは一時的なものなのか？　それとも、今後継続する性質のものなのか？」

「だから、僕にはわからないと言っているだろう」

ぼそぼそという受話器に風が当たる音がした。ブルーフィールドが鼻から吐息を洩《も》らしたのだ。

「私たちは困っているんだ。事情がまったくわからない」

「軍にだってそういう情報を専門に扱う部署はあるんだろう？」

ほんの一瞬だが、ブルーフィールドは口ごもった。

「司令部は一般の兵士にいちいち何が起こっているかなんて教えてくれない。それに司令部でもちゃんと事態を把握できているかどうかわからない」

何かをごまかしているような響きがあった。しかし、何を隠そうとしているのか磯貝にはわからない。

「尋ねる相手を間違えている。比嘉さんに訊けばいい」

「あんたなら比嘉さんより多くの事を知っているのじゃないかと思ったんだ」

「なんでそう思ったか知らないが、僕は何も知らない。仕事中なんだ。またな」

「待て。私はいま県庁のそばまで来ている。会えないか？」

「会ってどうするんだ」

「私の気配りが足りなかった。電話で話せることじゃなかった。周りに人もいることだろう」

「仕事中だよ」

「何とか抜け出せないのか？」

抜け出せないことはない。

だが、会って何を話せばいい？　断ろうかとも思った。だが、ブルーフィールドの口調は切実だった。

断るにもエネルギーがいる。相手の言いなりになっていたほうが楽だ。

「わかった。どこにいる？」

「県庁を出て左に五十メートルほど行ったところに車を停めてある。その中にいる」

「十分ほど待ってくれ」

磯貝は電話を切った。

今のやりとりを気にしている職員はいなかった。隣の仲本は、いつものことながらわれ関せずという態度だ。

ブルーフィールドはなぜ僕に電話してきたのだろう？　磯貝は思った。彼は、まるで磯貝が何もかも知っているような口ぶりだった。磯貝の立場を過大評価しているようだ。そういえば、昨夜の電話でもおかしなことを言っていた。

C推進室の職員たちは、依然としてテレビの画面に注目している。磯貝は静かに席を立ち、部屋を出た。

ブルーフィールドの車はすぐにわかった。過去に二度乗せてもらっている。彼は運転席でハンドルにもたれていた。助手席に乗り込むと、彼は磯貝のほうを向いて言った。

「呼び出して済まなかったな。しかし、不安でならないんだ。わかるだろう？」

「わからないな。ニューヨークやロスでは撃ち合いなど日常だろう」

「テレビドラマや映画じゃないんだ。拳銃《けんじゅう》による強盗などはしょっちゅうあるが、撃ち合いなどそうあることじゃない。それに、私はミシガン州の田舎町で育った。その町じゃ、一生銃と無縁の住民ばかりなんだ」

「今、あんたが住んでいるのは具志川だろう？　遊びに出るのはせいぜい沖縄市までだ。那覇の撃ち合いなど気にすることはないはずだ」

「私だけの問題じゃない。友人たちも不安がっている。言っただろう。中には那覇にガールフレンドがいるやつもいる」

「兵士が撃ち合いごときにおたおたするのは情けないな」

「私たちは命令があれば、いつでも戦場に出ていく。だからこそ基地では安らぎが必要だ。基地のある土地が紛争など抱えていたら、気の休まる暇がない。兵士の士気にも影響する」

「なるほどね……。そちらの事情はわからないでもないが、僕に言われても困る」

「これはどういう撃ち合いなんだ？」

「詳しいことは知らない。台湾マフィア同士の抗争なんじゃないのか？」

「確かか？」

「だから、知らないと言ってるんだ」

「ならば、どうして台湾マフィアだと思うんだ？」

「先日、台湾マフィアのチンピラが撃たれた。それがエスカレートしたんだろう」

「フリートレードゾーンでの事件だな？　あれも台湾マフィアのチンピラだ。撃ったのは竹連幇系列」

「撃たれたのは、天道盟という組織の系列のチンピラだ。撃ったのは竹連幇系列。今、沖縄にはこの二つの勢力が入ってきていると比嘉さんが言っていた。天道盟系のボスの名が孫伯寿、竹連幇系のボスが李省伯」

　ブルーフィールドはじっと磯貝を見つめている。その濃い青い眼を見ていると、なんだか不安になってきた。夜遊びしているときの陽気で社交的なブルーフィールドとは別人のような気がするのだ。

「では、やはり撃ち合いは今回限りで終わるとは限らないと考えるべきだな」

「どうだろうな……」

「対立する二つの勢力がついにぶつかったということだろう。この先本格的な抗争に発展する恐れがあるんじゃないのか？」

「警察も黙って見ているわけじゃない。比嘉さんは抑えられると言っていたし……」

「比嘉はそう言うだろう」

ブルーフィールドは磯貝から眼をそらしてフロントウインドウ越しに景色を眺めた。雲行きが怪しかった。一雨来そうだ。

「それはどういう意味だ？」

磯貝はブルーフィールドの言い方が気になって思わず尋ねた。

ブルーフィールドは、あらためて磯貝を見つめた。

「あんたの前では弱みを見せられないはずだ」

「何だって……？」

「県の弱みを露呈することになるからな」

「待ってくれ、それはどういうことなんだ？」

「いや、ただそんな気がしただけだ。気にしないでくれ」

気にするなだと？　ゆうべからブルーフィールドは意味ありげな発言を繰り返している。どうも奥歯にものがはさまったようで気持ちが悪い。

「あんたは何を勘違いしているんだ」

「勘違い？」

ブルーフィールドはじっと青い眼で見つめてくる。濃い青い眼。ガラス玉のようだ。一瞬、人間の眼とは思えなかった。表情が乏しかったからだ。落ち着かない気分にさせる眼だった。

「私は勘違いなどしていない」

「いや、あんたは僕のことを誤解している」

「どういうふうに誤解しているというのだ？」

「そうだな……、例えば……」

磯貝は考えた。ブルーフィールドが、何をどこまで知っているのか不安になってきた。

「例えば、僕が台湾マフィア同士の対立を解決しに沖縄に来ているというような……」

ブルーフィールドは何も言わない。ただ、無表情なガラスのような眼で磯貝を見つめている。ますます落ち着かない気分になってくる。

このブルーフィールドは僕が知っているブルーフィールドではない。まったく別人が彼になりすましているようだった。そんなことはあり得ない。そうとはわかっていても、そこはかとない恐怖を感じる。

陽気で社交的なブルーフィールドは、ここにはいない。いるのは、磯貝の知らないブルーフィールドだ。今までブルーフィールドは演技をしていたのだろうか？　もしそうだとしたら、それは何のためなのだろう？

すべてはブルーフィールドの誤解から始まっているような気がした。

「それは誤解でも何でもない。情報部の人間が単独で調査にやってきた。その直後に、台湾マフィアの構成員が二人撃たれた。そして、それは今日の銃撃戦にエスカレートした。あんたが特別な任務でやってきたことは、小学生でもわかる」

磯貝は慌てた。やはりブルーフィールドは誤解している。李省伯もブルーフィールドも磯貝を買いかぶっているのだ。たしかに、磯貝は彼らから見れば特別かもしれない。キャリア官僚で、しかも内閣情報調査室から出向している。

将来的なことを言えば、沖縄問題研究会の運営役を務め、沖縄県に出向したということで、沖縄問題に関してかなりの発言力を得る可能性はある。だが、今はただの出向者に過ぎない。

「スパイ映画の見過ぎじゃないのか？　僕はただ沖縄県に出向になっただけだ」

「シュッコウ？」

「中央省庁から県などの自治体に派遣されることなんだが、制度上中央省庁を辞める形を取る」

ブルーフィールドは、相変わらず無表情だ。

「形式的にはどうあれ、あんたは情報部の人間だ」

磯貝は首を横に振った。

「それが違うんだ。こっちに来るとき、僕は上司に辞表を提出した。帰るまで、僕は本当に沖縄県の職員でしかない。違うのは、いずれまた中央省庁に椅子が用意されて戻ることになるという点だ。僕はもともと自治省の役人で、そのときに内閣情報調査室に戻るのか自治省に戻るのか、僕にもわからない」

「それは、潜入のための口実じゃないのか？　情報部を辞めたと言いながら、何らかの形で連絡を取っているのだろう？」

「そうじゃないんだ」

説明するのが面倒になってきた。「僕は、しばらく沖縄で働けと言われてここに来ただけだ。内閣情報調査室にはもう僕の机はない。もちろん、僕を出向させた上司とも連絡を取っていない。そして、比嘉さんには、沖縄にいる間はよけいなことを考えずに観光旅行気分でいろと言われた。そりゃ、東京に帰ったときに、上司に何か尋ねられるかもしれないさ。だが、沖縄で特別に何かをやれとは言われていない。また、そんな権限も一切ない」

「さすがに用心深いな。だが、心配することはない。私はあんたの仕事を邪魔しようとは考えていない」

「そいつはありがたいね。だけど、僕は本当に今は県のC推進室の仕事をしているだけだ」

「C推進室？」

「正式には国際都市形成構想推進室という。Cはコスモポリスのこだ」

「それは現在あるフリートレードゾーンのことではないのか？」

「沖縄県のグランドデザインに沿った開発計画だ。大規模な国際化を計画している。普天間基地跡地や那覇港、那覇新港などが計画に含まれている。比嘉さんにいわせると大幅な規制緩和の構想だそうだ」

「そのことと台湾マフィアが無関係だとは思えないな」

「たしかに関係ある。比嘉さんは台湾資本を本格的に導入するために、天道盟というマフィアの力を利用しようとしている」

「なるほど……」

ブルーフィールドは、うなずいた。少しだけ満足げな表情になった。眼に表情が戻ってきた。

「C推進室には、神奈川県からの出向者もいる。僕の立場はそれとあまり変わらない。最低一年、沖縄でのんびり過ごして東京に帰るだけだ」

「のんびり過ごす？」

「そう。ダイビングをしたり、祭りを見たりしてね」

「台湾マフィア同士の抗争が本格化したら、のんびりなんてしていられないだろう」

「そういうことは警察にまかせるさ」

磯貝は、南郷大使の言葉を思い出していた。そして、ほんの少しだけ心が痛んだ。

僕はあの南郷と同じ立場を取ろうとしている。比嘉に言わせると、古い滅ぶべき官僚の立場だ。

だが、今はそれ以外に磯貝の取るべき立場はない。

沖縄のことに首を突っこむなと言ったのは比嘉なのだ。

「沖縄の警察は、対処できるのか？」

「知らない。なあ、本当に僕は何も知らないんだ」

「台湾マフィアのことを知っていた。ボスの名前も……」

「比嘉さんから聞いたんだ。それだけだ。あんたも、何か知りたいのなら比嘉さんに訊《き》けばいい」

ブルーフィールドは、肩をさっとすくめて言った。

「彼とあんたは立場が違う。比嘉は独立論者だと聞いたことがある。私は、あんたが情報部からやってきたのは、そのことと関係があるのだと思っている」

「それも誤解だ。県庁内では、今は比嘉さんは僕の上司だ」

「比嘉は沖縄を独立させようと考えているのか？」

「イエスかノーかでこたえろというのなら、こたえはノーだ。心情的にはどうか知らないが、少なくともそういう政策は取っていない」

ブルーフィールドは、じっと磯貝を見つめていたが、さきほどまでの無表情な眼ではなかった。わずかながら困惑が見て取れる。彼は何かに戸惑っている。

だが、その困惑の理由は想像がつかない。

「とにかく、僕はあんたの誤解を解きたくて来たんだ。あんたは情報部、情報部と言うが、内閣情報調査室は、あんたが考えているような情報部とはほど遠いよ。僕なんかは自治省から出向して専門の訓練も受けないまま、新聞や雑誌の切り抜きを集めていた」

「日本政府にはアメリカのCIAのような情報機関がないという話を聞いたことがあるが、私は本気にしなかった。諜報《ちょうほう》組織を持たない国家があるなどとは考えたこともない」

「国内の情報については、警察の公安部や、法務省の公安調査庁なんかが扱っている。外国の情報については、外務省が専門に担当していて、警察にも外事部などというのがある」

「内閣情報調査室は何をやっているんだ？」

「たてまえとしては、各省庁が集めた情報の統合・分析だ。大規模災害などの際の危機管理対策も担当している。けど、専門の調査官はごく一部で、ほとんどが出向者だから、CIAなんかとはずいぶん違うと思う」

ブルーフィールドは、困惑を深めたようだった。磯貝は、誤解が解けつつあることを感じ取った。ブルーフィールドはようやく磯貝の言うことに耳を傾けはじめたのだ。

彼は、フロントウインドウを眺め、何かを考えていた。

磯貝は言った。

「じゃあ、仕事の途中だから戻るよ」

ブルーフィールドは何も言わない。磯貝は、ドアを開けて外に出た。

今にも雨が降りだしそうだった。湿気が体にまとわりつく。汗と空気中の湿気が混ざり合い、肌にじっとりと張りついてくる。風はなかった。どんよりと気分まで重くなる天気だ。

こういう気候ではどうしても動作が鈍くなる。何をするにもだるい。気力を失っている磯貝はなおさらだった。

ぶらぶらと県庁へ向かって歩いた。

エンジンの音が後方から近づいてきた。車のエンジン音だが、急にアクセルをふかした音だったので、思わず磯貝は振り返っていた。

紺色のセダン。

一瞬にして汗が引く思いがした。

車は、磯貝のすぐ脇に急停車した。タイヤのきしむ鋭い音。ゴムの焦げる臭い。

すぐにその場から逃げ出すべきだった。だが、磯貝はそこに一瞬立ち尽くしていた。咄《とっ》嗟《さ》のときに人間は、合理的な行動を取ることができない。

助手席と後部座席のドアが同時に開き、ベイロウとその仲間が飛び出してきた。

そのときになって、ようやく磯貝の体が反応した。県庁に向かって走り出そうとした。だが、ベイロウたちも今度は強硬だった。仲間の男がさっと磯貝の行く手を遮った。慣れた動きだ。

ベイロウが背後から磯貝にボディーブローを見舞った。腎臓《じんぞう》の位置で、磯貝はその痛みに驚いた。やがて飛び上がるほどの痛みは重だるいダメージに変わっていく。膝《ひざ》に力が入らなくなる。

さらに前にいた男が、前回と同様に鳩尾《みぞおち》に膝を飛ばしてきた。内臓がひっくり返りそうな一撃だった。またしてもその攻撃は正確で、磯貝は息ができなくなった。体が崩れ落ちていく。

ベイロウとその仲間は、磯貝の体を抱えるようにして車の後部座席に押し込んだ。抵抗する間もなかった。その間、ほんの十数秒だったに違いない。

暴力に対する恐怖。そして、誘拐されることの恐怖。こんな思いをするのは生まれて初めてだった。

車が走り出した。どこへ連れて行かれるのだろう。何をされるのだろう……。

残念ながら、比嘉は助けに現れなかった。それだけベイロウたちの手際がよかったのだが、理由はもうひとつあった。前回は、おそらく美里から比嘉に連絡が入ったのだ。比嘉は美里にスパイごっこをやめさせると言っていた。つまり、今回は比嘉はベイロウの動きを知らないということになる。

顔を上げようとしたが、上からシートに押さえつけられた。日本語が聞こえてきた。

「おとなしくしていろ」

ベイロウの声に違いない。磯貝は抵抗する気力を失った。言われたとおりにしていないと、何をされるかわからない。暴力を振るわれるのはまっぴらだった。

ほどなく車は停まった。

「降りろ」

日本語で命じられた。顔を上げるとベイロウが見下ろしていた。日に焼けた顔だった。目を細めているが、その奥がちかちかと光っているような気がした。堅気の眼ではない。

見たことのない景色だった。車が走っていた時間からすると那覇市内に違いないが、磯貝が知っている場所は限られている。

砂色の壁の飾り気のないビルに連れて行かれた。四階建てでエレベーターはない。古いビルだった。壁にはひびが入っており、外壁材のかけらが階段や廊下に落ちている。窓ガラスは割れており、窓には打ちつけられた板がはがれてぶら下がっていた。車の中にはベイロウの他に二人いた。磯貝に膝蹴《ひざげ》りを見舞ったやつと、運転をしていたやつだ。ベイロウが磯貝の前に立ち、その二人が後ろにいた。

ベイロウは階段を三階まで上り、ドアの前に立った。ノックして台湾語で何か言った。ドアの向こうからやはり台湾語で返事があった。

ベイロウがドアを開けて、磯貝に入るように言った。

殺風景な部屋だった。というより、そこは明らかに空き家だ。調度が何もない。窓にはカーテンもなく、窓枠には埃《ほこり》が溜《た》まっていた。床には、何か物が置いてあった跡がついている。壁には染みが目立ち、埃と黴《かび》の臭いがした。

がらんとした部屋に、小太りの男が立っていた。髪をオールバックにしている。派手な扇子でしきりにあおいでいた。部屋にはエアコンもなく暑かった。窓を開け放っているが、風はほとんど入って来ない。窓の外には打ちつけた板の破片が見えている。その向こうには、曇り空と棕櫚《しゅろ》の濃い緑。

小太りの男はブルーのポロシャツに白いコットンパンツという出《い》で立ちだ。年齢は五十歳前後だろうか。広い額とふっくらした頬。一見温厚そうに見えるが、眼がその印象を打ち消している。細い目の奥にちかちかと危険な光が瞬く。ベイロウと同じ種類の眼をしていた。

「ようこそ、磯貝さん」

その男は流暢《りゅうちょう》な日本語で言った。「ちゃんとしたところにお招きしようと思っていたのだが、なにせいろいろと慌ただしいことになってしまって……。警察の眼がうるさくて、こんな場所でお会いすることになってしまった」

男は、いかにも残念だという顔をして見せた。「申し遅れました。私は李省伯と言います」

磯貝は何も言えずに、李省伯をただ見つめていた。脳が麻痺《まひ》してしまったようだ。何も浮かんで来ない。

ベイロウたち三人は、背後に立っている。三人とも、物音一つ立てない。彼らも李省伯の前で緊張しているのがわかる。彼らの緊張が、磯貝の不安と恐怖を募らせた。

「ビジネスの話をしようと思いましてね。何度かお招きしたのに、おいでいただけませんでした。ベイロウが気を揉《も》みましてね……。仕事熱心な男なのですよ。何か失礼はなかったでしょうね」

いきなり背中を殴られ、さらに腹を蹴られた。車の中ではずっと頭を押さえつけられていたのだ。これが失礼でなくて何だろう。しかし、苦情を言うことなどできなかった。おそらく、李省伯は、何としても連れて来いと命令したに違いないのだ。

「あなたは勘違いをしています」

磯貝は言った。ようやくその言葉が頭に浮かんだ。

「ほう……、勘違い？」

「そうです。僕は、下っ端の役人に過ぎません。そして、今は沖縄県庁で働いています。あなたが期待しているような立場ではないのです」

「私が何をあなたに期待しているとお考えですか？」

「沖縄に進出するに当たり、日本側で手引きする人が必要なのでしょう。残念ながら、僕にはそれほどの発言力はありません」

「勘違いしているのはあなたのほうだ」

李省伯は、穏やかな表情を崩さない。それがかえって不気味だった。いつ爆発するかわからない爆弾のような感じだ。

「あなたはご自分で考えているより、ずっと重要な立場にあるのですよ」

「それが勘違いだと言っているんです」

李省伯はゆっくりとかぶりを振った。自信に満ちたしぐさだった。

「あなたは、キャリア官僚であり、情報を扱う部署におられた。そして、担当していたのが、沖縄についての研究会です。その研究会のメンバーは、有力な省庁から選ばれていた。私の言っていることは間違っていますか？」

やはり、李省伯は磯貝のことを詳しく知っていた。予想していたことだが、こうして面と向かって言われるとやはり驚く。

磯貝が言葉を探していると、さらに李省伯は言った。

「あなたは発言力がないと言われた。だが、近い将来そうではなくなると私は思っています。沖縄県庁は、新興勢力の天道盟と手を組もうとしている。だが、そのやり方は私に言わせれば一時しのぎですよ。ビジネスというのは長い眼で見なければいけません。沖縄は日本政府と対立してでも基地返還プログラムを含む独自の開発計画を進めようとしています。しかし……」

李省伯はまた首を横に振った。「政府というのはそんな甘いものじゃない。飴《あめ》と鞭《むち》による管理。それが政府というものです。断固たる措置のための下調べ。あなたが沖縄に来た理由はそれ以外に考えられないじゃないですか。政府が何かの手を打つとき、活躍するのはあなたのような人だと私は期待しているのです。沖縄進出に日本側の手引きが必要ですって？　私にはそんなものは必要ない。やろうと思えば何でもやれる。新宿の歌舞伎町で培った人脈もありますし、力もある」

力ずくでも沖縄進出は果たせると言っているのだ。その口調は実にさりげなかったが、自信たっぷりの発言に思えた。

「沖縄は、台湾に近い。私は、その気になれば、台湾からいくらでも兵隊を呼び寄せることができます」

迷惑な話だった。沖縄進出のために沖縄を戦場にしてもいいと言っているようなものだ。

実際、新宿の歌舞伎町では、台湾マフィア、香港マフィア、大陸系マフィア入り乱れての抗争になったことがある。

その抗争はくすぶりながら現在も続いている。新宿警察は何とかそれに対処しているが、抗争の根を完全に断ち切ることはできないのだ。

沖縄県警の力がどれくらいのものかよく知らない。しかし、どう考えても警視庁をしのぐとは思えない。警視庁と他の道府県の警察とは規模も予算も格段の差があると言われている。沖縄県警だけで、台湾マフィアの抗争を根絶できるとは思えなかった。

つまり、李省伯は闘いが始まれば勝利するのは自分だと言っているのだ。

その闘いに磯貝の手を借りる必要はなく、接触したのはあくまでも将来のことを考えてのことだと言いたいのだ。李省伯は、沖縄県ではなく日本政府の沖縄対策を見据えているということなのだろう。

「やはり、僕はお役に立てそうにありません」

「まあまあ、そうおっしゃらずに……。私は、一人でも多くの友人を作っておきたい。そう考えているのです」

「玉城さんもその友人の一人ですか？」

李省伯の眼がとたんに厳しく光った。磯貝は、身のすくむ思いだった。余計なことを言ってしまったと後悔した。

李省伯は、一度眼をそらし再びほほえみを浮かべた。しかし、扇子の動きが慌ただしくなった。苛立《いらだ》ちを抑えようとしているようだ。

「玉城さんをご存じですか。そうか……、『ビート』という店でお会いになったのでしたね。そう。彼は友人の一人です。だが、今のところ、彼は私の期待を裏切っています。本当の友人になれるかどうかは、今後の彼の働き次第ですね」

『ビート』で玉城と会ったことを知っている……。李省伯はさりげなく、磯貝が監視下にあることを知らしめたのだ。

「僕に何をさせようというのですか？」

「難しく考えることはありません。互いに明るい将来を考えましょう。私はただ、あなたと友好関係を築きたいと言っているだけなのです」

彼は情報を欲しがっている。今後、日本の政府が沖縄県にどういう対応を取るか。それを知るだけで、李省伯はおそらく有利に立てるのだろう。例えば、規制緩和ひとつを取っても、それがどの分野でどの程度認められるのかを正確に知るだけで確実なビジネスの戦略を立てることができる。

沖縄県と天道盟の裏をかくことも可能なのだ。磯貝の立場ならそうした情報を入手することは可能かもしれない。だが、それは、沖縄県と比嘉に対する裏切りを意味している。

こうした場合、選択の余地はないのだろうと磯貝は思った。李省伯の申し出を受けいれるしかこの場を切り抜ける方法はないのか？　磯貝は必死で知恵を絞ろうとした。しかし、何の方策も思いつかない。じわじわと恐怖がやってくる。断れば、ここで殺されるかもしれない。直接会って話をするということは、そういうことなのだと思った。

身を守る権利はある。李省伯の申し出を受けいれるしか生き延びる方法がないのなら、受けいれるしかない。磯貝は、今ぎりぎりの選択を強いられているのだ。

僕がここで李省伯の申し出を突っぱねても、それがどの程度沖縄のためになるのか？　一人の官僚が死に、李省伯は別のコネクションを探す。ただそれだけのことだ。

比嘉は、沖縄のことには首を突っ込むなと言った。ここは自分の命と将来のことだけを考えるべきなのかもしれない。考えようによっては将来、逆に李省伯が情報源のひとつになってくれるかもしれない。

受けいれるしかないのかもしれない。

そう思いかけたが、ぎりぎりのところでなぜかうんと言う気になれなかった。

李省伯の言いなりになるのは不快だった。

公務員法というものがあり、秘密の漏洩《ろうえい》を厳しく禁じている。それが意識に染みついているせいだろうか……。

それもある。だが、それだけではなかった。李省伯は機密を洩《も》らせと言っているわけではない。もしかしたら、酒の上の噂話程度しか求めていないのかもしれない。

それすらも嫌だった。

何だろう、この不快感は。

沖縄のためを思ってのことだろうか？　美里と沖縄のイメージがオーバーラップしてい

た。美里に惹《ひ》かれるのと同時に沖縄にも惹かれていった。だが、今はそうした思いとは無縁のような気がした。

陣内室長に対する後ろめたさだろうか？

沖縄出向で点数を稼ごうという気がなかったわけではない。それなりに比嘉には接近できたし、彼の考えも聞き出した。

その結果、磯貝の生き方が否定されたような気がしてきたのだ。将来、内閣情報調査室や自治省に戻っても、胸の奥に残る自分自身への疑問をぬぐい去ることはできないかもしれない。

しかも、陣内は何を考えているかわからない。陣内とともに何かをしようにも、理解できないのだからどこか虚しさがつきまとう。

つまり、今のこの気持ちは、美里のためでも、沖縄のためでも、陣内のためでもない。

単なる保身だろうか？

それでも説明はつかない。この場は李省伯の言いなりになったほうが明らかに安全なのだ。

なのに、李省伯の申し出を受けいれる気にはなれない。

なぜなんだ？

そのこたえが見つからなければ、李省伯に押し切られてしまうのは明白だった。マフィアと駆け引きができるほど腹が据わっているとは自分でも思っていない。こんな体験は初

めて孤立しており、生命の危機にさらされている。

何か、すがりつくものが必要だ。だが、そんなものは、今ここにはない。磯貝は孤立しており、生命の危機にさらされている。

李省伯は、余裕の表情で磯貝を眺めている。扇子がせわしなく動いている。開け放った窓からさまざまな音が聞こえてくる。蝉の声、遠くの車の音、風に草木がそよぐ音……。汗が額から頬へ流れた。暑さを意識してはいなかった。だが、体は気温と湿気に反応している。

「僕にはできません」

磯貝は言った。

誰も何も言わない。室内の緊張が高まるのを感じた。部屋の中は暑い。磯貝は汗を流している。にもかかわらず背筋が寒くなった。

李省伯は、一瞬扇子の動きを止めた。すぐに動かしはじめると、言った。

「お互いにいい話だと思うのだがね」

「たしかに、僕のところには沖縄をめぐるいろいろな情報が入ってくるかもしれません。しかし、それをあなたに話すわけにはいきません」

「なぜだね？」

「僕は今は下っ端役人に過ぎません。でも、あなたの言うとおりにしたら、その下っ端役人ですらなくなるのです」

「どういうことなのかわからないな」

「国の不利益になることはできないということです。僕が公務員を目指した理由は、もしかしたらそういうことだったんじゃないかと、今気づきました」

「ちょっと、待ってくれ。私に協力することが、国の不利益になるというのかね？　そんなことはない。私は自分の利益と同時に取引先の利益のことも充分に考える。この沖縄に充分な経済的発展をもたらす準備がある」

「そういうことではありません。僕自身の問題なのです」

「わからないね。私の申し出は、充分にあなたの役にも立つし、沖縄の、ひいては日本の役にも立つはずだ」

「僕は損得を判断する立場にありません。僕は現在、沖縄県の職員です。そうである以上、僕は沖縄県の方針に従います」

「沖縄県の職員？」

何度同じことを説明しただろう……。

「そうです。僕は、沖縄県に出向してきたのです。公務員は重職を禁じられているので、国家公務員が地方自治体に出向するときは、辞表を提出して省庁を一度辞めなければならないのです」

「それは左遷なのかね？」

「どうでしょうね。でも、僕はその立場を受けいれています。だから、僕は今は沖縄のために働かなければならないのです」

李省伯は、嘲《あざけ》るような笑いを浮かべた。温厚な仮面を脱ぎ捨てた。その眼がいかにも残忍そうな光を帯びる。

「面白いことを言う。あなた自身の問題と言ったが、それは誇りとかそういうことなのかね？」

「そうかもしれません」

あまり確信はなかった。だが、そういうことかもしれない。それは、磯貝が磯貝であるための条件であるのかもしれなかった。

「そう。昔は誇りのために死ぬ人間が大勢いた。日本にはもうそういう男はいないと思っていたがな……。あなたはどうやらそのつもりのようだ」

磯貝は心底震え上がった。

李省伯のような男は、殺すと言えば本当に殺すのだろう。

ばかなことを言ってしまったのだろうか？　この場を逃れるもっとうまい方法があったのではないだろうか。

だが、もう取り返しはつかない。

李省伯の言うことを受けいれたほうがよかったのかもしれない。何かの噂話を耳にするたびに連絡を取る。それだけのことだ。李省伯が沖縄進出を果たし、大きな利権を手にしたとき、もしかしたら磯貝にも金儲《かねもう》けのチャンスをくれるかもしれない。金と権力と女。

享楽的な生活。

だが、それを想像したときにまったく魅力的ではないと磯貝は感じた。小心者の故か、または他の理由からか、彼には自分の責任と義務を果たす喜びのほうが大きいように感じられた。

金に困った者は金に汚くなる。金以上の価値が見いだせなくなるのだ。金のためなら何でもするようになり、その中のごく一部は大儲けをする。だが、それでもまだ金を求め続けるのだ。

磯貝にはそういう生き方はできそうになかった。

李省伯は重々しい溜《た》め息をついた。

「私には信じられないね。ごく簡単なことで金がもらえると言っているのだ。その申し出を誇りのために断るだって？　どうやら、あなたは私とは違う人間のようだね」

「そう思います」

「残念だ。本当に残念だよ」

李省伯は、悲しげに首を振っている。「なんとばかな人生があったものだ。簡単な申し出と命を引き換えにするとはな……。私ならそんな選択はしないのだが……」

ついに判決が下ったのだということを理解した。理解したくなかった。

腰のあたりから背筋に沿って、何かが這《は》い昇っていく。括約筋に力が入らず、小便を洩らしそうだった。

これほど死を身近に感じたことはない。その場から逃げ出したかった。大声を上げて泣きながら飛び出して行きたいという、子供のような衝動が胸に突き上げてくる。だが、それが許されないことは明らかだ。

もう逃れることはできない。

沖縄に来たばかりに、死ぬことになるとは……。

陣内を怨《うら》むべきだろうか。比嘉を怨むべきだろうか……。

だが、そのとき、磯貝の口から出た言葉は意外なものだった。

「沖縄は誰にも渡しはしません」

自分でも驚いた。

うろがきているとしか思えない。うろたえるあまり、自分が何を言っているかわからなくなっているのだ。

磯貝は繰り返し思った。

陣内を怨むべきだろうか、比嘉を怨むべきだろうか……。

いや、不思議なことに怨む気にはなれなかった。

磯貝が殺されたことを知ったら、比嘉と美里はきっと仇《かたき》を討ってくれる。そして、陣内も黙ってはいない。ぎりぎりのところで、そう感じた。一種の信頼感だった。

「ならば、死んでください」

事も無げに李省伯が言った。

背後で、かちりという小さな金属音がした。振り向くとベイロウが拳銃《けんじゅう》を構えていた。リボルバーの撃鉄が起きている。その光景は、これ以上ないというほどの威圧感だった。軽く引き金を引くだけで弾が飛び出す。その弾は磯貝の胸や腹をえぐり、内臓をずたずたにして……。

脳の中が空白になっていく。ぎっしりと埋めつくされた新聞の文字がきれいに消えていくような感じだった。それにつれて、見出しのようなはっきりとした文字だけが残される。それは古い記憶だった。

雑多な情報が脳の中から一掃されて、原始的な記憶だけが残っている。

突然、どすんという音がした。

ドアの向こうだった。

ベイロウは、さっと銃をそちらに向けた。二人の手下がドアの両脇に身を寄せる。一人がドアのノブに手をかけた。

ベイロウがうなずくと彼はドアを開けた。そこに、ブルーフィールドが立っていた。ベイロウはブルーフィールドに銃を向けたまま、どうしていいかわからず、李省伯のほうに首を向けた。

磯貝は何が起きたかわからなかった。そこにいるのがブルーフィールドであることはなんとか認識できる。だが、なぜそこにいて、何をしようとしているのかまるで理解できない。

そもそも、ブルーフィールドが自分とどういう関係だか認識できずにいた。脳がまともな思考を拒絶している。

李省伯の声が聞こえてきた。

「あなたのことは知っている……」

ブルーフィールドは何も言わない。銃を向けられているので身動きができないようだ。

李省伯はさらに言った。

「ジョン・ブルーフィールド。アメリカ海兵隊少佐。表向きはそうなっているが、実はCIAのエージェントだ」

ブルーフィールドは否定しなかった。

CIAのエージェント……。

CIAのエージェント……。

CIAのエージェント……。

その言葉が何度も頭の中でこだました。そして、その後にようやくその意味を認識できた。磯貝の頭に正常な働きが戻りつつあった。

「CIAのエージェントだって……」

磯貝はそうつぶやいたが、ブルーフィールドは磯貝のほうを見なかった。李省伯を見つめたまま言う。

「銃をよけるように言ってくれないか。撃たれた後で、あれは事故でしたじゃ済まないか

ら な」

ベイロウは李省伯の顔を見ている。李省伯は、間を置いてからおもむろに言った。

「銃をしまえ、ベイロウ」

ベイロウは無表情のままブルーフィールドから銃口をそらし、撃鉄を下ろした。

李省伯が扇子を止めずに言った。

「CIAが、こんなところで何をしているんだ?」

「別に……。通りかかっただけだ。そうしたら、友人の姿が見えたのでね」

「友人?」

「そこにいる磯貝だ」

「なるほど、あんたも彼からの情報を当てにしていたわけだ」

「私は何も当てにしたりはしない」

「それで、どうするつもりだ? こちらは四人。しかも、銃を持っている」

「できれば、穏便に話し合いたいね。私たちを殺して、あんたに何の得がある?」

「私は損得だけを考えているわけじゃない。私の言いなりにならない人間は消していかなければならない。そうすればどんどん仕事がやりやすくなる。実に単純な話だよ」

「磯貝を殺せば、沖縄の警察が黙っていない。あんたの手下が磯貝をつけ回していたことは、県知事補佐官の比嘉という男が知っている」

「比嘉は知っている。孫伯寿と手を組んだ男だ。私の敵と言ってもいい。私は敵に背を向けたりはしない」

「ここが沖縄だということを忘れないことだ。県庁と県警をすべて敵に回すことになるぞ」

李省伯は、表情を変えなかったが、心の中で何かを計算していることは明らかだった。

さらにブルーフィールドは言った。

「私を殺すと、米軍とＣＩＡを敵に回すことになる。これは得な取り引きじゃない」

李省伯は無言だ。だが、形勢は逆転しているようだ。磯貝はすっかり驚いてしまった。これが駆け引きというものなのか。自分の弱みは忘れて相手の弱みを衝《つ》くことに専念するのだ。

突然、携帯電話の呼び出し音が鳴った。ベイロウがズボンのポケットから携帯電話を取り出した。台湾語による早口のやりとり。その様子を李省伯がじっと眺めている。

ベイロウが電話を切り、李省伯に台湾語で何事か報告する。李省伯は舌打ちをしてから、ブルーフィールドに言った。

「私は忙しくなった。あんたたちの相手をしている暇がなくなったようだ」

李省伯は、足早に部屋を出て行った。ベイロウたちは慌ただしくその後を追った。誰も磯貝のほうを見なかった。もう関心がないという様子だった。

部屋には磯貝とブルーフィールドだけが残された。

開け放たれた窓から聞こえてくる蝉の声、遠くの車の音、草木のざわめき……。

磯貝はその場にへたりこみそうになった。全身の力が抜け、またしても失禁しそうになる。

「いいタイミングだった」

「いいタイミング？」

「電話だ。あらたな騒ぎがどこかで起きたようだ。仲間が撃たれたと言っていた」

「台湾語がわかるのか？」

「ある程度ならな。私たちはいろいろな訓練を受けている。日本語だって、学生時代に覚えたわけじゃない」

「なるほどね……。あの電話が、なぜいいタイミングだったんだ？」

「李省伯は、引き際を見計らっていた。すでにこたえは出ていたのだが、あっさり引くわけにはいかない」

そういうものなのかと思った。

「送って行くが、どこへ行く？」

磯貝は県庁を抜け出してきていることに気づいた。県庁を出てからどれくらいたっただろう。小言くらいは言われるかもしれない。

「県庁へ頼む」

「もう少しで死ぬところだったというのに、仕事に戻るというのか？」

「ああ」

磯貝はうなずいた。「役人というのは、職場に戻ったときが一番安心するんだ」

12

磯貝が連れ込まれたビルは、波の上と呼ばれる歓楽街の一郭だった。ブルーフィールドは、車に乗り込むと一言も口をきこうとしなかった。息苦しさを感じた磯貝は言った。

「これで助けてもらったのは二度目だな」

ブルーフィールドは、まっすぐ前を見て運転しながら言った。

「その二度の意味合いはまったく違うがね」

「どういう意味だ？」

「李省伯が言った通り、私はあんたを利用しようとしていた。もちろん、あんたの立場は調査済みだった。キャリアと呼ばれる上級の官僚で沖縄問題の専門家だと解釈していた。『ビート』の前で撃ち合いが始まったとき、あんたを助けたのは偶然じゃない。私はベイロウたちがあんたをつけ回しているのを知っていた。あんたと知り合うチャンスを狙っていたんだ」

またしても偶然がひとつ否定された。

「比嘉のファンだと言ったのは？」

「あのとき、まだ私は彼の演奏を聴いたことがなかった」

「驚いたな……」

「今回は、結果的に助けた形になっただけだ」

港のほうで、黒煙が昇っているのが見えた。街中のきな臭さを象徴しているようだった。

「何があったんだろうな……」

磯貝は不安げにつぶやいた。ブルーフィールドは、ちらりと磯貝の顔を見、一度前方を確認してから磯貝の視線の先を見た。

「何かが燃えている。台湾マフィアたちが何かに火をつけたのかもしれない。あるいは車が炎上したのか……」

「どんどん物騒なことになりつつあるような気がする」

「私はもう、この先どうなるのかなどと、あんたに訊《き》くのはやめることにする」

「そうしてくれるとありがたいな。ようやく僕のことを理解してくれたのか？」

「あそこは、窓が開きっぱなしだし、ドアは薄かった。とぎれとぎれだが、あんたと李省伯の会話を聞き取ることができた。あんたの身分はだいたい理解できた」

「警察も呼ばずに、僕たちの話を聞いていたというわけか？」

「警察は事を大きくしてしまう。警察が駆けつけたら、彼らはあそこに籠城《ろうじょう》して、あんたはまだ人質として拘束されていたかもしれない」

「まあ、ものは言いようだな」

「あの場でも、あんたは私に言ったのと同じ事を主張した。台湾マフィアに連れ去られ、ボスの目の前でだ。本当だと信じるしかない。もし、あれが嘘だとしたら、あんたは私が太刀打ちできないほどしたたかだと考えたほうがいい。どっちにしても、今のあんたは利用できないということがわかった」

「それで、どうするんだ?」

「もう会う必要はないな。お互いに正体がわかってしまったことだし」

ブルーフィールドの表情は冷たく閉ざされていた。これが本当のブルーフィールドなのだろうか? 夜の街や海で会ったときのブルーフィールドは、演技なのだろうか?

どちらが本当のブルーフィールドというわけでもないだろう。たぶん、今の彼は仕事用の顔をしているのだ。

美里との思い出には、少なからずブルーフィールドが関わっていた。『ビート』には必ずと言っていいほどブルーフィールドが現れた。美里と外出するときは、必ず彼が一緒だった。

一抹の寂しさを感じた。同時に、傷ついてもいた。磯貝はブルーフィールドに欺かれたことになる。だが、怨《うら》む気にはなれなかった。それがブルーフィールドの生きている世界なのだ。そして、もしかしたら磯貝もそういう世界で生きているのかもしれなかった。

車が県庁の前に停まった。

「送ってくれて助かった」

磯貝はそう言って車を降りようとした。

「ヘイ……」

ブルーフィールドが呼び止めた。彼は、濃い青い眼で磯貝を見ていた。その眼には、わずかだが夜の街で見た親しみがこもっているように感じられた。

「何だ？」

「あんたは、李省伯の前で私には言わなかったことを言った」

「何だっけな？」

「沖縄は誰にも渡さない。あんたはそう言ったんだ」

「ああ、あのときはそんな気がしたんだ」

ブルーフィールドはしばらく磯貝を見つめていたが、やがてレバーをドライブに入れた。磯貝は車を降りた。ブルーフィールドはいつもとは違いまた会おうとは言わなかった。車が走り去る。もう二度と会うことはあるまいなと磯貝は思った。

C推進室に戻っても、誰も磯貝のことを気にしなかった。テレビでは刻々と台湾マフィア同士の抗争のニュースを告げている。

室内は、磯貝が出て行ったときより慌ただしい雰囲気だった。席を外している者も多い。そのおかげで磯貝の外出が目立たなかったのだ。

隣の仲本はそれでも淡々と仕事を続けていた。ここまでくれば見上げたものだ。

磯貝は、神奈川県から来ている江木に尋ねた。

「撃ち合いのほうはどうなっている?」

「フリートレードゾーンのほうは収まった。台湾系のマフィアだったようだ。逮捕者はなし。皆散り散りに逃げちまったようだ。警官に怪我人が出た。撃たれたんだ。まったく無茶しやがる。いったいどうしてこんなことになったんだ?」

「先日の報復だろう」

「フリートレードゾーンの騒ぎは収まったが、別なところに飛び火してな。港の別のところでも衝突があったようだ。車が燃やされた」

さっき見た煙はそれだったのだろう。磯貝はテレビの画面を見た。慌ただしい人の行き来が見える。殺気だった警察官が報道陣を押し戻している。銀色の消防服姿も見えた。燃え上がった自動車の消火を行っているようだ。

消防の連中は他人という気がしない。都道府県の消防署は自治省の管轄だ。

「どこへ行っていたんだ?」

江木が尋ねた。

「ちょっと人に会いにな……」

今騒ぎを起こしている台湾マフィアのボスに会ってきたと言っても、江木は信じないだろう。

これから先、どうなっていくのだろう。比嘉は手を打てるのだろうか?

再び撃ち合いがあり、自動車が炎上する騒ぎになっている。事態は拡大しているようにも思える。古丹はそれを心配していたのだ。

沖縄のためにできることなどないと思いはじめていた。仲本を見習っていればいいとさえ思っていた。沖縄で生まれ育った仲本でさえ、ただ淡々と日常業務をこなしている。彼も不安なはずだ。だが、台湾マフィアの抗争に関して自分にできることはないと割り切っているのだ。正しい態度だ。ひとりひとりの役人にできることなどたかが知れている。

比嘉の言葉がよみがえる。

あんたと俺は立場が違う。

沖縄のことに首を突っ込むな。

観光旅行気分で過ごして、何も知らずに東京に帰ってほしい。

それが何よりだと思い込もうとしたこともあった。

だが、李省伯とのやりとりが気持ちを変えてしまった。

まだ、恐怖の後遺症は残っている。指先は緊張のためにかすかに震えているし、おそらく顔面は蒼白《そうはく》だろう。死の一歩手前まで行ったのだ。

この程度で済んでいることが、磯貝には驚きだった。あんな目にあったら昏倒《こんとう》したり、気分が悪くなって寝込んだりしてもおかしくはない。自分はその程度の男だと思っていた。ベイロウにつけ回されるだけで怯《おび》えていたのだ。

いざとなると、人間こんなものなのかもしれない。恐怖というのは自分自身でつくり出すものだという話を聞いたことがある。

ベイロウに連れ去られ、李省伯と会って話をした。そして、今磯貝は生きている。事実はそれだけなのだ。恐怖はその事実以外のところに付随している。

さらに、李省伯に対して自分が取った態度が自信となりつつあった。ぎりぎりのところで自分自身の本音を知ることができた。決して情けない男ではなかったという自負がある。それがうれしかった。

ブルーフィールドは、あの場で駆け引きがどういうものか教えてくれた。こうした経験をすることで、自分の恐怖をコントロールできるようになるのかもしれない。恐怖を感じない人間はいない。それをコントロールできるかどうかが問題なのだ。比嘉が言った腹をくくるというのは、実はこういうことなのかもしれない。

次第に落ち着きを取り戻した磯貝は、あることに気づいた。

李省伯は自信たっぷりに、力ずくでも沖縄進出はできると言った。それを聞いたときは疑いもしなかった。だが、あれは単なるはったりだったのではないか？

李省伯は、日本側の手引きなど必要ないと言った。それが本当ならば、この時期に無理に磯貝に会う必要などないのではないだろうか？

ベイロウのやり方は強硬だった。それは単に二度失敗しているからというだけでなく、孫伯寿との抗争の火蓋《ひぶた》が切られたことも影響しているかもしれない。つまり、李省伯は焦っているのだ。

なぜ焦るのか？

おそらく玉城組との提携が失敗だったからだ。李省伯は玉城と手を組み、孫伯寿は比嘉と手を組んだ。こうした場合、民と官を比較したら、民に勝ち目はない。

李省伯が言ったことよりも比嘉が言ったことが正しいような気がした。つまり、李省伯は玉城組で失敗したので、今度は官をつかまえようとした。それも、沖縄より上の日本政府の誰かを……。

だが、それも失敗した。磯貝は当て外れだったのだ。李省伯はまた別の手を打とうとするだろうか。言葉どおり、実力で孫伯寿の勢力を排除しにかかるかもしれない。だとしたら、この抗争は激化の一途をたどる。

李省伯に会ったことを比嘉に話すべきだろうか？

沖縄のことに首を突っ込むなと言った、あの比嘉に……。

こだわりはあった。だが、話すべきだと磯貝は思った。李省伯の前で言ったことは、嘘ではない。おそらく、これまで自覚していなかっただけなのだ。

沖縄県に勤めているからには、沖縄のために働く。単純で明快だ。今はそれが磯貝の気分に合致している。

磯貝は再び席を立った。仲本がちらりと磯貝を見た。

「ちょっと七階に行ってくる」

仲本は、何も言わずパソコンのディスプレイに眼を戻した。

いつも比嘉がいる部屋を訪ねたが、比嘉はいなかった。知事室にいるということだった。おそらく抗争に関する情報をすべて知事室に集め、そこで対応しようということなのだろうと思った。アメリカのホワイトハウスのようなやり方だ。

そんなところに訪ねて行っていいものか迷った。しかし、もしかしたら李省伯と話した内容が何かの役に立つかもしれない。

磯貝は知事室に向かった。

知事室のドアは開け放たれていた。あらゆる情報をすぐに取り込めるようにという姿勢が見て取れる。ドアのそばには県警警備部の私服らしい男が二人いた。磯貝はその二人に目礼してドアに近づいた。二人は磯貝を一瞥《いちべつ》しただけで何も言わなかった。

知事室では、数人の男たちがしきりに何かを話し合っていた。ほとんどが県の幹部だが、県警の人間もいるようだった。比嘉は、電話をかけていた。

「何だね？」

ドアのところに立っていた磯貝に声を掛けたのは屋良知事だった。部屋中の人間が険しい眼を磯貝に向けた。

「比嘉さんにお話があります」

比嘉は、電話を切ると言った。

「何の用だ？　急用でないのなら後にしてくれ」

「李省伯に会ってきました」

比嘉は、眉根《まゆね》に皺《しわ》を寄せて磯貝を見つめた。県幹部の連中が何事かと比嘉を見た。一番厳しい眼をしていたのはおそらく県警の人間だろう。

比嘉は、彼らをちらりと見てから磯貝に言った。

「いつのことだ？」

「つい今しがたのことです」

比嘉は屋良知事を見た。屋良知事は磯貝を見つめている。

「よし、話を聞こう。こっちへ来てくれ」

比嘉は廊下へ出た。二人きりになれる部屋を何とか見つけて比嘉はそこに磯貝を連れて行った。

「どういうことだ？」

「用があって表に出たんです。そこでまたベイロウたちが現れました」

比嘉は舌打ちした。

「しつこいやつらだ……。それで？」

「波の上あたりにある廃ビルに連れて行かれました。そこで李省伯が待っていたのです」

「何を話した？」

磯貝は、李省伯が言ったことを思い出せるだけ正確に話した。

「それで、あんたの返事は？」

「僕は今は沖縄県の職員で、李省伯の期待にこたえられるような立場じゃないと言いまし

いた。

「ええ、まあ、いろいろとやりとりがありまして……」

そのとき、なぜかブルーフィールドのことは話す気にはなれなかった。利用しようと近づいてきたブルーフィールドに助けられたなどと説明するのが情けなかったのかもしれない。また、ブルーフィールドとのやりとりは二人だけのことにしておきたいという気がしていた。

「信じられんな。やつの申し出を断って、生きて帰ってきたというのか?」

「ごらんのとおり、生きてますよ。まあ、腹をくれれば何とかなるもんです」

比嘉は意外そうに磯貝を見つめた。何かを訊《き》きたがっている眼だ。だが、比嘉にも何を尋ねればいいかわかっていないようだ。

「そこで僕は考えたのですが、李省伯は明らかに焦っています。そして、この抗争は彼にとってはきっかけになるかもしれない。国際通りで先に手を出したのは孫伯寿の子分のチンピラです。李省伯にとっては大義名分も立つ。李省伯はいまだに全面衝突すれば孫伯寿に勝てると踏んでいるのかもしれません。それが正しいかどうかは、僕にはわかりません。でも、李省伯の好きにやらせたら沖縄は戦場になりますよ」

比嘉は、磯貝を見たままじっと考えていた。磯貝が言ったことを頭の中で検討しているのだ。この抗争の行方に関して、最も新しい、最も有力な情報だと磯貝は自負していた。

比嘉はうなるように言った。

「矛盾がある。李省伯が力ずくで沖縄進出できるというのは、はったりかもしれないのだろう？　それだけの実力はないのかもしれない。……とすれば、抗争を激化させる意味はない」

「玉城組はどうです？　李省伯と玉城組の連合軍なら……。玉城組にしてみれば、孫伯寿を叩《たた》けば抗争は終わる。大義名分はあるのです。それに、玉城さんは李省伯に対して名誉を挽回《ばんかい》するチャンスを狙っているのでしょう？」

「なるほど、そういうことか……。あり得るな……」

「何です？」

「玉城と連絡が取れなくなった。あいつは地下に潜ったらしい」

「つまり、戦闘態勢ということですか？」

「よし、県警に言って玉城組の拠点に捜索を掛けさせよう」

「県警の態勢はどうなんです？　騒ぎを抑えきれるのですか？」

「できるかできないかじゃない。やらなきゃならないんだ」

「それは役人の考え方じゃありません。状況を分析して、もし力が不足しているのなら他から調達しなければなりません」

「他から？」

「警察法が改正になって、緊急を要する重要な事件の場合、各都道府県は県境を越えて捜査や取り締まりができるはずです」

「法改正の以前から警察はやっているさ。成田闘争のときには警視庁の機動隊が助っ人に駆けつけた。東京サミットのときは、日本中の警官が警備に駆り出された。警察庁が主導ならそれができる」

「ならば……」

比嘉は、自嘲《じちょう》じみた笑みを浮かべて磯貝を見つめた。彼のそんな表情を見たことがなかったので、磯貝は驚いた。比嘉は、しみじみとした口調で言った。

「ばかだと思うかもしれないな。俺は依怙地《いこじ》になっているのかもしれない。だが、沖縄内部の問題は、沖縄で解決したい。それが県の実力ということだ。あんたは、もともと自治官僚だ。俺の言っていること、納得できないよなあ。それは俺も理解している。沖縄が日本じゃないなどと言うつもりはない。だが、何でも国におんぶに抱っこじゃあ自立自立と言っても説得力がない。これはヤマトに対する説得力だけを言ってるんじゃない。県民に対してもそうなんだ。ウチナーのことはウチナンチュで片づけられる。県民にそういう自信を持ってほしいんだ」

「意地を張っているうちに、手の施しようがなくなるかもしれませんよ」

「沖縄県庁には、ヤマトにない柔軟な発想とスピーディーな行動力がある。そう自負しているのだがな……」

役人はそれを言われると弱い。中央省庁もコンピュータ化などで効率化を図ってはいるが、いまだに書類に印鑑の世界なのだ。警察庁が対応を考えるまでにかなりの時間がかかるに違いない。

しかも、日本政府と沖縄県庁の橋渡し役である南郷担当大使は、台湾マフィア抗争は自治体の問題だとはっきり言っているのだ。

「比嘉さんに従いますよ。それが今の僕の立場です。沖縄県庁の職員ですからね」

比嘉はどこか訝《いぶか》しげな眼差《まなざ》しで磯貝を見つめた。

「何か企《たくら》んでいるのか？　それとも何かあったのか？」

「どうしてそう思うんです？」

「あんたは頼りない世間知らずの役人でしかなかった。なのに、今日はちょっと違う気がする」

「自分のやるべきことがわかったからかもしれません」

「何なんだ、それは」

「沖縄のために働くことです。僕は県庁の職員ですから」

今では、それがごく当たり前のことだと感じていたので、そういう口調で言った。

「内閣情報調査室のスパイとしてではなくか？」

「内閣情報調査室のスパイ？」

「古丹が言っていた室長だ。陣内と言ったか？　どうやら、なかなかのやり手らしいじゃないか。あんたは、その男に言われて何とか俺に近づこうとしていたんじゃないのか？」

「まあ、そんなことを考えていた時期もありますがね……」

磯貝はあっさりと認めた。それでいいような気がしていた。「スパイというのは大げさですよ。僕は点数稼ぎをしようと思っていただけです」

「だが、今は違うというのか？」

「違います」

「あんたは気が変わりやすいのか？　ならば信頼はできないな」

「いえ。どちらかというと頑固なほうだと思いますが」

比嘉は、依然として疑わしげな眼差しで磯貝を見ている。当然だ。磯貝は思った。たしかに磯貝は、陣内の気持ちを慮《おもんぱか》って比嘉に近づこうとしていたのだ。そういう意味では、日本政府の回し者だ。沖縄も日本だとは言っても、普天間基地の代替地の問題、基地用地の代理署名問題などで大田知事時代からずっと揉《も》めている。

これは、日本政府にしてみれば単なる揉め事に過ぎないかもしれないが、沖縄の人々にとっては明らかな対立なのだ。

「李省伯と何か取り引きをしたんじゃないだろうな」

比嘉は言った。

「疑うのは当然だと思いますが、僕は嘘は言っていませんよ。比嘉さんの言葉をまねすれば、そう思うのはそっちの勝手だ、というところでしょうか」

「いいだろう」

比嘉はうなずくと、唐突に例の人懐こい笑顔を見せた。その笑顔を久しぶりに見たような気がした。

「沖縄のために働くという言葉を信じさせてもらう。あんたには、今回の危機管理担当者に加わってもらう」

「僕がですか？」

「あんたは、内閣情報調査室にいたと言っただろう。多少なりとも危機管理のノウハウを持っているかもしれない」

「僕は単なる下っ端の調査員でした。どこまでできるか不安です」

「しかも、あんたは李省伯と会って直接話をした。今までできなかったからといって、これからもできないとは限らない。あんたは中央省庁に同僚や友達がいるだろう？　その人脈がいつ役に立つかわからない。ヤマトの制度というのは、表からでは役に立たなくても、裏から手を回せば簡単に動くこともある」

「たしかにそうですね。でなければ、複雑なシステムを運営していくことはできません。何事にも裏があるということです」

「決まった。すぐに七階に移ってきてくれ。俺の部屋に机を用意させる」

磯貝はうなずいた。

県庁にいる間だけでも、美里と比嘉のことは忘れよう。

とにかく、台湾マフィアのことを何とかしなければならない。おそらく、事態は比嘉のコントロールを逸脱しようとしているのだ。比嘉も予想外だったに違いない。下手を打つと、それまで陰に隠れていた県庁内の敵対勢力が勢いを得る。比嘉は窮地に立たされることになるのだ。

一人でも多くの味方がほしいに違いない。新しい人材は、味方になり得る。比嘉はそう判断したのではないだろうか。どこの世界でも古い勢力が新しい試みの敵になるのだ。

13

夜になり、騒ぎは収まったが県警本部では、那覇の住民に外出を控えるように呼びかけていた。いつもは、観光客などで賑《にぎ》わう国際通りあたりも、さすがに閑散としている。

那覇があぶないとなれば、車で沖縄市などへ遊びに行く。それが観光客というものだ。那覇の商店や飲食店はたまったものではない。マフィアたちへの断固たる対応を求める電話が警察署や県庁に相次いだ。

磯貝は県庁に泊まり込むつもりでいた。当然、比嘉もそうするだろう。それが危機管理対策担当者の職務だ。県庁には仮眠室もある。知事室には、県庁幹部や県警本部の連中がまだ詰めていた。

比嘉はそちらへ行っている。

比嘉のいた通称補佐官室には、磯貝を含め、三人の職員が集められた。一人は島袋《しまぶくろ》。三十代前半で日に焼けたがっちりした体格の男だ。もう一人はC推進室で磯貝の隣にいた仲本だった。磯貝が比嘉に言って吸い上げたのだ。仲本に違う立場を与えたらどうなるか興味があった。というより、磯貝は自分の変化を検証してみたかったのだ。典型的な下級役人が、立場を変えてやることによってどう変わるのか？　あるいは、変わるとは限らないのか？　自分は本当に変わったのか、変わり得るのか。仲本の変化を見守ることで追体験できるような気がしていたのだ。

通称補佐官室は狭い部屋で四人分の机を運び込むことはできない。折り畳み式のテーブルを二つ持ってきて、その上に電話やLANでつないだパソコンを載せた。磯貝たちはパイプ椅子に座ることになった。三人の役割は主に連絡業務だ。その他、マスコミの報道のチェックをやらなくてはならない。先走ったマスコミが、煽動《せんどう》的な報道をするかもしれない。また、県庁や警察でもキャッチしていない情報をどこかが抜くかもしれない。

補佐官室には小型のテレビが五台持ち込まれていた。テレビ局の報道フロアのように、別々のチャンネルの映像が流れっぱなしになっている。補佐官室は狭いがたちまちきわめて機能的な部屋となり、対策室別室と名付けられた。磯貝はテレビを眺めていた。島袋はラジオのイヤホンを耳に差し込んでいる。仲本は、借りてきた猫だ。落ち着かない様子で、席にいた。

今のところ、各テレビ局とも報道特別番組などは組んでいない。定時のニュースで続報を流す程度だ。

結局その夜は何も起きなかった。不気味な静けさとも言えた。

もしかしたら、県庁と県警の対応がうまくいっているのだろうか？　那覇市内には、警戒態勢の警官たちが目立つはずだ。

夕刻、磯貝たち三人に簡単な説明があった。マフィアたちも動きを封じられているのかもしれない。台湾マフィアたちはなかなかやっかいなのだそうだ。日本の暴力団ならば、組事務所などの拠点を警察が把握している。そこに家宅捜索を掛けるなどの圧力がかなり功を奏するのだ。しかし、台湾マフィアや香港マフィアは違う。一つの拠点を摘発しても、すぐに拠点を移し活動を再開する。もともと、常に居場所を変える習慣を身につけているので、拠点というものを持たないことも多い。

ボスを押さえても、その指令はなぜか末端まで行き届いてしまう。そして、彼らの行動部隊は文字通り神出鬼没なのだ。

容赦なく弾丸を撃ち込み、散り散りに逃げる。その見事なやり口は、しばしば警察を出し抜く。

沖縄県警はそうした情報を、警視庁から提供してもらったのだという。管轄内に歌舞伎町がある警視庁新宿署などは、苦労の甲斐《かい》あって台湾マフィア、香港マフィア、流氓などの情報をある程度蓄積していた。

歌舞伎町のマフィアが、沖縄に流れる動きもあるという。李省伯や孫伯寿が、抗争のために援軍を呼び寄せたのか、それとも、動乱のチャンスとばかりに新たな勢力がやってこようとしているのか、そのあたりについてはわかっていなかった。

緊張と緊張の狭間《はざま》のような時間がやってくる。エアポケットのように何事も起こらず、電話すら鳴らない。

磯貝はさすがに疲れていた。昼間、李省伯と会い、もう少しで殺されるところだったのだ。ブルーフィールドとのやりとりもあった。突然、席を対策室別室に移されこうして徹夜の覚悟を決めている。

思考が漂いはじめる。

白々とした壁に蛍光灯の光。テレビの画面の中だけが慌ただしく動いている。こうしてみると、テレビのバラエティーの画面というのは、やたらに派手な色をしている。壁やセット、出演者の衣装の色。異常としか思えない色だ。そして、出演者たちの狂騒的な表情と身振り……。

李省伯と会ったことが、遠い昔のことのような気がする。

そして、ブルーフィールドのことも……。

彼は僕のことを、ただ利用しようとしていただけだ。

そのことを思うと、妙に淋《さび》しかった。美里やブルーフィールドと遊んだ日々。それもはるかに遠い昔のことのようだ。

美里か……。

彼女は、心配しているだろうか？　磯貝のことではなく、比嘉のことだ。

もちろん心配しているだろう。そして、気を揉《も》みながら、『ビート』を切り盛りしているのだ。

突然、勢いよくドアが開いて、磯貝たちは驚いた。比嘉が知事室から戻ってきた。機嫌が悪い。

「くそっ。県警のお偉方が足を引っ張っている」

比嘉は吐き捨てるように言った。

「どうしたんです?」

磯貝は思わず尋ねた。

「やつらは、今回のことをたいしたこととは思っていないんだ。コザ暴動に比べればたいしたことはないと言いだす始末だ」

コザ暴動はたしかに大事件だった。発端は交通事故だった。一九七〇年十二月二十日、真夜中に米兵が運転する車が日本人をはねた。憲兵隊が、被害者を放置したまま加害者を連行しようとしたことに群衆が怒り騒ぎとなった。憲兵隊が威嚇射撃をしたことが火に油を注ぐ結果となり、五千人にも膨れ上がっていた群衆は怒りに駆られアメリカ人の車に火をつけ、さらにはアメリカ人小学校に放火した。アメリカ軍は武装兵四百人を出動させこれに応戦、騒ぎは六時間続いた。焼かれた車は七十三台におよび、二十六人が負傷した。

だが、今回の抗争とは性質が違う。

米軍は威嚇射撃を行ったものの、銃撃戦ではなかった。今回は、すでに一人が撃ち殺されており、一人は重傷だった。今日の撃ち合いでも負傷者が出た模様だが、双方とも怪我人を連れたまま逃走したので、人数は不明だった。

台湾マフィアたちは明らかに殺し合いをやっているのだ。

たしかに市民が狙われているわけではない。しかし、いつ一般市民が撃ち合いに巻き込まれるかわからないのだ。

「どこの世界でも、偉くなると物事が見えなくなるものらしい」

比嘉が苦々しい口調で言った。

「お偉方などあてにせずに、現場の人間とコンタクトを取ったらどうです？」

磯貝は言った。

「俺もそれを考えた。しかし、警察というのは典型的な縦社会だ。命令がないと現場は動けないらしい」

「ならば、この際、そのシステムも何とかすべきですね」

「何とかすべき……？」

「ふと今頭をよぎったんですよ。かつての上司だった陣内室長ならそうするだろうと……。いいことを教えましょうか？　官僚組織というのは、一度前例ができればそれを既成事実として認めてしまうものなのです」

「やったもの勝ちということか？」

「みんなその度胸がなくてなかなかやろうとはしませんがね。官僚組織の膨大な書類と次々に押される判子というのは、責任の所在をはっきりさせるという意味もありますが、

「あんたの口からそういう言葉を聞くとは思わなかったな」

結局は責任逃れですから……」

「僕も思いませんでした」

「いいだろう。やってみよう。公安委員会と県警本部長は知事に任せて、俺は現場の責任者を押さえる。警備部長と刑事部長だな……」

比嘉はすぐに電話を取り、ダイヤルした。相談は思ったより円滑に進んだ。現場は動きたがっている。的確で素早い指示を求めているのだ。

警察署の上には県警本部がある。その県警本部は県公安委員会の同意を得なければならず、その上にはさらに管区警察局がある。沖縄は九州管区警察局の指揮下にあるのだ。そして、管区警察局は警察庁と国家公安委員会の命令を受けなければならない。

もちろん、警察の日常業務はほとんど警察署単位で片づけられる。普段はこれらの命令系統を意識することはない。だが、事態が大きくなればなるほど命令系統は複雑になっていくのだ。

磯貝は、長い間こうしたシステムを有効なものだと考えてきた。過ちを最小限にくい止めるための仕組みだ。すべての物事には判断が必要で、その判断は大局を見据えたものでなくてはならない。現場の暴走が許されない場合も多々あるのだ。

しかし、その考え方はやはり官僚主義でしかなかったのかもしれないと思いはじめていた。大所高所からの判断は大切だ。しかし、現状を最もよく把握しているのは現場なのだ。

上の判断を待っているうちに手遅れになる場合もある。阪神《はんしん》大震災がいい例だ。

自治体警察という考え方は早くからあった。すでに一九四七年、旧警察法が成立する際に検討されたことだ。ポツダム宣言に盛られた民主警察の要求にこたえたものといわれているが、内務省が猛反対した。結局、国家警察と地方警察の二本立てになり、理念は失われて形骸《けいがい》化した。

今、磯貝の提案でその自治体警察の理念が生かされようとしている。磯貝はそう感じた。それは自治官僚としても喜ぶべきことなのではないだろうか。自治官僚の役割も変わっていく。

中央の意思を地方に徹底させるのが自治省の役割だと思っていた。しかし、違うのだ。本当の地方自治とは何かを考えることが自治官僚の役割のような気がしてきたのだ。その考えが一般的になったとき、きっと日本は変わる……。

日本は沖縄の実験を真摯《しんし》に見つめるべきだ。比嘉はそう言った。

その言葉がようやく理解できそうな気がした。

それから二日間は、何事も起きなかった。警察の警備がうまく機能しているように見えた。磯貝が県庁に泊まり込んで三日目。小康状態と見て、自宅で眠ることにした。

警察では、事態が沈静化したと見る向きもあるらしい。だが、比嘉は警戒態勢を解こうとはしなかった。比嘉はずっと県庁に泊まり込んでいるようだ。

磯貝は美里のことが気になった。また騒ぎが起きないうちに、『ビート』の様子を見に行こうかとも思った。しかし、それは自分の役目ではないと思い直した。

美里が心配しているのは、どうせ僕のことではなく、比嘉のことなのだ。やるせない気分で布団をかぶり、眠った。

くたくたに疲れており、神経が昂《たかぶ》っていた。それほど長く住んでいるわけではないのに、自分の部屋だというだけで安心できた。不思議なものだ。

県庁では眠りは浅かったが、部屋ではぐっすり眠ることができた。

そして、その明け方。騒動の第二波がやってきた。

遠くで何かが鳴っている。それが電話だということに気づくまでずいぶんかかった。

「はい、磯貝です」

「比嘉だ。李省伯のやつがまたやりやがった。すぐに来られるか？」

ようやく眼が覚めた。

「すぐに出ます」

対策室別室にはすでに仲本が来ていた。朝の六時だ。決められた時間に出勤して、決められた時間に退庁する。それが仲本のすべてだったはずだ。たしかに仲本も変わりはじめている。

知事室のほうはまだひっそりとしている。ドアが開いているのでのぞいてみると、比嘉と知事だけがおり、何やら相談していた。

やがて、島袋も駆けつけた。磯貝は対策室別室に戻ると、仲本に尋ねた。

「何があったんだ？」

仲本は長い前髪をさっと振り上げると言った。

「フリートレードゾーンの中の建物が爆破された」

そうしたきびきびとした動きはC推進室では見られなかったものだと、磯貝は思った。

「爆破？」

「そう。爆発したんだが、おそらく事故じゃなく爆破されたんだ」

仲本の仕事はきっちりとしている。しかも、すでにこの対策室別室の雰囲気に馴染《なじ》みはじめている。

「根拠は？」

「その建物には、孫伯寿傘下の事務所が入っていた。食品加工会社なんだがね」

李省伯がやりやがった。

比嘉は電話でそう言っていた。

「それで、被害は？」

「詳しいことはわからない。じきにテレビで流れると思うが……」

「警察からの連絡は？」

「ない。今、こちらから問い合わせているところだ」

傘下の事務所を爆破されたとなれば、孫伯寿も黙ってはいまい。また報復合戦が再燃するだろう。

電話が鳴り、島袋が受話器を取った。慌ててメモを執りはじめる。電話を切ると、島袋は言った。

「警察からだ。被害状況がわかった。建物はほぼ全壊。爆発物は作業用のダイナマイトと見られている。死者は少なくとも二名。重軽傷者、合わせて四名」

「こんな時刻に、事務所に人がいたのか？」

磯貝が驚いて尋ねた。

「水産加工業の朝は早いんだよ」

島袋が日に焼けたたくましい顔を歪《ゆが》ませて言った。「あるいは、抗争の準備のために詰めていたのか……」

「抗争の準備？　事務所にいたのは加工会社の社員じゃないのか？」

「マフィアには日本のやくざのような実行部隊とか企業舎弟とかの区別はないんだ。社員だろうが何だろうが、闘うときは闘う。そういうものらしい」

また電話が鳴った。

知事室にいる比嘉に被害状況を知らせに行こうと立ち上がった島袋がまた受話器を取った。

「……わかりました」

島袋は、眉根《まゆね》に皺《しわ》を寄せて電話を切った。

「どうした？」

仲本が尋ねると、島袋はこたえた。

「また銃撃戦だ。国際通りだ。繁華街のど真ん中だぞ」

仲本は神経質な顔をさらに蒼《あお》くして立ち尽くした。

磯貝は言った。

「まだ、この時間だと通行人も少ない。一般人が巻き込まれることはないと思うが……」

「車で乗りつけた男たちが、ビルの一室に銃弾を撃ち込んだらしい。おそらく、孫伯寿の手下だろう。ビルの部屋にいた連中はそれに応戦したということだ。警察はそのあたりを包囲すべく、現場に急行している」

島袋は、二つのメモを手に部屋を出て行った。知事室に知らせに行くのだ。

磯貝は仲本を見ていた。仲本は緊張した面持ちで島袋が出て行った戸口を見つめている。彼はやはり変わりつつある。しかし、それは彼にとっていいことだったのだろうか？今の様子を見ると、仲本には荷が重過ぎるような気もする。環境の変化に順応しきれないかもしれない。

磯貝は、不思議な気分だった。こうして仲本を観察している自分が意外なのだ。そのとき、ふとなぜだかわからないが、陣内のことが頭に浮かんだ。

罵声《ばせい》が飛び交う。

早朝の国際通りに人通りはほとんどない。南国の朝はのんびりとしている。人々はまだ眠りについている時刻だ。

突然、銃声が轟《とどろ》き、ガラスが割れた音がする。銃声は続いて何発も聞こえた。階段を飛ぶように、三人の男たちが降りてきた。階段の上から銃弾が浴びせられる。鉄の手すりに銃弾が跳ね返る。

跳弾《ちょうだん》が意外な角度で飛び交う。発砲の音とは別にきゅーんという跳弾独特の空気を切る音が響く。

階段を駆け降りていた一人が、真横から腹をえぐられた。足がもつれ、そのまま転げ落ちる。先にいた二人が巻き込まれ、もつれるように落ちて行った。

わめき声が絶え間なく続き、階段の下で団子になっていた三人に、再び容赦なく銃弾が浴びせられた。転げた三人のうち一人は腹から血を流して動かない。

その下敷きになった形の二人も猛然と撃ち返した。撃ちながら、体を引きずるようにして仲間の体の下から這《は》い出る。一人が跳弾で傷ついた仲間の体を肩に担ぎ上げた。一人が銃で応戦している。

階段ホール側の連中は、撃ち込まれる弾丸が、手すりであらぬ方向に跳ね返るので顔を出せなくなっていた。

やがて歩道に出た三人はエンジンを掛けたままになっていた車に転がり込み、逃げ去った。パトカーがやってきたのはその直後だった。ビルが包囲される。

警官隊が駆けつけると、野次馬が遠巻きに現れた。

「危険だから建物から出ないでください」

警察官は拡声器で何度もそう呼びかけた。

ビルの中にいるのは、三人か四人と見られた。武装をしているが、警官隊に包囲されたらもう逃げられない。包囲して持久戦に持ち込むのが日本の警察のやり方だ。いきなり撃ち合いを始めたりはしない。

犯人に拡声器で投降を呼びかける。警官隊は皆防弾プロテクターを着けており、ジュラルミンの楯《たて》を一列に並べた機動隊が前線を作っている。

国内では、このやり方がこれまで最良とされてきた。ライフル魔事件でも、浅間《あさま》山荘でもこのやり方が取られた。犯人に辛抱強く投降を呼びかけ、犯人が疲れ果ててあきらめるのを待ったり、隙を見て突入したりする。

当然、警官隊はその方針で事に当たった。銃撃を恐れて警官隊は遠巻きに包囲している。これから、長い犯人とのやりとりが始まると誰もが思った矢先、ビルの窓から何かが転り落ちてきた。

こぶし大の鉄の塊のようなものだ。

機動隊の小隊長はそれを見て、投石をしてきたのかと思った。ジュラルミンの楯にマスク付きのヘルメット、鉄板入りの小手に身を固めた機動隊は投石など恐れない。

だが、小隊長は突然、退避と叫んだ。

機動隊員たちの動きは緩慢だった。

なぜ退避しなければならないのかわからない。

小隊長は再び叫んだ。

「退避！　急げ！　手榴弾《しゅりゅうだん》だ！」

パニックの波が、最前列から後方に伝わって行った。一人一人は早急に引こうとするが、後ろがつかえていて、全体としてはゆっくりとした移動となった。

手榴弾が爆発した。

すさまじい轟音《ごうおん》。

道の両脇の商店のガラスが残らず吹っ飛んだ。看板が飛び、警官隊の中に落ちた。

最前列にいた機動隊員は爆発の直撃を食らい、ある者は腕を付け根から吹き飛ばされ、ある者は、足を吹き飛ばされた。

手榴弾の恐ろしさは、爆発の直撃だけではなかった。爆薬の周りに切れ目を入れたワイヤーがぎっしりと巻かれている。それが炸裂《さくれつ》して四方八方に飛び散る。切れて飛ぶワイヤーは剃刀《かみそり》のように周囲にいた人々を切り裂き、針のように突き刺さるのだ。

体ごと後方に飛ばされた機動隊員もいる。ジュラルミンの楯も吹き飛び、それがまた凶器となった。楯にざっくりと切り裂かれた警官もいた。

アスファルトが丸くえぐれている。たった一発の手榴弾の爆発が、警官隊の包囲網をずたずたにしていた。警官たちは、血を流して倒れる同僚を助けるのが精一杯だ。

救急車が駆けつけたが、とても手が足りそうになかった。野次馬たちの中にも軽傷者が出ていた。

無事な警察官は、怪我人を必死で現場から遠ざけた。路上に怪我人を並べて寝かせる。一帯は怒号と悲鳴、うめき声に満ちた。道路は赤いペンキの缶をいくつもひっくり返したように血にまみれている。

警官隊がまがりなりにも秩序を取り戻すまでにたっぷり三十分以上かかった。再度、ビルの包囲をしようとしたときには、すでに犯人たちは逃走していた。

その直後、全く別の場所で撃ち合いが始まった。泊港《とまりこう》のあたりだ。

国際通りの爆発の直後で警察の人員がそろわなかった。県警では何とか非番や遅い当番の連中をかき集めたが、その現場に駆けつけられたのはパトカー三台でしかなかった。

警官はパトカーを楯にして、拡声器で虚しく武器を捨てるように呼びかけることしかできなかった。

撃ち合いの最中、警官たちは日本語の罵声を聞いた。台湾マフィアが怒鳴っているのではなさそうだ。

おそらく台湾マフィアと日本人が撃ち合っているのだ。しかも、その連中は沖縄弁《シマグチ》でわめいていた。警察官の何人かがそれを確認した。

撃ち合いは程なく止んだが、警官たちがおそるおそる前進すると、銃撃戦をやっていた双方のグループは散り散りに姿を消した。

比嘉は机を拳《こぶし》で殴った。その大きな音が、対策室別室に響いて、磯貝たち三人をびっくりさせていた。知事室は今では、正式に『台湾マフィア抗争対策室』という名で呼ばれている。

「警官二十五名が重軽傷だと?」

比嘉は歯ぎしりしてうめくように言った。「わじわじーするちむちさあ」

磯貝はそっと仲本に尋ねた。

「何といったんだ?」

「はらわたが煮えくりかえるような気持ちだと言ったんだ」

磯貝たちはひっきりなしに鳴る電話の対応に追われていた。島袋が磯貝に言った。

「二番。あんたにだ」

「僕に……?」

磯貝は受話器を耳に当てたまま二番のボタンを押した。

「陣内です」

「室長……」

比嘉は磯貝のほうを見た。

「現状はどうなっています?」

「正規のルートで情報が入っているでしょう」

「私はあらゆるルートから情報がほしい。正規のルートというやつには、いろいろな言い訳や見栄や希望的観測が入りますのでね……」

磯貝は、これまでの経過を順を追って説明した。ついさきほどの爆発による警察官の被害も告げた。

「その警察の被害については、過少な報告が来ていますね。警察官十数人が怪我を負ったとしか聞いていません。マスコミの報道と食い違うので確認を取りたかったのです」

「警察機構のどこかの段階で、そういう情報に変わってしまったのでしょう」

「沖縄県警の対応はどうです？」

「それは僕が判断することではありません。ここに比嘉さんがいます。替わりましょうか？」

「あなたの判断を聞きたい」

「今回の騒ぎは県警の予想をはるかに上回っているように思えます。これまでは何とか対応してきました。しかし、今日になって対応は難しくなってきました」

「わかりました。警視庁には対テロ用に武装したSATがいます。それを送り込みましょう。二個小隊計四十名です」

「すぐに来られるのですか？」

「沖縄の騒動は今では内閣情報調査室の危機管理案件になっていると判断しています。官房が直接指揮できるのです」

「ちょっと待ってください」

磯貝は、受話器のマイクを押さえると比嘉に言った。

「内閣官房が警視庁から助っ人を送ると言っています」

比嘉は、机に腰を載せ睨《にら》むように磯貝を見ていた。威圧的な眼だが、そういう眼をしても責めているわけではないことを磯貝はすでに知っていた。考えているのだ。苦慮している。

そのとき、仲本が言った。

「喜んで受けいれましょう。相手がヤマトでも力を借りるときは借りる。自立とはこの際関係ないでしょう。非常事態なのです」

比嘉は驚いたように仲本を見た。磯貝も驚いていた。仲本がこれほどはっきりと自分の意見を言うとは思わなかった。言われたことだけを淡々とこなす、そういう男だったはずだ。やはり立場を変えてやることで、彼も変わった。誰でも自分の意見を持っている。

その一言に比嘉も納得したようだ。比嘉は言った。

「すぐに来られるのか？」

磯貝は陣内に尋ねた。

「いつ到着しますか？」

「すぐに出発させる。三時間後には着く」

磯貝はそれを比嘉に伝えた。

「感謝する」

比嘉はそう言った。

磯貝はそれを陣内に伝えて電話を切った。仲本がタイミングよく比嘉に言った。

「県警の対策本部につながっています」

比嘉は、またしても驚いたように仲本を見て、それからにっと笑みを洩《も》らした。

「ようやく俺たちは連携が取れてきたようだな」

比嘉は、電話に出て陣内が警視庁から応援を送ってくる旨を伝え、受け入れ態勢を整えるようにと指示した。

磯貝は、仲本の変化を見て自分の変化を再確認していた。

誰でも変わり得るのだ。誰でも……。

「比嘉さん……」

島袋が受話器を耳に当てたまま言った。眉根《まゆね》に深く皺《しわ》を刻んでいる。

「何だ？」

「泊港付近で銃撃戦があったそうです。どうやら、その片方が沖縄の人間らしいということです」

比嘉は舌打ちして言った。

「玉城組か……」

14

ついに恐れていたことが現実になった。玉城組は、李省伯と連合を組んだのだ。そして、それぞれの勢力は戦い方を心得ている。次々と散発的な衝突を繰り返し、警察の警備態勢を出し抜いているのだ。

いつかは警察力が勝り、事態は鎮圧されるだろう。だが、それまでにどれくらいの被害が出るかわからない。那覇に住む人々は気が気ではないだろう。観光客もホテルから出る気がしないに違いない。

那覇市内は事実上の内乱状態だ。警察は、沖縄各地から警察官を動員して那覇市内の警備に当たっている。全員が重装備だった。

学校は急遽休《きゅうきょ》みになっていた。

厳戒態勢の中、仕事に出なければならない人々もいる。仕事場にいる間、家族のことを心配しなければならない。また、仕事に出ている人に対する家族の心配はどれほどのものだろう。

磯貝は、それを思うと無力感に陥りそうになった。彼も疲れている。睡眠が不足しており、首筋は強張《こわば》り眼が痛かった。顔に脂が浮いてひどく気持ちが悪い。

だが一番辛《つら》いのは、打開策が見つからないということだ。『台湾マフィア抗争対策室』

となった知事室から有効な指示はまだ出て来ない。県幹部と公安委員会、県警幹部の話し合いが続いている。

警察も浮き足立っている様子だ。

無理もない。手榴弾《しゅりゅうだん》一発で二十五人もの同僚が重軽傷を負ったのだ。他の管区から呼び寄せられた警察官たちも、当然そのことは知っている。いつ目の前で爆発や銃撃戦が起きるかわからないのだ。

公務員というのは命懸けのものだと比嘉は言ったが、自分だけは無事でいたいというのが人情だろう。それでも警察官たちは、街角に立ち、あるいはパトカーで巡回を続けている。使命感だ。磯貝は彼らに誇りを感じ、感動すらしていた。

何とかしてやりたい。切実にそう思った。警察に何とかしてもらいたいと思うのではなく、何とかしてやりたいと思っている自分もそれほど悪くはないなと感じた。

やがて、警視庁第六機動隊特殊部隊SAT到着の知らせが入った。彼らは県警の歓声で迎えられたという。これで警察の士気が少しは上がっただろう。だが、問題は、実際にどれだけ戦力アップになったかということだ。

「ほう……。彼らは、ライフルとサブマシンガンを携帯しているって……」

比嘉が島袋のメモを見て言った。「こんな警官が日本にいたのか……」

話には聞いたことがあった。第六機動隊特殊部隊はドイツ製のMP5を装備しているらしいという噂は昔からあった。

「心強いじゃないか」

島袋が言った。「だが、もし俺たちが鎮圧される側だと思うとぞっとするな」

その発想に、磯貝は驚いた。やはり、島袋も警視庁の連中をヤマトの警察と見ているのだ。比嘉も同じことを感じているかもしれない。警視庁の援軍をありがたく思いながらもどこか警戒心がある。

これはぬぐいがたい感情なのだろう。

「問題は地の利ですね」

仲本が言った。「台湾マフィアの連中はゲリラ戦法を取っています。こちらと思えばまたあちら……。現時点では警察はそれにかき回されているんです。その上、地元のやくざが加わった……」

仲本は積極的に発言するようになった。しかも彼の発言は冷静で的を射ていることが多いことに磯貝は気づいた。

「ゲリラ戦は、圧倒的な戦力をも相手にできる」

比嘉が言った。「ベトナム戦争がいい例だ。しかも、警察は戦おうとは思っていない。あくまで検挙や鎮圧が目的なのだ。かき回されても仕方がないな……。さて、そこでだ。俺たちはそれにどう対処したらいいかを考えなければならない。何かいいアイディアがあったら聞かせてくれ」

比嘉は磯貝たち三人の顔を順に見て言った。磯貝は必死に頭を働かせていた。だが、あまりに経験や知識が乏しい。闘いを想像することができないのだ。

彼は思わず仲本の顔を見ていた。仲本の冷静さが頼りになるような気がしたのだ。仲本はそれに気づいたように、おずおずと話しはじめた。

「とりあえずは、両面作戦でしょうね。警視庁の特殊部隊に撃ち合いなどの対処をしてもらう。同時に県警が拠点探しをする。どこかに拠点があるはずです」

比嘉はじっと仲本を見つめていた。言葉の内容を検討しているようだ。ややあって、比嘉は言った。

「やつらは、常に移動している。玉城組も台湾マフィアを見習って地下に潜っちまった。簡単にはいかないんだ。台湾マフィアたちは小グループに分かれて動き回っている。双方ともどれくらいの人数がいるかわかっていないんだ。ゴキブリみたいなもんだ。つぶしてもつぶしても後から現れる」

磯貝は話の流れに乗って言った。

「ボスを押さえるんですよ。李省伯と孫伯寿。その居場所を探すんです。それに全力を挙げるんです」

「そんなことはわかっている。今県警で血眼になって探しているさ」

「那覇市内にはいないでしょうね」

思いつきでそう言った。

「何だって？」

「命令は電話一本でできるのです。抗争のど真ん中にいる必要はありませんよ」

最初は思いつきだったが、それがすぐに確信に変わった。李省伯と実際に会ったことが影響していた。彼の行動を想像することができたのだ。李省伯の一味は頻繁に携帯電話で連絡を取り合っているようだった。

比嘉は思案顔でうなずいた。

「なるほどね……。冷静を心がけていたがやはりどこか舞い上がっていたようだ。そんなことすらわからなくなっていたとはな……」

磯貝はすでに県警の対策本部にダイヤルしていた。

「県警の対策本部、出ています」

比嘉は受話器を取り、言った。

「李省伯と孫伯寿は那覇市内にはいない可能性がある。捜査の範囲を広げてみてくれ」

電話を切ると、苦笑を浮かべた。

「あんたに言われるまでもないと嚙《か》みつかれた。連中も苛立《いらだ》っている。それより、基地をどうにかしろと言われた」

「基地……？」

磯貝は思わず聞き返した。

「キャンプ・シュワブ、キャンプ・ハンセン、嘉手納《かでな》空軍基地……。米軍のあらゆる基地から警察に問い合わせが入っているということだ」

仲本と島袋が顔を見合った。

「どうします？」

磯貝は比嘉に尋ねた。比嘉は苦悩の表情をしている。仲本と島袋も比嘉の顔を見つめていた。

やがて比嘉は言った。

「基地には、沖縄の警察力で充分に処理できると返事をする」

島袋と仲本はその言葉を聞いてもなお不安げな顔をしていた。磯貝はその様子を見て、基地というのは想像以上に沖縄の人々に重くのしかかっているのだと感じた。

そのとき、並んでいるテレビが一斉に臨時ニュースを流した。

那覇港そばで、また爆発が起きたという。部屋にいた全員がテレビに注目した。ビルの一階で爆発が起き、建物が倒壊した。死傷者は不明。爆発物も今のところわかっていないということだ。

その直後、電話が鳴った。県警の対策本部からだ。警察によると、報道のとおり爆発は建物の一階で起きた。その建物には孫伯寿の系列の事務所があり、そこを狙ったものと見られている。一般人が勤務する会社もあったが、出勤を見合わせており、幸い爆発に巻き込まれた一般人はいない模様だった。不幸中の幸いというやつだ。

爆発物は作業用のダイナマイトと見られている。

台湾マフィアたちは、ゲリラ戦の度合いを強めたように見える。警察の警戒が厳しくなったせいだ。ますます彼らの実態は捉《とら》えづらくなり、被害は大きくなりつつある。爆弾は銃撃戦などよりずっと始末が悪い。

そっとやってきて、大きな被害を残し瞬く間に姿を消してしまう。これでは、ＳＡＴも対処のしようがない。

彼らは対テロの専門家だ。時間がたてば、実力を発揮しはじめるだろう。それには孫伯寿や李省伯の勢力と戦力を把握し、地理に通じ、相手の目的を的確に知る必要がある。つまり、医者が重病人に接して的確な治療法を見つけるまでに時間がかかるのに似ている。

その時間が問題だった。被害は増えつつある。人的被害だけではない。建物の被害。経済活動に与える影響。そして、心理的な被害。

今すぐにでも抗争は終わらせたいのだ。

時間だけが問題なのではない。ゲリラ戦に対処するには、それを大幅に上回る戦力が必要だ。ＳＡＴが的確な処方を見つけたとして、決定的な戦力不足である恐れがあった。

「比嘉さん。三番に電話です」

仲本が言った。比嘉はすぐに電話に出た。その表情がこれまでにないくらい険しくなった。

「何だってそんなことに……」

仲本と島袋はその怒りのこもった声音に思わず比嘉を見つめていた。比嘉は奥歯を噛みしめて相手の話を聞いている。やがて、電話を切った比嘉が言った。

「知事のところへ行ってくる」

島袋が尋ねた。

「何があったんです？」

比嘉は振り向いて、対策室別室の三人を見渡した。磯貝たちは何事かと比嘉を見つめている。またしても悪い知らせが入ったに違いない。比嘉はどんどん追い詰められていくように見える。

「騒ぎが一般の民衆に飛び火した」

島袋と仲本は何を言われたかわからないような顔で比嘉を見つめていた。二人とも呆然《ぼうぜん》と立ち尽くしている。事態は悪いほうへ悪いほうへと流れていく。

15

港にはその日その日の仕事を拾っている労働者がいる。台湾マフィア騒ぎですっかり仕事がなくなり、彼らは一様に苛立っていた。それでなくてもなかなか仕事にはありつけないのだ。

「ハイサイ、リュウさん」

港のそばの倉庫に寄り掛かっている、リュウさんと呼ばれた五十代の労務者は赤く濁った眼を上げた。強い日差しがアスファルトの地面を焼き、港の風景が陽炎《かげろう》に揺れている。

地面の逃げ水と海面の区別がつかない。

リュウさんは、倉庫が作る日陰で安い泡盛を飲んでいた。その強い臭いがあたりに漂っている。日陰といってもちっとも涼しくはなかった。風は潮を含んで湿度を高め、じっとりとした空気が服にまとわりつく。アスファルトで熱せられた空気があたりに淀《よど》んでいる。

三人の男が立っていた。同じその日暮らしの労務者だが、年齢はリュウさんより少しばかり若かった。

ああ、わじわじーする。

リュウさんは思った。

何もかも腹が立つ。こいつらは何だ？ 酒でもたかりに来たのか？

名前は何だっけな……。この丸っこいのは、たしかエイキチと呼ばれていたな。隣の、髭面《ひげづら》はショウゾウ、顔に傷があるのはテツだ……。

「まいったよな」

エイキチが言った。「この騒ぎですっかり仕事がなくなっちまった」

ショウゾウが言った。

「街の中は淋《さび》しいもんだぜ。みんな家に閉じこもっている」

そんなことはわかっている。だが、俺たちはどこへも行くところがない。家族もいない。那覇に行けば何か仕事があるかもしれないと石垣島から出てきたのだが、ろくな仕事がありはしない。

そこへもってきて、この騒ぎだ……。

「冷たいの持ってきた。一緒にやらないか」

テツが缶ビールをビニールの袋から取り出した。ビールとは気がきいている。泡盛をちびちびやっていて、ちょうど冷たいものが飲みたかったところだ。

リュウさんは、プルトップを抜くとごくごくと喉《のど》を鳴らしてビールを飲んだ。三人も腰を下ろしてビールを飲みはじめた。

こいつらも仕事にあぶれてどうしようもない気分なんだ。誰かを頼りにしたいが誰も頼る者はいない。それでこうして誰かと酒が飲みたいんだ。

リュウさんはそう納得した。

不安で不安でたまらないのだ。一人でいるとどうにかなってしまいそうになるのだろう。誰かといても事態がよくなるわけじゃない。酒を飲んでいる暇があったら仕事を探せばいい。だが、こうして集まっていることで自分を慰めることができるのだ。

ビールを飲み終えた四人は泡盛を回し飲みしはじめる。彼らは、ひとしきり愚痴を言い、台湾マフィアの悪口を言った。沖縄から見れば本土より台湾のほうが近い。歴史的なこともあり、ヤマトの人々より台湾の人々に親近感を抱いている島民は多い。しかし、抗争を繰り返す台湾マフィアは別だった。

次第に四人は興奮していった。もともと血の気の多い連中だ。

リュウさんの怒りも募っていった。

この暑さで何もかもがうんざりだ。我慢がきかなくなっている。頭の中の血が気温と怒りでぐつぐつと煮立ってきそうな気がする。酒がその怒りの火に油を注ぐ。

「知ってるか？」

そう言ったショウゾウの眼も怒りと酔いで赤く濁っている。「何でも、琉央銀行が危ないそうだ」

髭面のショウゾウは、この中ではインテリの部類に入る。普段から、時事問題を仲間に解説したりしている。

テツが言った。

「銀行なんて関係あるかよ。貯金があるわけじゃなし……」

「聞けよ。銀行ってのは俺たちの金を預かるのが仕事じゃない。利息をつけて金を預かるという名目で金をかき集めて、それを企業に貸したり、株なんかで運用して利益を得るわけだ。琉央銀行は沖縄の大きな企業に多額の投資をしている。琉央銀行がつぶれたら、そのまま立ち行かなくなる企業が続出するわけだ」

「まさか……。銀行がつぶれるのかよ。お上《かみ》が何とかしてくれるんじゃないのか？」

「たしかに政府は税金使って銀行を救おうとしている。でもな、それは大手の銀行のことで、琉央銀行のような地方銀行は切り捨てられる。事実、都市銀行だった北海道の拓殖銀行でさえあっさりと見捨てられた。琉央銀行も同じ目にあうという噂だ」

「今より悪くなるのか……」

「もっと悪い話がある。琉央銀行を台湾人が乗っ取るというんだ」

「何だと……」

「台湾には今信じられないくらいの急成長をしている金融会社があるそうだ。難しい話になるけどな、台湾というのは国際市場じゃない。そこで海外の金融機関を乗っ取って手を広げたいと考えているそうだ。事実、香港なんかの銀行や証券会社は、その台湾の会社にずいぶん乗っ取られているそうだ」

ショウゾウの情報は、かなり中途半端だ。正確な部分もあれば、憶測や自分なりの解釈の部分も多い。だが、リュウさんにしてみればそんなことはわからない。話を聞けばそういうことなのだと思ってしまう。

「わからねえな……」

リュウさんは言った。「台湾の連中が琉央銀行を乗っ取ったからってどうなるんだ？」

「沖縄の一流企業がみんな台湾に牛耳られるということだよ」

ショウゾウの言うことは実に大雑把で実際には国際金融システムというのはもっと複雑だ。そして、沖縄の企業が台湾の投資を受けるというのは、金融自由化という面ではむしろ望ましいことのはずだ。しかし、リュウさんや、他の二人にとって、重要なのは台湾に牛耳られるという言い方だった。

リュウさんはショウゾウに尋ねた。

「このドンパチも、それと関係があるのか？」

「そこだよ、問題は……」

ショウゾウの話はさらに熱を帯びてきた。「この争いは、利権の奪い合いだ。台湾マフィアが二派に分かれて沖縄の利権を争っているわけだ」

「冗談じゃない」

テツが言った。「俺たちウチナンチュはどうなる」

「アメリカ世《ユー》の次は台湾世《ユー》かもしれない」

話を聞いていた三人の怒りはさらに燃え上がった。暑さと湿度のために苛立《いらだ》ちもピークに達している。

ショウゾウは言った。

「港にあるフリートレードゾーンや、普天間基地跡にできる国際平和都市。こういうものをうまく運営するためには金がいる。ヤマトの政府はその金をくれない。だから、沖縄県は海外の金を利用しようとしている。特に台湾だ。だが、台湾の連中だって黙って金を出すわけじゃない。見返りがほしい。つまりさまざまな利権だ。その奪い合いをやっているのさ」

エイキチが不安げに訊《き》いた。

「俺たちの仕事はどうなる？」

「銀行なんかの沖縄の金融を台湾が押さえる。街の利権も台湾のマフィアが牛耳る。そうなれば、台湾からどっと労働力が入ってくることになる。フィリピンのダンサーが金武町《きん》の米軍クラブに出稼ぎに来るようなもんだ。俺たちは追い出されちまうかもしれない」

「ふざけやがって！」

エイキチがわめいた。「そんなのは許せない」

リュウさんは話を聞いているうちに、こめかみがずきずきと脈打ちはじめた。息が荒くなる。全身の血が怒りで熱くなり、頭が空白に感じられた。

「俺は我慢ならん」

リュウさんは、あまりの怒りに嗄《しわが》れた声で言った。それしか言葉にならなかった。リュウさんは立ち上がり、手鉤《てかぎ》を腰のホルダーから取り出して握った。そうしてゆっくりと港のほうへ歩きだした。

テツが驚いて言った。

「何をする気だ、リュウさん」

リュウさんはこたえずに歩き続ける。

エイキチが立ち上がって言った。

「俺も行くぜ、リュウさん」

リュウさんの意図を悟ったテツが再び言った。

「無茶だ。やつらは銃を持ってるんだ」

ショウゾウも立ち上がった。

「どうせ、仕事がなければ野垂れ死にだ」

おろおろと三人の後ろ姿を見ていたテツもついに立ち上がった。

「待てよ。俺も行くよ」

リュウさんは、台湾系の事務所に向かって石を投げ、沖縄弁《シマグチ》で叫びはじめた。エイキチ、ショウゾウ、テツも同じことを始めた。

やがて、どこから現れたのか、それに同調する労働者が一人二人と増えはじめた。事務所は無人に見えたが、中に孫伯寿の系列の台湾人が潜んでいた。彼らも緊張し、興奮している。数人が投石を始めたので彼らは驚き、度を失った。

一人が拳銃《けんじゅう》を一発撃った。

狙って撃ったようには見えなかった。窓から腕だけを突き出して撃ったのだ。その弾が、港湾労働者の一人にあたった。撃たれたのはリュウさんだった。

リュウさんは、ぺたりと尻餅《しりもち》をついた。まるで酔って足をもつれさせたような恰好《かっこう》だった。そのまま地面に倒れてしまった。誰かがリュウさんの名を呼んだ。その驚きの声が、また労働者たちの怒りを募らせた。

台湾マフィアたちは威嚇のつもりだった。一発撃てば、労働者たちが逃げ出すと思っていたに違いない。だが、港湾労働者たちは逃げなかった。撃たれたリュウさんを慌てて運ぶ姿を見て、さらに投石する人数が増えた。騒ぎを聞きつけた人々が次々と駆けつける。皆、苛立ちと怒りがピークに達していたのだ。灼熱《しゃくねつ》の太陽の下、怒号と投石が続いた。事務所に投げ込まれたのは石だけではなかった。スコップ、鶴嘴《つるはし》などが次々と投げ込まれる。たまらずに台湾マフィアたちは、拳銃を乱射しはじめる。彼らも口々にわめいている。台湾語と沖縄弁の怒号。石をはじめとするさまざまな物が投げ込まれる音、何かが破壊される音、銃声、それらすべてが交錯する。

次々と労働者たちは倒れていく。それが群集心理をさらに煽《あお》った。恐怖より怒りが、理性より狂気が勝っていた。

弾を撃ち尽くした台湾マフィアたちは、簡単に群衆の突入を許し、袋叩《ふくろだた》きにあった。怒号と悲鳴。沖縄の群衆が台湾マフィアを血祭りに上げた。

港で膨れ上がった群衆は、港湾労働者だけではなく、さまざまな人々を巻き込んで港の外へあふれだした。

うだるような暑さの中で、怒りのエネルギーが渦を巻きはじめる。苛立ち、不安に駆られ、怒りを堪《こら》えていた人々はたやすくそのエネルギーに巻き込まれた。

知念智聡《ちねんともさと》は、普天間基地の前に続々と集まる人々を見て驚いていた。彼は、長年米軍基地返還を求める運動を続けてきた。運動は継続することが大切だ。そのために準備を充分に整え、人と金を集め、世論の理解を得なければならない。運動とは地味なものだ。知念智聡はそう考えていた。すでに六十歳を過ぎている。運動は地に足がついたものでなくてはいけないという彼の理念は、その年齢と経験からきていた。

自宅の一間を事務所として開放していた。そこに電話が入った。普天間基地の前で反対集会が開かれようとしているというのだ。そんな話は聞いていなかった。考えられることは一つだ。

那覇の港に端を発した群衆の抗議行動がテレビで報じられた。那覇から遠く離れたここでもその熱気に呼応した人々が出始めたのだ。怒りは怒りを呼ぶ。

何とか収めなければ……。

知念智聡はそういう思いでここまでやってきた。だが、もはや彼にはどうすることもできないことを知った。若者を中心とする群衆はそれほど数は多くない。しかし、刻々と増え続けているらしい。他の地方から駆けつける者も出始めている。

中には、騒動を盛り上げようという煽動屋《せんどう》の姿もあり、知念は舌打ちした。煽動屋はセクトの生き残りの連中だ。ヤマトからやってきたのだ。

早くも機動隊が群衆を取り囲んでいる。基地反対運動の仲間を見つけて、知念は言った。

「どうしてこんなことになった?」

四十代半ばのその運動仲間は途方に暮れた様子で言った。

「わかりません。あっと言う間の出来事でした。那覇の騒ぎは知っていますね。あれが飛び火したとしか思えません」

「ばかな……」

「こういうことは理屈じゃないんです。理屈じゃ……」

「わかっている。ハンドマイクはあるか」

「はい……」

知念はハンドマイクを取り、即時解散を訴えた。だが、その声はたちまち怒号でかき消される。煽動屋のせいだ。

機動隊員が駆け寄ってきていきなり知念の肩をどついた。

「許可なく話しかけるな」

「何だって？」

知念はかっと血が頭に上った。

「アジテーションは許さないと言ってるんだ」

知念は、機動隊員に食ってかかった。

「私は解散を呼びかけていたんだ」

「いいから、おとなしくしていろ。これから鎮圧する」

「待て。あの連中が何をした」

「まだ何もしていない。しかし、那覇の現状は危険だ。各方面で厳重に注意しろという通達が出ている」

「それは過剰反応だ」

「うるさい。邪魔をするとしょっ引くぞ」

機動隊員は仲間を呼んだ。「おい、こいつを拘留しろ」

「ばかな……。何だこれは。冷静になれ」

「頭を冷やすのはおまえたちのほうだ。さあ、連れて行け」

無表情な二人の機動隊員が知念の両腕を取って引きずるように連行した。

「何のための、誰のための警察だ……」

知念は言った。「警察は俺たちの敵に回るのか」

やがて群衆は膨れ上がり、門の内側には自動小銃で武装した米兵が並んだ。その姿を見た群衆はさらに興奮の度合いを高めた。

機動隊の鎮圧行動が始まったが、火がついた群衆はおとなしく従おうとはしない。群衆の中には老人や若い女性もいる。地元で運動をしている人々がよく事情を飲み込めないまま騒ぎに巻き込まれたのだ。

機動隊はすべての人々を一緒くたにして鎮圧しようとした。小競り合いが始まり、叫び声と怒号が飛び交う。怒りに駆られた住民が機動隊に食ってかかる。数の上では群衆のほうが上回っている。

危機感を感じた機動隊は手加減なしにやり返す。警棒を容赦なく振るい、ジュラルミンの楯《たて》の角で倒れた住民の体を突き刺すように殴りつける。一人の住民に二、三人の機動隊員が襲いかかり、引き倒し周囲から隠すようにして顔面を鉄板入りの小手で殴りつける。たちまち数人の住民が血まみれになった。

機動隊は重装備だ。多少の打撃はこたえない。だが、住民たちはまったく無防備で機動隊の一撃一撃に痛めつけられていく。まるで七〇年安保や三里塚《さんりづか》の闘争を見ているようだった。

引きずられながらその様子を見ていた知念は絶望に駆られてつぶやいた。

「これでは……、これではまるでヤマトのやり方ではないか……」

対策室別室には、刻々と情報が入る。台湾マフィアは沈黙していた。住民の抗議行動を静観しているのだろう。計算外の出来事で戸惑っているのかもしれない。あるいは、彼らのことだ。この動きをどう利用できるのか計算しているのかもしれない。

那覇港付近で発生した集団行動は規模を保ちつつ、那覇市中心に向かっているということだった。さらに、普天間基地付近にその騒ぎが飛び火したという知らせが入った。

住民や運動家たちと機動隊が揉《も》み合う様子が報道された。

「まずいな……」

島袋がテレビを見て言った。「基地反対の運動家は島中にいる。その連中にも飛び火しかねない」

比嘉は知事室に行ったきりだった。

「SATが来たことが裏目に出なければいいけどな……」

仲本が言った。

磯貝はその言葉がひどく気になった。

「SATはあくまで台湾マフィア対策でやってきたはずだ。けど、こうなれば住民の鎮圧にも出動することになるかもしれない」

磯貝は、島袋の言葉を思い出していた。

「もし俺たちが鎮圧される側だと思うとぞっとするな」

サブマシンガンを携行しているという知らせを聞き、島袋はそう言ったのだ。

ヤマトの警察が沖縄住民に銃を向ける。それはたいへんにデリケートな問題で、あってはならないことだと磯貝は思った。

電話が鳴り島袋が出る。すでにほとんど反射的な行動になっていた。島袋は受話器を取ると同時にメモ用紙を引き寄せた。その手が止まる。

その様子が気になり、磯貝は島袋が電話を切るとすぐに尋ねた。

「どうした?」

「コンディショングリーンだ」

その言葉を聞いて仲本が顔色を変えた。磯貝にその意味はわからない。

「何だそれは?」

「米軍基地の外出禁止令だ。各基地が兵士たちに外出禁止令を出した。かつては北爆などの際に出された。大規模な作戦行動のための待機を意味しているかもしれない」

「どういうことだ?」

島袋は、テレビの普天間基地前の映像を見つめたまま言った。「この騒ぎのせいだろう。

次はどう出るか……」

「何だって？」

磯貝は思わず島袋の顔を見ていた。「米軍が何をするというんだ？」

「暴徒鎮圧のために出動するかもしれない」

「そんなばかな……。単に兵士の身の安全を守るための措置じゃないのか？　あるいは住民を刺激しないための……」

「そうかもしれないし、そうではないかもしれない。事実、コザ暴動のときは出動した」

「あの時代はアメリカ軍の統治下にあった」

「今だって、アメリカ軍の考えはそう変わってはいないさ」

「いや、そんなことはあり得ない。日米間の関係を考えれば……」

磯貝の言い方は曖昧《あいまい》だった。外交についてはあまり詳しくはなかった。磯貝の考えは、期待を込めた一般的な日本人のものだった。「アメリカ軍が、日本国内で軍事行動を取るなんてことはあり得ない」

「なぜそう思う？　アメリカは年中この島で軍事訓練を行っているんだぞ」

「しかし……。訓練と出動は違う」

「それはあんたの考えだ。アメリカ軍はそうは考えない。基地を守るという名目があるのなら、いつでも出動するさ。日本の自衛隊と違ってアメリカ軍にはいつでもその用意がある。おそらく、台湾マフィアの抗争が始まった時点で、各基地の司令部は本国に問い合わせて対応を協議しているはずだ」

「出動した後の日米関係を考えれば……」

「それもヤマトの考えだ。アメリカは、何かやってから善後策を考える。そのために強力な外交力を持っている」

「いくら基地を守るという名目でも法や制度上の問題を無視することはできない」

「アメリカの側から言えば、法律上の問題はない。米軍は法律上いつでも世界中の紛争地帯に出動することができる」

「アメリカ国内の問題ではなく、国際法上は……」

「国際法というのは慣例法だ。アメリカは歴史上何度も紛争地帯に軍事介入した経験を持っている。ベトナムしかり、アフガンしかり、イラン・イラクしかり……。国際法の上で、強い拘束力を持つのは条約だが、日本とアメリカの間には何がある？」

「日米安保条約……」

「安保条約の第六条には、日本国の安全に寄与し、並びに極東における国際の平和および安全の維持に寄与するために基地を供与すると述べられている。つまり、日本や極東の安全が脅かされたときのために基地を置くということだ。そして、第三条では、日本の領域における、日米いずれか一方に対する武力攻撃に対して、共通の危機に対処するように行動すると宣言している。日米いずれかが危ないときには、いつでも出ていくぞと解釈できる」

磯貝はすっかり驚いてしまった。磯貝は日米安保条約の内容などほとんど知らない。なのに、地方自治体の職員でしかない島袋が詳しく知っている。

本土に住む者と沖縄住民との意識の違いなのだろうか……。

磯貝は違和感を感じた。島袋の考えはどこか磯貝の感覚になじまない。米軍に対する沖縄住民独特の思いから来ていることは間違いない。間違ってはいないかもしれないが、どこか過剰に解釈している。そんな気がした。

「しかし、それは他国からの武力侵略のことを言っているんだろう？」

「アメリカ側がどう判断するか、だよ。日米安保を持ち出すまでもない。基地を守るために紛争を解決する。それだけで米軍には出動する理由がある。自衛隊は動けないだろうからね。暴動に際して軍隊が出動しないなどというのは、世界の常識から言って考えられない」

島袋が米軍の出動を望んでいるはずはない。彼は危惧《きぐ》しているのだ。その心配が過剰な言い方をさせているのかもしれない。

これ以上議論してもはじまらない。磯貝はそう判断した。

「それは僕らが判断すべき問題じゃない」

そうだ。これはもっと上層部の連中が判断すべき問題だ。

島袋もそれに同意すると思った。下っ端役人のやれることは限られている。

「誰かに任せていい問題じゃないよ」

仲本がそう言ったので、磯貝は驚いた。

「どういうことだ？」

「判断はひとりひとりがしなければならない。そうしてその互いの判断を比較検討するんだ」

磯貝は呆然《ぼうぜん》と仲本を見ていた。仲本はこの部屋に来てから変わった。こんなことを言う男ではなかったはずだ。いや、もともとこういう考え方をする人間なのかもしれない。それを押し隠しているしかなかったのだ。

仲本はさらに言った。

「米軍の出動をどうとらえるか……。利用できるものは利用するという考えもある。絶対に出動を認めるべきではないという考えもある。今、僕たちのひとりひとりがその結論を出しておかなければならないんだ。でなければ、上層部が間違った判断を下したときに、それに引きずられるしかなくなってしまう」

磯貝は言葉を失っていた。

米軍の出動に対して判断しろだって？

そんな判断が、僕に……。

電話が鳴り、救われたような気分で磯貝は受話器を取った。

「はい、県庁対策室別室……」

「比嘉さんいるかい？」

聞いたことのある声だと思った。

「席を外しておりますが……」

「大事な用なんだ」

相手は苛立《いらだ》っているようだった。思い出した。玉城の声だ。地下に潜り、連絡が取れなかった玉城組組長だ。

「待ってください。すぐに呼んできます」

磯貝は受話器を押さえて、何事かとこちらを見ている仲本と島袋に言った。

「玉城組の組長だ。比嘉さんを呼んできてくれ。大至急だ」

16

沖縄県警は、機動隊を出動させ抗議行動を取る民衆をなんとか那覇港付近の一帯に押し止《とど》めようとしていた。今では港湾労働者だけでなく、さまざまな人々が行動に参加していた。

若者もいる。老人もいる。サラリーマンもいれば主婦もいる。

機動隊員たちは、ジュラルミンの楯《たて》を並べて人々の行く手を遮ろうとしていた。その動きは小隊長を通じて現場本部に報告される。現場本部からはさらに県警の対策本部へチャンネルが通じている。

おかげで喜屋武量吉《きやんりようきち》警視は、県警の対策本部にいながら機動隊員たちの動きを細かに把握することができた。

喜屋武警視は、沖縄県警本部警備課長だ。四十五歳になるが、髪はまだ黒々と豊かだった。その髪をオールバックにしている。細面だが眼光が鋭く、鷹《たか》や鷲《わし》といった猛禽類《もうきんるい》を思わせる風貌《ふうぼう》をしていた。対策本部内では本部主任を任命されており、事実上の責任者と言っていい。

決定的に勢力が不足している……。

喜屋武警視は心の中でそうつぶやき、思わずうなっていた。

機動隊員だって眠らなければならない。あの重い装備を着けて一日中警備を続けていてはたちまち参ってしまう。

何でこんなことになってしまったのだ……。

喜屋武警視は、本部の中を眺めながら思った。本部では絶えず誰かが声を張り上げている。電話に向かってわめき、誰かに命令するために怒鳴っている。台湾マフィアの抗争が始まってから、その高揚感がずっと続いていた。ぐったりとして見えるのは、県庁からやってきた連中だ。彼らは警察官とは鍛え方が違う。

いったいなぜ、こんなことに……。

喜屋武警視は再び、心の中でつぶやいた。

どうして、一般の民衆が……。

コザ暴動のことを思い出していた。三十年ほど前のことだ。よく覚えている。覚えているからといって、その対処の仕方がわかるわけではない。当時、彼は中学生だったのだ。もちろん、警察には暴徒鎮圧のノウハウが山ほど蓄積されている。六〇年安保、七〇年安保を経験したおかげだ。

しかし、長い間それを活用することはなかった。基地に反対する住民との揉《も》め事はあったが、いずれもそれほどの騒ぎにはならなかった。

くそっ。刑事部のやつらは何をやっているんだ。どうして台湾マフィアをさっさと検挙できなかったんだ。ぐずぐずしているから、騒ぎが一般民衆にまで及んだんだ。もっと早く手を打っていれば、こんな騒ぎにはならなかったはずだ。

考えても仕方のないことなのは充分にわかっている。だが、そう考えずにはいられなかった。憎む対象が必要なのだ。でなければ、誰彼かまわず嚙《か》みついてしまいそうだ。それくらい疲れ、苛立っている。

その疲れと苛立ちは、県警本部全体に蔓延《まんえん》している。現場の警察官たちも疲れ果てている。

「私たちが出よう」

そういう声が聞こえて、喜屋武警視はそちらを見た。そして、眉《まゆ》をひそめた。

警視庁から来たSATの小隊長二人が、本部副主任の警備課長補佐に話をしている。出動しようと言ったのは、SAT小隊長の一人だった。

副主任の警部は複雑な顔をしている。喜屋武が割って入った。

「いかん。控えてくれ」

SAT小隊長の二人はさっと喜屋武のほうを向いた。二人とも驚くほど似通った特徴を持っていた。角刈りにいかつい顔。筋骨たくましく、やや猫背だ。だが、顔つきが違っている。一人は眉が太くはっきりとした顔だちをしており、一人はのっぺりとした感じの顔だった。

眉が太いほうが山村《やまむら》警部補、のっぺりしたほうが佐田《さた》警部補だ。

山村警部補が喜屋武警視に言った。

「なぜです？　自分らはそのために来たんですよ」

「違う。君たちはあくまで台湾マフィア対策でやってきたのだ。沖縄の住民を相手にするためじゃない」

「しかし、見たところ人員が不足しているようです。そして、状況は時間を追うごとに悪くなる。私たちは助っ人ですよ。できることがあればやります」

「住民感情は微妙なのだ。刺激しないでほしい」

「どういうことです？」

「住民の中にはヤマトの政府に不満を持っている者もいる。全員がそうだというわけじゃない。しかし、無視できない数なんだ。それに港付近に集まっている住民は皆興奮している。普段は無視できる程度の不満でも相乗効果で爆発する危険がある」

山村警部補と佐田警部補は顔を見合った。意気揚々と乗り込んできたまではよかった。しかし、自分たちに反感が向けられる恐れがあると土地の指揮者は言う。そんな話を聞かされるとは思ってもいなかったに違いない。

佐田が言った。

「ならば、沖縄県警の制服を着て出動しますよ」

「いや、気持ちはありがたいが、それがマスコミに洩《も》れたときに、余計に住民の反感を買う恐れがある」

「考え過ぎじゃないですか？」

佐田は無表情なままで言った。「自分らは、要請があれば日本国中の警察を助っ人に行きますよ」

「対テロならば問題ないだろう」

「住民が暴徒化しつつあるんですよ。自分らにはそれに対処するノウハウがあるのです」

「沖縄には沖縄の事情がある」

「まるで、沖縄県民は特別だと言っているように聞こえるのですがね……」

「そう……」

喜屋武は吐息とともに言った。

言いたくはないが、たしかに特別なのだ。ヤマトの警察がヤマトの国民を鎮圧するのとはわけが違う。

「沖縄は他の県とは違うんだ」

山村と佐田はまた顔を見合った。佐田は喜屋武に視線を戻すと、きっぱりと言った。

「自分らにも責任があります。助っ人に来たからには現地の指揮に従います。しかし、自分らは上からの命令でここに来ました。自分らを派遣するためには、警察庁やその他の政府機関の決定があったはずです」

「その他の機関の決定……？」

「例えば、内閣官房です。ということは、自分らは国から派遣されたことになるのです。つまり、現地の担当者と見解が違った場合、自分らは独自に行動する権限があるということです」

喜屋武は不快に思った。ストレスが彼をさいなみ、自制が利かない状態にあった。腹が立った。警視庁、警視庁というが、同じ地方警察じゃないか。たまたま対テロ用の訓練をしているということで、他県まで援軍にやってきただけだ。

「ばかなことを言うな。国から派遣されただって？　そんな話は聞いていない。君たちが独自に行動する権限などない。あくまでも私たちの指揮に従ってもらう」

「いいえ」

佐田が言った。「山村が言ったことは本当です。自分らはスペシャリストです。事情によっては、独自の判断で動く権限があるのです」

喜屋武の怒りはたちまち募った。

「冗談じゃない。あんたらは、サブマシンガンで武装して沖縄の住民を制圧するというのか？　そんなことは、この私が許さない」

「現段階では、自分らが住民に銃を向けることなどあり得ません」

「現段階では、だと……？」

「そうです。しかし、港付近に集まっている住民が本当の暴徒と化したとき、自分らは持っているすべての能力を発揮します。そのためのSATなのです」

喜屋武は愕然《がくぜん》とした。

SATというのは、あくまでテロに対抗するための特殊部隊なのではないのか？　住民の鎮圧のためにもその能力を発揮すると、彼らははっきりと言った。つまり、彼らの訓練の中には明らかにそういう内容も含まれているということだ。

もともと機動隊の特殊部隊なのだから不思議はない。しかし、どこかすっきりとしない。対テロの特殊部隊。それは、すぐにでも国民を鎮圧するための特殊部隊に変容できるのだ。

疲弊しつつあった沖縄県警は、彼らの到着を拍手と歓声で迎えた。しかし、今、喜屋武は彼らに対して頼もしさよりも不気味さを感じていた。

自分がウチナンチュだからそう感じるのか？　そして、彼は次の段階を恐れていた。

SAT二個小隊は、国の判断でやってきたと小隊長たちは言った。ならば、騒ぎが拡大したとき、国はさらに大がかりな鎮圧部隊を送り込んでくるのではないだろうか。それは、おそらく沖縄を救うためにという美辞麗句とともにやってくるだろう。

喜屋武はぞっとした。

理由はない。国からの援助なら歓迎すべきだ。沖縄県警はたしかに援軍を求めるべき状態かもしれない。

だが、喜屋武は背筋が寒くなるような違和感を覚えていた。

「わかった……」

喜屋武は無力感とともに言った。「いずれ手を借りるかもしれない。だが、今は台湾マフィアの動きに備えて、待機していてくれ」

山村と佐田は、もう一度顔を見合った。何か言いたげだが、それ以上反論はしようとしなかった。彼らなりに、状況を推し量っているのだろう。それから二人はうなずき、山村が言った。

「了解しました。待機します」

彼らに悪意があるはずもない。悪意などないんだ……。

喜屋武は自分にそう言い聞かせていた。

対策室別室に戻ってきて受話器を取った比嘉は噛《か》みつくように言った。

「玉城、今どこにいるんだ？」

それからしばらく相手の話に耳を傾けた。比嘉は歯ぎしりをしている。こめかみの動きでそれがわかる。

「これだけの騒ぎを起こしておいて、いまさら虫のいいことを言うな!」

磯貝、島袋、仲本の三人は、比嘉を見つめていた。比嘉は電話を切ると眉根《まゆね》に深く皺《しわ》を刻んで考え込んだ。

「何事です?」

島袋が尋ねた。比嘉は、横目で島袋を見て、それから三人を順に眺めていった。

「騒ぎが、李省伯の思惑よりはるかに大きくなってしまった。これ以上の戦いは互いに消耗するだけだと判断したようだ。手打ちをしたいというわけさ。向こうは玉城を立てるので、孫伯寿の側は県庁の人間が立ち会えという」

「手打ち……?」

「計算高い彼らのことだ。どこまで信用していいかわからんがな」

「罠《わな》の可能性もあると……?」

「李省伯にとって俺は邪魔者なのかもしれない。俺を排除すれば孫伯寿は県庁とのチャンネルを失う。そうなれば当然李省伯が優位に立てる。李省伯がそう考えても不思議はない」

島袋は、磯貝と仲本の顔を見てから比嘉に尋ねた。

「それで、どうするんです?」

「どうしたもんかな……。俺だって死にたくはない。だが、李省伯が本当に手打ちをしたいと思っているのなら、この抗争を一気に片づけるまたとないチャンスだ」

そのとき、磯貝は美里のことを思い出した。比嘉が死んだら、美里はどれほど悲しむだろう。そこまではよかった。だが、その悲しみを僕が癒してやることはできるだろうか。

そう考えてしまった。

付け入ろうとしたのだ。

磯貝は慌ててその考えを打ち消した。自己嫌悪を覚えた。

僕はこんなときにいったい何てことを考えているんだ……。

「磯貝」

不意に比嘉に呼ばれ、びっくりした。心の中を読まれたような気がした。

「はい……」

「知事に相談に行く。あんたも来てくれ」

「僕が……？　どうして……」

比嘉は苛立《いらだ》たしげに言った。

「この中で李省伯に会ったことがあるのはあんただけだ。それが何かの役に立つかもしれない。そうだろう」

「はあ……」

磯貝は席を立ち、部屋を出て行った比嘉を追った。

会ったと言ってもな……。拉致《らち》されて、吐き気がするほど緊張していただけだ。こんな僕が何の役に立てるというのだろう……。

知事室には、疲れ果てた顔をした県幹部の連中が二人いた。企画室の室長と公安委員の一人だった。比嘉はその二人にかまわず、知事に言った。

「李省伯と手を組んでいる玉城から電話がありました。孫伯寿との和解を希望しています」

「和解だって……？」

企画室長が言った。「それは願ってもないことだが……」

疑わしげな表情だ。この二人は比嘉を信用しているわけではなかった。

「県の職員や県議会は、皆が皆、あんたらの支持者じゃないんだ」

以前、比嘉にそう言ったのはこの企画室長だった。でっぷりと太って脂ぎった顔をしている。

比嘉はあくまでも知事に向かって説明した。

「李省伯のほうは調停役に玉城組組長を立てるので、孫伯寿の側は県庁の誰かが来いと言っています」

屋良知事は重い口を開いた。

「県庁の誰か？」

「そう。つまり、俺に来いと言っているのだと思います」

「罠ではないのか？」

「その恐れも充分にありますが、抗争を収めるチャンスであることは間違いありません。

このままでは八方塞《ふさ》がりです。騒ぎが住民に飛び火していますので……」

磯貝は、このとき初めて気づいた。これまで、誰一人として住民の行動を暴動とか蜂起などと呼んでいない。皆、そう呼んだ瞬間に事態がさらに悪化すると考えているかのようだった。

「まったく……」

太った企画室長が苦々しげに言った。「台湾マフィアなどと通じるからこんなことになるんだ。人を立てて和解だって？　やくざのやり方だよまったく……。相手は君に来てほしがってるって？　ならば君に任せよう」

まことに役人らしい発想だな。磯貝は思った。合理的であることを前面に押し出して、責任を他人に押しつけようとしている。それはそのまま、これまでの自分の生き方であったような気がした。

企画室長の態度を見て、何だか気恥ずかしくなってきた。

「もちろん、俺が行きますよ」

比嘉が言った。「誰もあんたに行ってくれとは言いませんから、安心してください」

企画室長は憤然とそっぽを向いた。

公安委員が不安げに言った。

「それでこの抗争に終止符を打てるのかね？」

比嘉は彼の顔をじっと見据えてこたえた。

「今回の騒ぎを収めることはできるかもしれません」

「それはどういう意味だ？」

「将来、また同じようなことが起きる恐れがあるということです。国際化、自由化というのはそういうことです。きれいごとだけでは済まない。清濁併せ呑《の》む覚悟が必要なのです」

「沖縄の治安が悪化するということかね？ 私はそういう事態を認めることはできない」

「だから、治安を悪化させないように対処する方法を真剣に考えなくてはならない。景気のいい場所というのは、必ずその悩みを抱えているのです。ニューヨーク、ロサンゼルスしかり、かつての香港しかり、上海しかり、東京しかり……。何事もいいことずくめというわけにはいかない」

「いつだ？」

屋良知事が、議論に一言で終止符を打った。

比嘉はこたえた。

「一時間後に、また玉城から連絡が入ります。そのときにこちらの返事を伝えます。場所と時間は、それから決めます」

「わかった」

知事は重々しくうなずいた。「彼らの申し出を受けいれよう」

「俺が行くと伝えます」

比嘉がそう言うと、きっぱりと屋良知事は首を横に振った。

「いや、君では荷が重すぎる」

「では、誰が……」

「私が行く」

その場にいた全員が知事を見つめた。比嘉も一瞬言葉を失っていた。

磯貝は、かつて知事がこう言ったのを思い出していた。

「いざというときには、私が動く。首長が先頭に立たなければ、これからの沖縄を引っ張っていくことはできない」

知事はその言葉を実行しようとしているのだ。

比嘉が言った。

「危険です。知事を行かせるわけにはいきません」

「議論の余地はない。こういうときは、私が自ら動く。そう言ってあったはずだ」

「しかし……」

「玉城と言ったかね、そのやくざは。彼に伝えなさい。密室での会談はしない。今後、後腐れのないように、公衆の面前で堂々と手打ちをやろう、と。国際通りの真ん中がいいだろう」

企画室長と公案委員は顔を見合ったが、反対はしなかった。

比嘉は何か言おうとしていたが、何を言っていいかわからない様子だ。結局、彼は諦めたように言った。

「わかりました。玉城に伝えます」

比嘉が知事室を出たので、磯貝は慌ててその後を追った。

「本当に知事に行かせるつもりですか？」

磯貝は廊下に出ると比嘉に尋ねた。

「それしかないだろう。あの人は言いだしたら聞かない。警備態勢を整えないと……」

「公衆の面前でやると言っていましたね……」

「ああ。ホテルなどのほうが警備はしやすいのだが、逆に人目があったほうがマフィアがへたなことをやりにくいかもしれない」

「あの二人は、今の県の体制にあまり満足していないようですね」

「あの二人……？　ああ、企画室長たちか？　県の体制がどうのという問題じゃない。彼らは保守派の知事が欲しかったんだ。そうすれば政府から金をもらいやすい。あの企画室長が今回の爆弾騒ぎで何と言ったか知っているか？　どうせならもっと徹底的に壊してほしいと言ったんだ。そうすれば、復興のための補助金や公共投資を国からもらえる、と」

「官僚らしいしたたかさですね」

磯貝は言った。「しかし、一流の官僚ではない……」

「そう。人間としても一流じゃない」

比嘉は対策室別室に戻ると、すぐに県警の対策本部に電話をした。

比嘉からの電話を受けた喜屋武警視は、面倒なことになったと思った。

各警察署の警備課は、港に集結する住民への警戒のために、ぎりぎりの人員を吐き出している。他の地域からも応援を頼んでいたが、普天間基地周辺に騒ぎが飛び火したことで、それぞれの地域でも警戒を強める必要が出てきた。これ以上応援は望めない。

知事が台湾マフィアとの会見に出向くということは、一級の警備態勢が必要だということだ。非番の警察官を総動員するしかない。彼らは皆疲れ果てている。そんな連中でまともな警備ができるのだろうか……。

県警の機動隊で対処できなくなれば、九州管区所属の機動隊が駆けつける。そういう事態はあってほしくなかった。島津藩による琉球支配、明治政府による琉球処分。そういった歴史を沖縄の人々は忘れてはいない。制度が悪いというわけではない。このままだといずれ管区機動隊に頼らざるを得ないだろう。あくまでも心情的な問題なのだ。

喜屋武は顔を上げると、SATの山村と佐田を呼ぶように言った。二人はすぐにやってきた。

喜屋武は二人に言った。

「君たちの出番だ」

山村が訊《き》いた。

「台湾マフィアに動きがあったのですか?」

「片方の勢力が和解を打診してきた。知事がそれに立ち会う」

「知事が……？」

「警察の面子《メンツ》にかけても知事の安全を守らなければならない」

「それで、その和解の会談はどこで行われるのですか？」

「知事は国際通りの真ん中がいいだろうと言ったそうだ」

「まずいな……」

佐田が言った。「ビルに挟まれた路上は、狙撃にはもってこいだ」

「それを君たちに何とかしてもらいたい。スペシャリストなんだろう？」

山村と佐田は、一切不平不満を言わなかった。山村は力強くうなずくと言った。

「わかりました。おっしゃるとおり、何とかしましょう」

「細かな警備態勢の打ち合わせをすぐに始めてくれ。那覇署から機動隊や地域課の警官たちを出させる」

山村と佐田はさっと喜屋武に背を向けると、本部副主任の警部のところへ行った。その警部が現場を仕切っている。

沖縄県知事の警護。これは理想的なSATの使い方じゃないか。住民の鎮圧などよりずっといい。喜屋武はその点では満足していた。

最大の問題は、孫伯寿とどう連絡を取るかだった。警察も孫伯寿の居場所を発見できずにいる。常に移動しているようだ。

比嘉は、何度か携帯電話に掛けたがつながらなかった。仕方がないので、比嘉は留守番電話サービスに伝言を入れ続けた。

約束の時刻に玉城から電話があった。

「今、段取りをしている。こちらからは知事が出る。文句はないだろう。場所はこちらが指定する。国際通りのど真ん中だ。日時はそちらが決めてくれ」

比嘉は電話を切ると、磯貝たち三人のほうを向いて言った。

「明日《あした》の正午だと言ってきた。あまり時間がないな。くそっ。孫伯寿のやつはなぜ連絡をよこさないんだ？」

比嘉はその後も孫伯寿の携帯電話に何度か掛け、伝言を入れた。

日が暮れて、港に集まっている集団はそこに座り込みを始めた。仕事を求めている港湾労働者が、その不満を訴えはじめた。

「俺たちだって、好きでぶらぶらしているわけじゃない。仕事をくれ。俺は働くために那覇に出てきているんだ。人は俺たちのことを飲んだくれという。仕事がねえから飲むしかないんだ」

同意する声が飛ぶ。

次第に彼らの行動は抗議集会の様相を呈してきた。機動隊と地域課の警官たちがその集会を取り囲んでいる。集会に参加する人数もその後もわずかながら増え続け、ついに百人を突破していた。

肉体労働者だけではなく、学生や商店主、サラリーマンなど雑多な住民が参加している。野次馬として遠巻きに眺めている人々もいた。警察ではさかんに解散を呼び掛けたが、それにこたえる様子はなかった。

比嘉は、孫伯寿からの電話を待っていた。電話が鳴るたびにはっと顔を上げる。孫伯寿を見つけない限り、和解の話はご破算になってしまう。

「比嘉さん、お客さんです」

午後七時を回ったころ、ドアのところでそういう声がした。

「客だって……？」

比嘉は物憂い顔を向けた。それが驚きの表情に変わった。磯貝は、その顔の変化に驚き、思わず戸口を見ていた。

細身の男が立っていた。白い半袖《はんそで》のシャツに紺色のズボンをはいている。たいへんすっきりした出《い》で立ちに見える。髪は上品に分けており、細い銀縁の眼鏡を掛けていた。年齢は五十歳前後だろうか。その男は、二人の男を背後に従えていた。

比嘉がつぶやくように言った。

「孫伯寿……」

彼が孫伯寿か。磯貝は、あらためて戸口の男を見た。

孫伯寿はにこりともせずに言った。

「電話のメッセージは聞いた」

比嘉が言った。

「どうやってここまで来たんだ？」

「部下が車を運転してきた。玄関の守衛に、君に会いたいと言ったら通してくれた」

孫伯寿は日本語が達者だった。ほとんど不自由なく話している。

「警察が血眼になってあんたを探しているんだ」

「だが、一般の人は私の顔を知らない。ここの守衛も知らなかった」

比嘉はあきれたようにかぶりを振った。

「日本の諺《ことわざ》で、こういうのを灯台もと暗しと言うんだ」

「李省伯が和解を申し入れてきたそうだが……」

「李省伯と手を組んでいる玉城という男が電話をしてきた」

「先に銃を撃ったのは向こうだ。和解など虫がよすぎはしないだろうか」

比嘉は厳しい眼で孫伯寿を見た。

「先に喧嘩《けんか》を売ったのはあんたの手下だ。これ以上、俺の国で好き勝手はやらせない」

「威勢はいいが、君たちにその力がないことははっきりした」

「俺たちをなめているのか？」

「事実を言ったまでだ」

「今回は後手に回ったがな、今後も同じだと思わないほうがいい」

孫伯寿は、ふと表情を和ませた。

「わかった、わかった。別に君と喧嘩をするためにここへ来たわけではない。これ以上の争いは私にとってもありがたくはない。和解には応じてもいいと考えている。ただ、問題はその条件だ」

「どういう条件なら呑《の》む？」

「李省伯がこの沖縄を出ていくというのなら、和解を受けいれよう」

「俺もそれを望んでいるのだがね……。李省伯だって尻尾《しっぽ》を巻いて沖縄から出ていくとは思えない」

比嘉は磯貝を見た。「その点について、あんたの意見はどうだ？」

磯貝は突然質問されてどぎまぎした。

「そうですね……。李省伯は、力ずくでも沖縄に進出すると言っていましたが、実はそれほどの実力はないのかもしれません。僕を情報提供者にしようと企《たくら》んだのですが、つまり、それはコネクションがないということなのでしょう。和解を申し入れてきたのも、疲弊し、戦力が尽きてきたからではないでしょうか」

「この人は？」

孫伯寿が比嘉に尋ねた。

「出向してきた自治官僚だ。今は県庁で働いている。彼は李省伯と会って話をしたことがある」

「ほう……」

孫伯寿は磯貝を見た。李省伯とは違った威圧感があった。李省伯はいかにもマフィアという感じで恐ろしかったが、孫伯寿はビジネスマンのように見える。ただ、表情ひとつ変えずに人を殺すのではないかという不気味さが感じられる。

孫伯寿が磯貝に尋ねた。

「李省伯はコネクションをほしがっているのだと……？」

磯貝は気後れすまいと、相手を真っ直ぐ見てこたえた。

「はい。何とか沖縄の国際都市形成構想に絡もうとしているようですが、その手づるがないのです。すべてに出遅れてしまいました。その上、抗争で消耗してしまった。その力は尽きようとしているのではないかと思います。抗争終結を言いだしたのは、この抗争で得るものは何もないと気づいたからではないでしょうか」

しゃべりながら、磯貝は掌《てのひら》にじっとりと汗をかいていた。孫伯寿のたたずまいはあくまで静かだ。しかし、それは不気味な静けさだった。

孫伯寿は比嘉に視線を移した。磯貝はほっとした。

「相手がひるもうが、謝ろうが、徹底的に潰《つぶ》すのが私のやり方だ」

「俺はマフィアとしてのあんたのやり方などには興味はない。政治家を目指す一流のビジネスマンであるあんたと付き合いたいんだ」

孫伯寿はしばらく無言で比嘉を見つめていた。やがて、彼はかすかにほほえんだ。それだけで部屋の雰囲気が和んだような気がした。

「私はあなたの正直なところが好きだ。言ってくれ。私はどうすればいいのだ？」

「土産が必要だ」

「土産？」

「李省伯の面子《メンツ》を立てる必要がある。そうすれば、やつはおとなしくあんたの前から姿を消すだろう」

孫伯寿はうなずいた。

「最初に抗争のきっかけを作った若者を差し出そう」

淡々とした口調だった。人ひとりの命を何とも思っていないことがわかる。磯貝は心底ぞっとしていた。

「それと、沖縄本島以外の開発に彼がどう関わろうと、私は目をつぶろう」

宮古《みやこ》島、石垣島、西表島……。そういった島々のことは目をつぶると孫伯寿は言ったのだ。だが、李省伯は事実上これらの島の開発に関わることはできないだろう。コネクションがないのだ。孫伯寿はそれをわかった上で言っている。面子だけを立ててやればいいということだ。

もし、実際に李省伯がこれらの島の開発に食い込んできたとしても、孫伯寿はそれほど気にしないだろう。孫伯寿の目的ははっきりしている。彼は沖縄県の開発などに興味はない。あくまで、普天間基地跡に建設される国際平和都市と那覇港のフリートレードゾーンに関心があるだけだ。つまり、第二香港を頭に描いているのだ。

比嘉にもその意図は伝わったようだった。比嘉はうなずいた。

「明日《あした》の正午。国際通りのど真ん中で手打ちをやる」

「君が立ち会ってくれるのか？」

「俺も行くが脇役だ」

「脇役……？」

「あんたの側の立会人は、知事がつとめる」

孫伯寿は、わずかに目を見開いた。

「知事が……。この私の立会人に。これは驚いた。それを早く言ってくれ。それほど礼を尽くしてくれると知っていたら、余計なことは言わなかったのだ」

「さて、これで李省伯の件は何とかなりそうだが、警察の面子もある。手打ちをしました。はいそうですか、じゃ済まない」

「わかっている。今回、銃を撃った者を残らず出頭させる」

「あんたのほうにもダメージが残るな」

孫伯寿はまたほほえんだ。

「ビジネスにリスクは付き物だ。私は気にしていない」

「ホテルを用意させる。明日の手打ちが済むまで、あんたはＶＩＰだ」

比嘉は皮肉な笑いを浮かべた。「警察に警護させるよ」

17

抗議集会を開いている住民は、一夜明けても立ち去ろうとしなかった。港近くに居座っている。集会は座り込みの状態になった。人数も減っていない。県警の機動隊も徹夜の警戒となった。住民たちは高揚感を保っているが、警戒する機動隊や警官たちは疲れ果てていた。

一方で、李省伯と孫伯寿の和解会談の用意が整えられていた。県警の交通課が国際通りを遮断する。国際通りの中央部に十メートルほどの空間を作り、その周囲を警官隊と機動隊でがっちりと固めていた。

その中心にいるのはＳＡＴだった。山村の小隊が最前線を固め、佐田小隊が狙撃に備え、周囲の建物を徹底的にチェックしていた。県警の機動隊員たちもＳＡＴが携行しているＭＰ５サブマシンガンを珍しそうに横目で見ている。

佐田小隊の隊員たちは、訓練の成果を発揮すべく、狙撃が可能なポイントをすべて洗い出し、警戒に当たった。

知事室では朝から警備担当者との打ち合わせが続いており、比嘉はそちらに行ったきりだった。県庁全体がぴりぴりとした緊張に包まれている。対策室別室も例外ではない。

磯貝は昨夜は一睡もできなかった。仮眠を取ろうとしたのだが頭が冴《さ》えてしまって眠れなかったのだ。いろいろなことがありすぎて脳がオーバーロードしている感じだった。

おかげでひどい気分だった。首から肩にかけてはすっかりこわばってしまい、コーヒーの飲み過ぎで胃がむかむかした。仲本や島袋も同じ状態だった。だが、泣き言を言っている余裕はない。彼らは、今回の抗争事件の最大の山場を迎えているのだ。この和解が失敗したら抗争は泥沼化する恐れがある。

李省伯と孫伯寿の争いだけではなく、本家の天道盟と竹連幇が乗り出してきたら、那覇は血の海になる。

何としてもこの和解を成立させなければならない。

午前十時。比嘉が対策室別室に戻ってきた。さすがに比嘉も青白い顔をしている。睡眠不足とストレスがこたえているのだ。

「知事は、十二時十五分前に県庁を出る。俺は十一時三十分になったら、ホテルに孫伯寿を迎えに行く。警備は警察にまかせるしかない」

そのとき、電話を受けた島袋が声を荒立てた。

「何だって？　それはどういうことだ？」

比嘉が尋ねた。

「どうした？」

「武装した一団が、那覇市郊外のビルを占拠して抵抗しているということです」

比嘉は、受話器を受け取った。

「何がどうなってるんだ。詳しく話してくれ」

連絡は県警の対策本部からだった。

話を聞き終わった比嘉は、難しい顔で説明した。

警備部とは別に、公安部や刑事部が独自に捜査を進めていた。彼らは、ついに台湾マフィアたちの拠点の一つを見つけたのだ。那覇市郊外にある小さなビルだった。それが李省伯の側か孫伯寿の側かはまだわからない。密《ひそ》かにそのビルを包囲しようとしたときに、中にいた連中が発砲してきたというのだ。どうやら、相手は拳銃《けんじゅう》だけでなくサブマシンガンか自動小銃を持っているようだ。刑事たちはその場に釘付《くぎづ》けになっており、台湾マフィアは建物に立てこもって抵抗を続けているという。

比嘉は疲れ果てたように顔をなでた。

「どうしてこうすべてが悪いほうに悪いほうに転ぶんだ？　へたをすると和解がぶち壊しになるぞ」

島袋も仲本も何も言わない。何を言っていいかわからないのだ。対策室別室の緊張はさらに重苦しいものになった。

「いまさらＳＡＴを呼び戻せるか！」

喜屋武警視は思わず怒鳴っていた。大声を上げずにはいられなかった。彼の神経もさいなまれている。ストレスには強いほうだ。そうでなければ、この仕事はつとまらない。しかし、それも限界に近づきつつあった。

本部副主任の警部がすがるような眼を喜屋武に向けて言った。

「県庁では、知事が立ち会う和解会談の時刻までに何とかしろと言っています」

喜屋武は時計を見た。十時半になろうとしている。あと一時間半。

「不可能だ……」

喜屋武はうめいた。「人員がそろっているときでさえ、立てこもり事件は時間がかかる。今は人がいない。港の集会と和解会談で手一杯だ。ＳＡＴがいなければ知事の身が危険にさらされる……」

「管区機動隊に応援を頼んでは……？」

「今から要請したところで、対応までに時間がかかる。駆けつけるまでにはさらに時間がかかる。一時間半以内ではとても無理だ」

「自衛隊はどうです？」

「ばかを言うな。自衛隊は警察なんかよりずっと不自由なんだ。自衛隊が治安出動したなんてことになったら、世間が大騒ぎだぞ」

「万事休すですか……」

喜屋武はすべてを放り出して、逃げ出したい衝動に駆られた。また暑い一日が始まった。

気を滅入らせる熱気と湿気。ああ、もう嫌だ……。

喜屋武は、何とか自分を保とうとした。

落ち着け……。ここで自棄《やけ》を起こしたら、今までの苦労が水の泡じゃないか。何か方法はあるはずだ。何か方法が……。

喜屋武はぎりぎりのところで踏ん張っていた。

この際、どんな方法でもいい。このピンチをしのげる方策はないものか……。

磯貝は、打ちのめされ苦悩する比嘉を見ているうちに、ひとつのことを思いついた。だが、それはとても受けいれられそうにはなかった。すぐにそのアイディアを打ち消そうとしたのだが、自分でも否定しきれないような気がしてきた。

何より、それ以外に打つ手はなさそうだった。磯貝は、ついに言った。

「ブルーフィールドを覚えていますね」

比嘉は眼を上げて磯貝を見た。

「あいつがどうした？」

「彼の手を借りるという方法があるんじゃないかと思いまして……」

「気でも違ったのか？　あいつは海兵隊だ。米軍だぞ。米軍の手を借りるというのか？」

「利用できるものは何でも利用する。そう言ったのは比嘉さんですよ」

「だめだ。米軍はだめだ。第一、ブルーフィールドはただの少佐だ。軍を動かす権限などない」

「どうでしょう。彼はCIAのエージェントなのです。それなりのコネもあるのではないでしょうか？」

比嘉は驚きの表情で磯貝を見つめた。島袋と仲本は無言で二人のやりとりを聞いている。島袋も仲本も磯貝の言うことをばかばかしい戯言《ざれごと》と思っているに違いない。だが、磯貝は引かなかった。

「彼は台湾マフィアの動向を探っていました。それで僕や比嘉さんに近づいてきたのです」

「CIAだって？　間違いないのか？」

「間違いありません」

「いつからそれを知っていた？」

「李省伯に拉致《らち》されたときからです。ブルーフィールドが危ないところを救ってくれたんです」

比嘉はさらに磯貝を見つめていたが、さっと視線を逸《そ》らすとかぶりを振った。

「いや、だめだ。ブルーフィールドが何者だろうと、米軍の介入を認めることはできない」

「立てこもっているビルに、無鉄砲な米兵が何名か突入を試みたのです。正義感に駆られたか、日頃の欲求不満を爆発させたか、それはわかりませんが……」

比嘉は眉《まゆ》をひそめた。

「何を言ってるんだ？」

磯貝はかまわず続けた。

「そして、その米兵たちは、台湾マフィアに拉致されてしまった。今現在、彼らは監禁されているのです。米軍は彼らを救出する権限があります。誰かが捕虜になったとき、米軍は世界中のどんな場所でも救出作戦を速やかに決行するでしょう。国際世論も救出作戦なら非難はできない」

島袋と仲本はゆっくりと比嘉のほうを向いた。彼らは磯貝の意図を悟ったのだ。しかし、それを認めていいかどうか判断できないに違いない。比嘉は、鋭い眼で磯貝を見つめていた。やがて、比嘉は言った。

「くだらんシナリオだ。そんなものがうまくいくはずがない」

「失敗する理由はないと思います。今は、いち早く立てこもっている台湾マフィアを制圧することが大切なのです。それには圧倒的な火力で威嚇するのが一番です。今の県警にはその圧倒的な火力も人員もない。でも、沖縄にはあるのです」

比嘉は沈黙した。

たしかに、県警も県庁も八方塞《ふさ》がりだ。和解会談の時刻は刻々と迫ってくる。

「俺には判断できんな……」

「これは仲本さんに言われたことなんですがね。ひとりひとりがちゃんと判断しなければ正しい判断を導くことはできないんですよ。比嘉さんが判断して、必要なら知事を説得してはどうです？　手はそれしかない」

比嘉は、苦慮しているようだった。

磯貝は言った。

「時間がありません。ブルーフィールドを説得する時間。そして、ブルーフィールドが受けいれたとしても、それから段取りをする時間……」

「判断は早いだろうな」

島袋が言った。「外出禁止令が出ている。おそらく、米軍はすでに出動態勢を敷いて待機しているだろう。そういうやつらだ」

ついに比嘉が言った。

「ブルーフィールドに連絡を取ってみてくれ。俺は知事に話をしてくる」

「しばらく、知らんぷりをしていろだって……」

喜屋武は、県警本部長からそういう指示を受け、困惑した。その指示はどうやら県知事から下りてきたもののようだ。

那覇市内で台湾マフィアが武装し籠城《ろうじょう》していることについて、しばらく静観していろということだ。今、刑事たちが張りついている。それに任せておけばいいということか……。

十二時までに何とかしろと言ってきたと思ったら、今度は知らんぷりをしていろか……。

喜屋武は腹が立った。

しかし、どうすることもできない。打つ手がないのはたしかだ。だからといって、見て見ぬふりをしろというのは納得できない気分だった。

国際通りの警備態勢と港の警備態勢に全力を尽くせということだろうか？

それならそれでいい。やるだけのことはやってやる。

籠城事件にノータッチでいいというのは、むしろありがたい指示のはずだった。しかし、喜屋武は面白くなかった。理由が説明されないところが腹立たしい。第一線を外されたような気がする。

それにしても、いったい誰が何をできるというのだろう……。

考えたがさっぱりわからない。喜屋武は考えるのをやめた。

言われた通りにするしかない。彼はそう思った。

教えてもらった番号に電話を掛けたが、すでに不通になっていた。ブルーフィールドはいち早く撤去したらしい。今後会うこともないだろうという言葉を裏付けている。

磯貝は、県庁と米軍基地のあらゆるコネクションを使ってブルーフィールドを探し出すことにした。島袋と仲本がその手配をしてくれた。ブルーフィールドは具志川市のキャンプ・コートニーに住んでいると言っていたが、今となってはそれも怪しい。基地という基地に連絡して探し出すしかない。

ブルーフィールドと連絡が取れたのは、十五分後だった。基地の対応は磯貝が想像したよりずっとよかった。基地も県庁に対してはそれなりに気をつかっているようだ。

「ブルーフィールドか？　磯貝だ。話がある」

「私はあんたのことを知らない。そして、あんたは私のことを知らない」

「県の職員としてCIAのあんたに要請があるんだ。時間がない」

ブルーフィールドは何も言わない。磯貝はとにかく説明することにした。

「那覇郊外で台湾マフィアが刑事相手に籠城している。マフィアたちは武装している。刑事だけでは手が出せないし、機動隊は手が足りない。火力も不足している」

「それが、私と何の関係があるんだ？」

磯貝は、彼の描いたシナリオを説明した。米兵が何かの理由で拉致されており、それを米軍が日本の警察と共同で救出するというシナリオだ。

話を聞き終わったブルーフィールドは、しばらく無言だった。磯貝は不安になった。ここでブルーフィールドに拒否されたら、もう打つ手はなくなる。

やがてブルーフィールドは言った。

「それで、その措置を取ったら、あんたは私に何をしてくれるのだ？」

「恩に着る」

「それだけか？」

「それだけだ」

ややあって、ブルーフィールドは笑いだした。

くそっ。取り合ってくれないか……。

「それは、沖縄県がこの私に恩義を感じるということなのか？」

どう返事をすべきか？　沖縄県を背負う権限が今の磯貝にあるのか？

迷った末に磯貝は、ある、と結論を出した。今交渉しているのは磯貝だ。そして、最優先事項はブルーフィールドを納得させることだ。他のことはすべて優先順位が落ちる。

「そう思ってもらっていい」

「驚いたな。日本の役人がそんなに思い切った発言をするとはな」

「そんな話をしているときじゃない。時間がないんだ」

「なぜ、そんなに急いでいるのだ？」

「李省伯と孫伯寿が正午に手打ちをする」

「テウチ……？」

「和解の話し合いだ。それに知事も立ち会う。僕たちはなんとしてもこの話し合いを成功させなければならない。籠城しているのがどちらの手下であろうと、このままでは話し合いが中止になる恐れがある」

「ほう……」

ブルーフィールドは、何かを考えているような調子で言った。「それは私にとっても耳よりの話だ。しかも、マフィアたちが和解するというのは、米軍基地にとってもメリットがある」

磯貝は余計なことを言わずに、ブルーフィールドに考えさせることにした。しばらく無言の間が続いた。やがてブルーフィールドは言った。

「いいだろう。あんたの計画に乗ってみよう」

「一つ心配なことがある」

「なんだ?」

「あんたに軍を動かすだけの力があるかどうかだ」

ふっと息を吐く音が聞こえた。笑ったのだろうと磯貝は思った。

「余計な心配はしないことだ」

電話が切れた。

磯貝は、ブルーフィールドと連絡が取れたことを知らせるために知事室に向かった。知事と比嘉が同時に磯貝を見た。

連絡が取れ、ブルーフィールドが磯貝の計画を受けいれたことを伝えると、知事はうなずいた。

そのとき、戸口で大きな声がした。

「どういうことなんだ?」

知事室にはいつものとおり企画室長と公安委員が一人いたが、そこにいた全員が戸口を見た。

南郷沖縄担当大使が立っていた。彼は、憤懣《ふんまん》やる方ないという顔をしている。

比嘉が言った。

「あなたをお呼びした覚えはありませんよ」

南郷大使は比嘉をあっさりと無視して知事に言った。

「台湾マフィアの鎮圧に米軍を使うそうだな？」

知事は何も言わない。

いったい、どこで聞きつけてきたのだろうと磯貝は思った。おそらく、政府保守党寄りの誰かがご注進に及んだのだろう。

「米軍の介入を認めたのかと訊《き》いているんだ」

「何のことかわかりませんね」

知事は静かに言った。「いずれにしろ、あなたには関係のないことだ」

「関係ないだって？　そんな言いぐさがあるか。軍事介入だぞ。こんな重要なことを、外交ルートを無視して決定したのか。まったくあんたらの外交センスはどうなっているんだ。私はすぐに外務省に連絡を取らねばならない。詳細を文書で提出してくれ」

「そんな悠長なことをやっていられる人間は、ここには一人もいない」

「悠長なことだって？　物事には手続きというものが必要なんだ。私が外務省から返事をもらうまで何もしてはいかん。勝手なことは許さんぞ」

「あなたこそ勝手なことをしないでいただきたい。内政干渉は慎んでいただく」

「内政干渉だと……」

「そう。あなたは大使という立場なのだ。私たちの決定に干渉する権利はない」

南郷の顔は朱に染まっていた。

外務官僚がこんな言われ方をすることは滅多にない。ひょっとしたら、南郷は初めての体験をしているのではないだろうか？

いついかなる場所でも肩で風を切っているのが外務省のキャリアだ。かつて、磯貝はこの南郷に官僚として共感に近いものを感じていたこともあった。しかし、今は知事の発言に胸のすく思いがしていた。いつの間にか、磯貝の心は屋良知事や比嘉の側に傾いていたようだ。

南郷は両方の拳《こぶし》を握りしめている。力を込めているために拳は白っぽくなり小刻みに震えていた。

怒りに駆られて南郷はわめいた。

「あんたは自分の権限を超える決定をしようとしているのだぞ。どうやって責任を取るつもりだ。国内問題に米軍の力を借りるということがどういうことかわかっているのか？」

知事の顔色が変わった。怒りを抑えているのがわかる。

「何でもかんでもアメリカの言いなりになるヤマトの官僚に言われたくはないな」

「何だって……？」

「阪神大震災のときに、海外から駆けつけたボランティアや災害救助のエキスパートを、理由もなく足止めした外務官僚の言いそうなことだ。あんたたちには、今この時点で何が一番大切かが見えていないのだ」

「こ……、これ以上の侮辱は許さんぞ」

「米軍の力を借りることを私が喜んでいるとでも思っているのか？　米軍基地全面返還は私たちの悲願だ。ぎりぎりの選択なのだ」

南郷にその言葉が届いているかどうか疑問だった。彼はプライドを傷つけられたことに腹を立て、他のことを考えられなくなっているに違いない。

知事はふと表情を緩めた。

「おっと、私は少々しゃべり過ぎたようだ。どこで何をお聞きになったか知らんが、私は何も確認していない」

「何を言ってるんだ？」

「何でも、米兵二、三名が籠城《ろうじょう》する台湾マフィアに拉致《らち》されているという噂がある。米軍は、その米兵を救出するつもりだという噂もある。いずれにしろ、噂に過ぎん。私は、正午には大仕事がひかえており、たいへんに忙しい。あなたとの議論は楽しいが、また暇な折にさせてもらおう」

「あ……、あんたは……」

南郷は怒りのあまり、その次の言葉が出て来なかった。

知事はぴしゃりと言った。

「お引き取りください。大使には、ゴルフでも楽しんでいていただきたい」

南郷は火の出るような眼で知事を見据えていた。ぶるぶるとその頰が小刻みに震えている。だが、何を言い返していいかわからないようだった。やがて、彼はふんと鼻を鳴らすとくるりと踵《きびす》を返して部屋を出て行った。

「相当怒っていますが、いいんですか?」

比嘉が知事に言った。知事はあっさりと言った。

「放っておけ。彼には何もできない」

テレビ南海の北谷豊《ちゃたんゆたか》は、時計を見た。十一時三十分になろうとしている。ここへやってきてから一時間半が経過した。

那覇郊外に立つ三階建ての小さなビルだ。一階部分が吹き抜けの駐車場になっている。変哲のないビルだが、その一帯はものものしい雰囲気に包まれていた。

パトカーが三台停まっている。だが、警官隊の姿はない。刑事たちが車の後方にいて様子をうかがっている。時折、思い出したようにビルから撃ってくる。単発だけではない。サブマシンガンか自動小銃の連射音が轟《とどろ》き、背筋を寒くさせる。

気温はどんどん上昇している。じりじりとした暑さの中、北谷はカメラクルーと共に成り行きを見つめていた。彼は他の取材陣とともに、現場から五十メートルほど離れた位置に陣取っていた。

できるだけ近づきたいが、流れ弾にあたる恐れがある。

「膠着《こうちゃく》状態だな……」

カメラマンが言った。すでに局とのコーディネーション・ラインを確保してある。局からのキューでいつでもライブの映像を流せる。

北谷はビルを眺めたままで言った。

「警察も手が足りないんだ。正午には台湾マフィア同士の手打ちがある。港にはいつ暴動化するかわからない群衆がいる」

「これからどうなるんだ?」

「さあな……」

そのとき、何だあれは、という声が聞こえた。報道陣がざわめいている。

振り向いた北谷は、声を失った。オリーブドラムに塗られたトラックが数台、近づいてくる。トラックは、あっと言う間に報道陣の前を通り過ぎて問題のビルに向かった。

上空にはこれもオリーブドラムのヘリコプターが旋回を始めた。

「米軍だ……」

北谷が言った。「どういうことなんだ? 米軍だぞ。おい、カメラを回せ。局を呼び出すんだ」

誰かが離れたところで大声をあげているのが聞こえた。

「おい、米軍が記者会見を始めるぞ」

北谷はカメラマンの肩を叩《たた》いた。

「行こう。まず、会見の絵を押さえるんだ」

迷彩服に身を包んだアメリカ人将校が流暢《りゅうちょう》な日本語で説明を始めた。

「これから我々は救出作戦を行います。繰り返します。これは救出作戦です」

とたんにいくつもの質問が飛んだ。

「誰を救出するのですか？」

「あなたたちの出動について、沖縄県や日本政府は了承しているのですか？」

「あなたの身分を教えてください」

それらの声を打ち消すようにアメリカ人将校は言った。

「私は広報を担当しているジョン・ブルーフィールド海兵隊少佐です。現在、あのビルに籠城している台湾マフィアに二名のアメリカ海兵隊員が拉致されています。我々は、同胞が不当に拉致・逮捕・監禁されたような場合、独自の判断で救出を行います。これから、作戦の概要について説明します」

北谷は、ブルーフィールドという広報担当者の説明を聞きながらメモを取った。

ビルのほうを見ると、すでに三十名ほどの武装した兵士たちが展開しつつあった。その行動には無駄がなく、実に速やかだった。ヘリコプターが上空から状況を把握して地上に情報を与えているようだ。

ブルーフィールドの説明が終わったとたんに、それは始まった。

展開してビルを囲んだ兵士たちが、いっせいに自動小銃を乱射しはじめた。すさまじい音だった。北谷は度肝を抜かれた。カメラマンは慌ててそちらにカメラを向けた。テレビ局がラインを開けたので、北谷はようやく役目を思い出し、声の限り実況を続けた。

自動小銃の乱射はほんの数秒で終わった。ビルの中にいる連中はすっかり沈黙していた。続いて兵士たちの一部が二列縦隊になり突入の態勢になった。最後尾から順に列の間を通って突入していく。その間、列を作っている兵士たちは掩護《えんご》の姿勢を取り続けるのだ。十名の兵士たちがビルに突入していった。やがて、両手を頭にのせた男たちが連れ出されてきた。台湾マフィアたちだ。全部で五人いた。

拉致されていた兵士というのがどこにいるかは確認できなかった。北谷は、事件があっと言う間に解決してしまったことを知った。米軍が到着してから五分とたっていない。まずヘリコプターが姿を消し、兵士たちが乗り込んだトラックが走り去った。台湾マフィアたちは、その場にいた刑事たちに引き渡されたようだ。

現場には何事もなかったかのように静寂が戻り、ただ灼熱《しゃくねつ》の太陽が照りつけている。北谷は信じられない気分でその光景を眺めていた。

18

磯貝は、米軍の動きをテレビを通して見ていた。知事が出発する予定時刻は十一時四十五分。ぎりぎりで間に合った。

比嘉は十一時三十分に、孫伯寿がいるホテルに向けて出発する予定だったが、七分だけ出発が遅れた。テレビで籠城事件が解決したのを知ると比嘉はすぐに県庁を出た。

磯貝は知事と一緒に行くことになっていた。李省伯の顔を確認するためだ。

知事は、テレビを見終わると背広の袖《そで》に腕を通した。気温はどんどん上がっているが、知事という立場上、半袖のシャツ姿で出かけるわけにはいかない。

「さて、出かけようか……」

屋良知事は、まったく気負いのない声で磯貝に言った。県警警備部の私服が五人付き添った。県庁では、あらゆる部署の人間が、それぞれの持ち場から知事を見送っていた。中には玄関まで出てくる者もいた。

現場までは歩いても十分とかからない。知事と磯貝を乗せた車はすぐに到着した。

ものものしい雰囲気だった。まず、機動隊が楯《たて》を並べて国際通りの一部を包囲している。その外側にマスコミ各社が陣取っており、そのさらに外側に住民たちが人垣を作っていた。

その二重三重の包囲の重要な拠点を固めているのはサブマシンガンで武装したＳＡＴだっ

た。

人垣と警備の包囲を越えて内側に入ると、道路の上にぽっかりと空間ができている。そこが会談の場だ。

磯貝と知事が到着したときには、すでに玉城と李省伯の姿があった。李省伯は手下を二人連れている。ベイロウとその仲間だ。

やがて、孫伯寿を伴った比嘉が到着した。孫伯寿も二人のボディーガードを連れている。

比嘉が磯貝のそばにやってきて囁《ささや》いた。

「名前はかねてから聞いているが、顔を見るのは初めてだ。確認してくれ。間違いなく李省伯だな？」

「僕が会ったのはあの人物です」

比嘉はうなずいた。

「さあ、私は一刻も早くこの騒ぎを終わりにしたい」

屋良知事が言った。その一言で会談の主導権を握った。「余計な挨拶《あいさつ》は抜きにして、具体的な話を始めよう」

李省伯がうなずき、玉城が言った。

「李省伯氏もこの戦いを早く終わらせたいと考えている。こちらの条件を聞き入れてくれたら、李氏はいますぐにでも手を引くと言っている」

屋良知事が言った。

「条件を聞こう」

「那覇港および那覇新港で商売をすることを認めてほしい。こちらの条件はそれだけだ」

屋良知事はじっと李省伯を見つめていた。

「私たちはそういう取り引きはしない。私たちの要求は、あなたたちにこの島から出て行っていただきたいということだ」

李省伯は表情を変えない。玉城が言った。

「孫伯寿とは取り引きをするじゃないか。孫伯寿と李省伯氏を対等に扱うべきだ」

「孫伯寿氏とは純粋にビジネス上の付き合いだ。利権を寄越せというあんたがたの要求とは違う。孫伯寿氏には沖縄に対する台湾資本の融資の仲立ちをしていただく。これはブラックマネーではない。表社会の融資だ」

屋良知事はうまく立ち回っている。したたかな政治家だ。どちらも台湾マフィアであることには違いはない。しかし、知事はマスコミや民衆の耳に、孫伯寿のビジネスマンとしてのプロフィールを印象づけようとしているのだ。

「この出入り騒ぎはなんだ？　この喧嘩《けんか》に孫伯寿が無関係だとでも言うつもりか？」

孫伯寿は流暢な日本語で言った。

「私は自分からは決して銃を抜かない」

「何だと？」

玉城が食ってかかりそうになった。

孫伯寿はあくまでも物静かな態度で玉城に言った。

「私は自分のビジネスのことだけを考えているのではない。まず第一に考えるのはこの沖縄が繁栄することだ。それが私のビジネスのメリットにつながる。私は誠意を持って沖縄のために働く。どうかその妨害になるようなことはやめていただきたい」

「沖縄の繁栄を考えているのはこっちだって同じことだ」

「その点について話し合う余地はない。沖縄住民の皆さんが判断してくれる」

そのとき、比嘉に県庁から伝令がやってきた。比嘉は耳打ちされると、厳しい顔でうなずいた。

「何です？」

磯貝は尋ねた。

「籠城《ろうじょう》して抵抗していたマフィアたちは、李省伯の手下だったことがわかった」

「李省伯は彼らが捕まったことを知っているのでしょうか？」

「もちろん知っているだろう」

「だとしたら、彼はかなり追い詰められているはずですね……」

「そうだな……。彼はすでに敗北したことを知っている。無茶なことを考えなければいいが……」

屋良知事が言った。

「もう一度言う。私は一切の取り引きを認めない。強くあなたの国外退去を求める。条件はなしだ」

知事の口調は厳しく、断固とした印象を与えた。

玉城は明らかに不満そうだった。要するに李省伯にとっとと沖縄を出て行けということだ。冷静に考えればそれを呑《の》むしかないのだが、面子《メンツ》がかかっているので素直にうなずくことができないのだ。

「この要求を認めていただけない場合は、あなたたちを検挙することもあり得る」

知事のこの一言は決定的だった。

李省伯は、固く口を結んでいる。その唇が白くなっていた。

玉城が何か言いかけたが、李省伯はいきなりくるりと背を向けた。要求を呑むしかないと悟ったようだ。

これで交渉は成立か……。磯貝はほっとした。

そのとき、群衆の中から走り出ようとした者がいた。罵声《ばせい》が上がる。その男はたちまち、県警の機動隊員とSATに取り押さえられた。数人が男を地面に押しつけようとする。その男は、倒される直前に腕を突き出し、何かを放った。重たいものが道路に転がる音がする。

ベイロウがさっとしゃがみ込んでそれを拾い上げると、知事と孫伯寿のほうに向けた。リボルバーの拳銃《けんじゅう》だった。

危ない！

かなかった。

磯貝はそう思ったが、動けなかった。隣にいた比嘉も同じだった。一瞬、立ち尽くすしかなかった。

ベイロウは銃を向けると同時に二発撃った。最初にベイロウに向かって行ったのはSATの隊員だった。後方から覆いかぶさるようにして取り押さえる。別の隊員がMP5の銃身をベイロウの手首に叩《たた》きつけた。ベイロウは銃を取り落とした。

ベイロウは抵抗する間もなく押さえつけられた。五つのMP5の銃口がベイロウにぴたりと向けられていた。ベイロウは抵抗をやめ、諦《あきら》めの薄笑いを浮かべた。

「知事！」

そう叫んだのは比嘉だった。見ると、屋良知事が倒れている。その体の下からじわりと血溜《ちだ》まりが広がった。

比嘉が知事に駆け寄る。磯貝も後に続いた。知事の顔面は真っ白だった。肩を撃たれている。比嘉はシャツを脱いで丸めると、体の下になっている傷口に強く押しつけた。

知事がその痛みにうめいた。一瞬の昏倒《こんとう》から目覚めたようだ。

「だいじょうぶだ」

知事は身を起こそうとした。

「動かないでください」

比嘉が言った。「弾が貫通してるようです」

「孫伯寿は無事か？」

比嘉は頭を上げて確認した。

「無事です」

知事は比嘉の制止をきかず、上半身を起こした。警官隊に囲まれてその場から動けずにいる李省伯と玉城を見て言った。

「最も愚かな選択だったな。これで、あんたたちにはもう選択の余地はなくなった。警察があなたたちを連行する」

警察が乱入した男、ベイロウ、玉城、李省伯の四人に手錠を掛け、連れ去った。誰一人抵抗をしなかった。敗北感に打ちのめされているのだ。

孫伯寿が近寄ってきて膝《ひざ》をつくと言った。

「あなたは私の楯《たて》になってくれた。この恩は一生忘れない」

知事は今にも気を失ってしまいそうに見えたが、意外なほどしっかりした口調で孫伯寿に言った。

「私は、二度とこのような騒動を許さない。私は言ったことを実行する男だ。肝に銘じておいていただく」

孫伯寿はしばらく屋良知事を見つめていた。やがて、何も言わず立ち上がると、ボディーガードを連れて悠然と人垣の外へと姿を消して行った。

知事の手術が終わり、一段落したのは午後の三時過ぎだった。比嘉と磯貝は、病院でマスコミへの対応に追われることになった。三時半に比嘉が執刀医の記者会見を段取りし、知事は手術後でまだ眠っているが生命に別状はないことを発表した。

その時点で、ようやくマスコミに安堵《あんど》の雰囲気が流れた。ともあれ、台湾マフィアの抗争は終結したのだ。

記者会見の後も、比嘉はコメントを求める報道陣に囲まれ、解放されたときにはぐったりと疲れ果てていた。

磯貝も疲れ果てている。ふたりは、病院が用意してくれた部屋で口もきけずに座り込んでいた。

ノックの音がして看護婦が顔を出した。

「県庁から比嘉さんにお電話が入っています。そこの電話をお取りください」

比嘉は大儀そうにうめき声を上げて立ち上がると、部屋の隅にあった電話に出た。

「何だ、どういうことなんだ?」

比嘉は緊張した声を上げた。磯貝は思わずそちらを見ていた。比嘉が電話を切ったので、磯貝は尋ねた。

「どうしました?」

「港付近に集まっている住民たちだ。様子がおかしいというんだ」

「様子がおかしい?　何か行動を開始したのですか?」

「そうらしいんだが……」

だ。

「とにかくどう判断していいかわからないから、行ってみてくれというんだ」

比嘉は、両手でごしごしと顔をこすった。疲労と睡眠不足のため顔に脂が浮いているの
「ともかく俺は行ってみる。必要なら警察と対応を話し合わなければならない」

「僕も行きます」

比嘉はうなずいた。

「そうしてくれると助かる。今度は俺が撃たれるかもしれないからな」

警官隊と機動隊のものものしい雰囲気。

警察の包囲の中にいる住民は、百人を超えている。人数の増加はなくなっていたが、そ
の代わりに減る気配もなかった。

「台湾マフィア同士の抗争は終わったが、こっちを解決しなければ騒動が終わったことに
はならない」

比嘉が群衆に近づきながら言った。

「わかっています」

磯貝はそう言うしかなかった。だが、どうすればいいかはわからない。もし、住民が暴
徒と化したときに、どういう処置を取ればいいのか……。相手が一般市民となると、米軍

はおろかSATだって使えない。

　まず警官隊の背中が見えてくる。その背中越しに機動隊が見え、その向こうに座り込んだ住民たちが見えた。

　足早に近づいていた比嘉は、次第に歩調を緩め、やがて立ち止まってしまった。そのまま集まった住民たちを見ている。

　磯貝も知らず知らずのうちに立ち止まっていた。呆然《ぼうぜん》と住民たちの様子を見つめるしかなかった。

「何だこれは……」

　比嘉がつぶやいた。

　そのとき、目の前にいた背広姿の集団のうちの一人が振り向いた。鋭い顔つきをした男だった。その男は比嘉に言った。

「比嘉さんですね？」

　比嘉はその男を見るとうなずいた。

「そうですが、あなたは？」

「県警の喜屋武です。対策本部の主任をやっていました」

「あなたが……」

「電話だけでなく、一度お会いしたいと思っていました」

　比嘉は住民たちに眼を戻した。

「それで、これはいったい……」

喜屋武は言った。

「いつの間にかこういうことになってしまって……」

住民たちは、あちらこちらで車座を作り、民謡を歌っていた。手拍子が聞こえ、踊っている者の姿も見える。

磯貝は、制服姿の警察官がサンシンを弾いているのを見つけて驚いた。

「あれはいったいどうなっているんです？」

喜屋武がこたえた。

「彼は那覇署の巡査ですが、何でもサンシンの名人で住民たちの間ではちょっとした有名人らしいんです。どこから持ってきたかわからないのですが、住民がサンシンを持ち出して、無理やり彼を巻き込んだというわけです」

今では、住民たちはそのサンシンに合わせて歌い、はやしていた。

「モーアシビーだ……」

比嘉が言った。

喜屋武がうなずいた。

「そうなんですよ」

磯貝は二人の顔を見て訊《き》いた。

「何ですって？」

比嘉がこたえる。

「モーアシビー。毛に遊ぶと書く。原っぱでこうして歌い踊って遊ぶことを言う。昔は皆こうして遊んだもんだと祖父《じい》さんから聞いたことがある」

サンシンと歌声が響く。磯貝は、エイサーの日の陶酔感を思い出していた。

「ショラヨーイヌ、ハリ世《ユー》バ直《なう》レ……」

比嘉が一緒に口ずさんだ。「何と歌っているかわかるか？　少しでもいい世に変わってほしい。そういう歌詞だ」

「はあ……」

磯貝は、歌い踊る群衆を眺めた。

比嘉はくすくすと笑っていたが、やがて大声で笑いはじめた。

磯貝はその様子をあきれたように見つめていたが、やがて引き込まれるように笑いだしていた。たがが外れたように、笑いを抑えることができなくなっていた。

比嘉と磯貝は、西に傾きかけた日の中でサンシンの音と島唄《しまうた》の歌声を聴きながら、笑い続けていた。

19

この三日間、磯貝は気が抜けてしまって、仕事が手につかない状態だった。さすがの仲本も仕事ははかどらないようだ。

知事は入院していたが、県庁の機能は正常に戻りつつあった。

三日前、住民たちの毛遊び《モーアシビー》は夜半まで続いた。警察は、厳戒態勢を解き、通常の祭りの際の警戒に切り換えた。久しぶりに部屋に戻った磯貝は、倒れるように眠りに就き、十二時間以上眠り続けた。翌日は役所を休んでしまった。

夕刻になり磯貝は定時で帰宅することにした。

夕食を済ませると、無性に『ビート』へ行きたくなった。美里のことを思い出していた。迷いに迷った末に出かけることにした。比嘉と美里のことはもうどうしようもない。だが、だからといって『ビート』に行っていけないということはない。すべて、磯貝の考え方なのだ。

タクシーで乗りつけると、ずいぶんと懐かしい気がした。ここに通っていた頃がはるか昔のことのような気がする。

だが、美里はまったくブランクを感じさせない態度で磯貝を迎えた。

「あら、いらっしゃい。今日は比嘉さんも帰ってるわよ」

心の奥がちくりと痛んだ。だが、それだけのことだった。

比嘉は後方のテーブルでビールを飲んでいる。磯貝が近づくと、比嘉はくつろいだ笑顔を向けた。

「よう。祭りの後の気分はどうだ?」

「祭り？　知事が入院しているというのに……」

「祭りに怪我は付き物さ」

「何だか気が抜けてしまって……」

磯貝もビールを注文した。

「だがな、これからが大変なんだ。俺たちはまだ何も解決していない。今後もいろいろなことが起きるだろう」

磯貝は、ビールを一口飲んでから言った。

「あの……、考えたことがあるんですが……」

「何だ？」

「早いうちに、一度東京へ行かせてくれませんか？」

「どうした？　沖縄はもうこりごりか？」

「一日でいいんです。陣内さんと話をしたくて……」

「陣内？　あんたを出向させた上司か？」

「はい」

「何を話す気だ？」

「中央へ呼び戻すのはやめてほしいと……」

比嘉は口に運びかけたビールのグラスをゆっくりとテーブルに戻した。

「何を考えている？」

「沖縄県庁の仕事が気に入った。ただそれだけのことです。県庁が受けいれてくれれば、の話ですが、これからずっと沖縄で働きたいと思って……」

「国家公務員の立場を棒に振るというわけか？」

「まあ、そういうことですね」

比嘉は、観察するように磯貝を見ている。

「沖縄に骨を埋《うず》める気になったというわけか？」

「それもいいかもしれません」

「どうした風の吹き回しかな……」

「さあ。僕にもよくわかりません」

「俺が推察してみよう」

磯貝は比嘉の顔を見た。

「どうぞ」

「美里だろう」

その一言に不意を衝《つ》かれた。

ただ驚きうろたえた。

比嘉はいったい、どういうつもりで美里の名前を出したのだろう。

「あんたの行動を見ているとわかるよ。俺も男女の仲が理解できないほど唐変木じゃない」

磯貝は比嘉の顔がまともに見られなくなった。

比嘉は勝ち誇っているのだろうか？

おまえが美里を好きなことは薄々勘づいていた。しかし、それは無駄なことだ。そう言いたいのだろうか……。

「たしかに僕は美里さんが好きになりました。でも、それはどうしようもないことでしょう」

「なぜだ？」

磯貝は情けない気分になってきた。そして、猛烈に腹が立ちはじめた。

「それを僕に言わせるのですか？」

「言わないとわからない」

磯貝は比嘉を睨《にら》んだ。

なぜ比嘉はこうまでして僕に恥をかかせようとするのか？ 僕が沖縄に住むと言ったことが気に入らないのだろうか……。

「美里さんはここに住んでいると言ったじゃないですか？」

「住んでいる」

「比嘉さんもここに住んでいる」

比嘉は笑った。

磯貝は憤然と比嘉を見据えていた。

「あんたは勘違いしている」

「何が勘違いですか？」

「この建物が何だか知らないのか？」

「比嘉さんの自宅でしょう？」

「この上はアパートなんだよ」

「アパート……？」

「そう。もともと、俺の親父が持っていたビルだ。親父は老後の収入と税金対策でアパートを建てた。その地下で俺は店を始めた。でなければこんな道楽のような店がもつものか」

「アパート……」

磯貝は同じ言葉を繰り返すしかなかった。

「美里はな、俺の姪《めい》だ。親戚《しんせき》のよしみで、敷金も更新料もなしで住んでいるわけだ」

「姪ですって……」

「そう。母方の親戚だ」

磯貝は脱力感を感じた。那覇の港で住民の毛遊びを眺めていたときのように、へらへらと笑いだしそうになった。

磯貝はもう何もしゃべりたくなくなった。

「あいつは、知事選挙のときからボランティアをやっていてな。自分もスタッフのつもりでいる。困ったもんだ……」

そこで、比嘉はふと気づいたように磯貝を見つめた。

「あんたは美里が俺と付き合っていると思っていた」

「はい……」

「それで美里をあきらめようとしていたのか？」

「まあ、そういうことですね」

「では、沖縄に住むと言いだしたのは、美里が理由ではないのか？」

どうだろう。

美里が沖縄に興味をもつきっかけであったことは間違いないのだ。だが、今ではもっと違う理由があるような気がした。

「自分でもよくわかりません」

しばらく磯貝を無言で見つめていた比嘉は、目尻《めじり》に皺《しわ》を寄せて笑った。

「安心するなよ」

「え……？」

「美里は一筋縄ではいかない。攻めるならそれなりの覚悟がいる。まあ、頑張れ。俺は手助けはしない。なんせ、かわいい身内だしな」

「はあ……」

比嘉はビールを一気に飲み干し、急に真顔になると身を乗りだして言った。

「沖縄はこれからがたいへんなんだ。基地の返還、経済の自立……。あの南郷のような男を通してヤマトの政府と駆け引きもしなければならない。そして台湾マフィア問題。孫伯寿に関してはこれからも注意して接していかなければならないだろう。俺は、県で、台湾マフィア対策専門の部署を作る必要があると考えている。その部署は県警本部と共同で作業をしていくことになるだろう」

それを聞いた瞬間に、磯貝は心の中に何かがすとんと落ちた気がした。納まるべきところに何かが納まったという感じだ。

「それを僕にやらせてください」

「何をだ？」

「台湾マフィア対策です」

「本気か？　誰もやりたがらない仕事だ」

磯貝はほほえんで言った。

「ヤマトンチュが沖縄に定住するには、それくらいのハンディーが必要でしょう」

「感傷や同情ではやっていけない」

「そんなんじゃありません」

比嘉は真意を推し量るように磯貝を見つめた。それは長い時間だった。磯貝も比嘉を見返していた。

やがて比嘉は言った。

「いいだろう。明日《あした》にでも東京へ行って来い」

久しぶりの東京だった。ビルとアスファルトの照り返しで地獄のように暑い。残暑というにはあまりに厳しい暑さだ。沖縄から戻ったというのに、この都会の異質の暑さはこたえた。

東京の街がひどく慌ただしく感じられる。そして、街を行く人々は精気がない。胸を張って歩く人が一人もいないのだ。誰もが足元を見つめ、眉《まゆ》を寄せて歩いている。

おいおい、ヤマトンチュ。そんなんじゃ、日本は滅びちまうぞ……。

陣内は磯貝の顔を見ても驚かなかった。この男を驚かせることなどできるのだろうか。

磯貝の決意を聞くと、陣内は磯貝を二人きりになれる部屋に連れていった。そこであらためて話を聞こうとした。

磯貝は手短に、腰掛けではなく沖縄県庁で働きたいのだと伝えた。話を聞き終わった陣内は、あっさりとこう言った。

「実は、あなたに出向を命じた時から、呼び戻す気はあまりなかったのです」

磯貝はその言葉に落胆し、傷ついた。

「僕が必要なかったということですか?」

「いいえ。逆ですよ」

陣内は言った。「若い日本の官僚は、外でいろいろなことを学ばねばならない時期に来ている。沖縄の現状はもってこいだと思いましてね……」

陣内はかすかに笑った。

磯貝は、陣内の眼が笑うのを初めて見たような気がした。

「やはり私が思ったとおり、今回の沖縄の騒動はなかなか勉強になったようですね」

「室長は、もしかして沖縄で騒動が起きることを見越していらしたのではないですか?」

陣内はいかにも心外だという表情をした。

「とんでもない。私は予言者ではありませんよ」

どうだかな……。まあ、あんな事態になるなど、予言だろうが予測だろうが不可能なことは事実だ。だが、陣内には、ひょっとしたらと思わせるような雰囲気がある。

「それで、いつ沖縄へ戻るのですか?」

「明日、帰るつもりです」

「しっかり働いてください」

陣内は言った。「あなたのような人材が日本に必要な時代がきっと来ます。いや、もうその時代が来ているのかもしれません」

それは自治省に入って以来、初めて言われたことだった。

その夜、大蔵省の園田を呼び出して飲みに出かけた。磯貝が出向扱いではなく、沖縄県庁で働く覚悟を決めたと告げると、園田は言った。

「逃げるのか？」

「そういう気持ちではないな」

「これからは、東大卒のキャリアだけじゃなく、私立大学出身者にもポストが与えられる世の中になる。人事院はそういう方向で提言を続けている。そんな話をしたじゃないか。忘れたのか？」

何だか、園田が別の次元の人間になったような気がした。たしかに、磯貝はそういうことにこだわりつづける世界にいた。

「興味がなくなったんだ」

「それは負け犬の言いぐさじゃないか？」

「いつかは、おまえにもわかる日が来るかもしれない」

「わかりたくないな。何のために官僚になった？」

「さあ」

磯貝は感慨を込めて言った。「何のためだろうな……」

結局園田には理解されず、別れた。

県庁に戻り、磯貝はC推進室で仕事を続けていた。いずれ、台湾マフィア対策の部署ができてそこへ移ることになるのだろうが、それはまだ先の話だった。仲本はもとの彼に戻っていた。淡々と仕事を続けている。だが、磯貝は彼がいつでも変わり得ることを知っていた。

金曜日の夕刻、帰宅時間になり県庁を出ると後ろでクラクションが鳴った。ステーションワゴンが駐車している。見覚えのある車だ。磯貝は近づき、運転席をのぞいた。

ブルーフィールドが無表情に磯貝のほうを見つめていた。磯貝は言った。

「やあ、テレビで見たことがあるぞ。広報担当のブルーフィールドとか言ったな」

「私はあんたのことなんか知らない」

「へえ、そうかい？」

「だが、県庁の人間は皆、私に恩義を感じているというような話を聞いたことがある」

「そうなのか？」

「それについて、誰でもいいからインタビューをしたいと思っていたところだ」

こいつがまた僕の前に現れたというのはどういうことなのだろう。あらためて、僕に興味を覚えはじめたということだろうか……。

まあいい。台湾マフィアだろうがＣＩＡだろうが、何でも来いだ。

ブルーフィールドが言った。

「どうだ？　話をする気はあるか？」

「ここで立ち話か？」

「コザに気のきいた店がある」

そのとき、ブルーフィールドの青い眼がかつての陽気さを取り戻しているのに気づいた。

『ビート』というのだが、そこで飲みながらというのはどうだ？』

「へえ、奇遇だな。そこは僕の行きつけの店なんだ」

「乗れよ」

ブルーフィールドは長い腕を伸ばして助手席のドアを開けた。

解説

関口苑生

断言してもいい。

本書『熱波』は、今や百七十作を超える今野敏の著作の中でも、異色さとチャレンジ精神という点で最上級の部類に入る作品だ。そういう観点から、かりに今野敏の裏ベストを選ぶとしたら、トップ5には確実に入る。

いや裏ベストなどというと、意味がまた違ってきそうだ。下手な比喩《ひゆ》だが、記録には残らなかったけれども、記憶には残った逸品というところだろうか(初刊刊行当時の売り上げなどを考慮して)。でもまあせっかくだから、わたしなりに選んだほかの候補作品もあげておくと——まずはシリーズではない単独作品で、しかも純然たるミステリーの『フェイク』か『茶室殺人伝説』のどちらか一作。これを読めば、今野敏の本格ミステリー作家としての資質も並のものではないとよくわかる。

それから主人公が作者自身というか、作中人物とは別に作者がしばしば小説の中に顔を出してくる異色の作品『事件屋』か『夢みるスーパーヒーロー』のいずれか一作。小説の中に顔を出す作者の言動が実にケッサクで、これはもしかして、いや絶対に本音だろうと思わせるものなのだった。またこの二作は現在ともに絶版（どうやら、作者がもう世に出したがらないらしい）で、書店では手に入らないことでも今野作品としては珍しい。

次にアイドルおたくの一面を存分に発揮した『遠い国のアリス』か『時空《とき》の巫女《みこ》』のどちらか一作。今野敏と言えばアイドル大好きで知られる御仁でありまして、その趣味を思うさまに解放した作品がこちら。これを裏ベストに入れずして何とするってもんです。

最後の五作目は迷うところだが、海上保安庁特殊救難隊を描いた『波濤《はとう》の牙《きば》』などはいかがだろう。これがどうして人気が出なかったのか、今でも理解しかねている。隊員たちの姿がとにかくカッコいいのだ。こういうカッコいい男たちを描かせたら、やっぱり今野敏は天下一品だと思う。

と、いきなり脱線気味に始めてしまったが……実はこれらの作品には共通点がある。おそらくすぐに気がつくのは、どれも単独作品だということだろう。それだけに、冒頭にも書いたがチャレンジ精神に富んだ意欲作となっているのだ。

デビュー当時、今野敏の推しセン、謳《うた》い文句は「ジャズ＋SF＋カラテ」アクションであった。その言葉通り、彼はノベルスを中心に活劇アクションものを書きまくる。出版社側からの執筆依頼も、判で押したように活劇ないしは伝奇の類《たぐい》だったという。現在主流となっている警察小説は――今野ファンならご存知かと思うが、いくつかの紆余曲折《うよきょくせつ》を経ながら完全に軸足を移すのは、デビューから二十年近く経った頃ではなかったか。

そうした中で「いつもの今野敏」とはひと味違った相貌《そうぼう》を見せつけたのが前述の作品群

であった。最初期の作品である『フェイク』の場合も、この時期はとにかく色んなことをやってみようというビッグ・バンの時代で、新人作家だからこそ出来た冒険だったように思う。つまりはこれもまたチャレンジ精神の発露である。

考えてみれば当たり前のことだが、どんな作家でも持っている引き出しがひとつということはない。活劇が得意だからといって、それしか書けないわけではないのだ。もちろんそんなことは出版社側もわかっているはずだが、さてそのあたりが難しいところで、せっかく築き上げた作家像を大きく崩したくはないという判断も出てきて当然だ。

今野敏にしても、かつてわたしとの対談で初めての警察小説『二重標的《ダブルターゲット》』を書いたときの気持ちを、「本当に冒険だった」と話してくれたものだ。今野敏の警察小説なんて、誰が読みたがるだろうと思っていたと。それに何よりも、出版社に話を持って行きづらかったという。なるほど、作家というのはそこまで気を遣うものなのかと驚いたことを覚えている。

そういう気の遣い方をする今野敏が、あえて冒険をしようと決意したとき、そこには必ず何かが生まれてくるとは思いませんか？

本書『熱波』は、まず主人公がキャリア官僚であることで異彩を放っている。それまでにも作者は《潜入捜査》シリーズで内村尚之という官僚を登場させているが、こちらはあくまで脇役であって、メインで描かれるのは本作が多分初めてだ。がそれにしても《潜入捜査》のシリーズが一九九一年から九五年にわたって書かれ、本書の初刊が一九九八年で

縄独立論者ではないと答えるのだ。それよりも何よりも、まずは日本がアメリカからちゃんと独立しなければならないと考えているのだと。

以降おりにふれ、沖縄のみならず日本の政治システムについてのあれこれが語られていくのだった。同時に国際都市形成構想を軸として、地方自治のあり方、産業振興と規制緩和などについても熱く真摯《しんし》に描かれていくのだ。その意味では、本書はきわめて上品なポリティカル・フィクションを読んでいる気にもさせられるのだ。

だが、こうした構想には薄暗い利権がつきものである。そしてまた利権が生まれるところには必ず集まってくる連中がいる。やがてそこから、一気に緊張感をはらんだ抗争劇が始まっていくのだった。抗争の主役は台湾マフィア。彼らがなぜ沖縄に進出しているのかも、沖縄をめぐる臨界を超えた問題点のひとつであった。

本書は、空手を通して沖縄と接し沖縄を愛してきた今野敏が綴《つづ》る沖縄讃歌《さんか》でもあろうが、讃歌といっても決して褒め上げるわけではない。本土との関係を筆頭に、種々の問題点を見据えながら、未来を思い描いていくのである。そういうことではなんと意欲に富んだ作品だったのかと、改めて感心させられる一作だった。

蛇足になるが、二〇〇〇年三月三十一日、同構想の策定・具体化を進めてきた県の国際都市形成推進室が廃止され、一応のピリオドが打たれた。かくして国際都市形成構想の名称は県政運営の中から消えたが、構想から生まれたプロジェクトは実行段階に移ったとされた。

二〇一四年七月

（参照「琉球新報」一九九六年十一月十一日号、二〇〇四年四月三日号）

本書は一九九八年小社より単行本として刊行され、二〇〇四年ハルキ文庫として刊行された作品を加筆修正したものです。

本作品はフィクションであり、登場する人物名、団体名など架空のものであり、現実のものとは一切関係ありません。

熱波《ねつぱ》

今野《こんの》 敏《びん》

平成26年 8月25日 初版発行
令和5年 12月25日 11版発行

発行者●山下直久

発行●株式会社KADOKAWA
〒102-8177 東京都千代田区富士見2-13-3
電話 0570-002-301（ナビダイヤル）

角川文庫 18709

印刷所●株式会社KADOKAWA
製本所●株式会社KADOKAWA

表紙画●和田三造

●お問い合わせ
https://www.kadokawa.co.jp/ （「お問い合わせ」へお進みください）
※内容によっては、お答えできない場合があります。
※サポートは日本国内のみとさせていただきます。
※Japanese text only

ISBN978-4-04-101437-0 C0193

◆◇◇

角川文庫発刊に際して

角川源義

第二次世界大戦の敗北は、軍事力の敗北であった以上に、私たちの若い文化力の敗退であった。私たちの文化が戦争に対して如何に無力であり、単なるあだ花に過ぎなかったかを、私たちは身を以て体験し痛感した。西洋近代文化の摂取にとって、明治以後八十年の歳月は決して短かすぎたとは言えない。にもかかわらず、近代文化の伝統を確立し、自由な批判と柔軟な良識に富む文化層として自らを形成することに私たちは失敗して来た。そしてこれは、各層への文化の普及滲透を任務とする出版人の責任でもあった。

一九四五年以来、私たちは再び振出しに戻り、第一歩から踏み出すことを余儀なくされた。これは大きな不幸ではあるが、反面、これまでの混沌・未熟・歪曲の中にあった我が国の文化に秩序と確たる基礎を齎らすためには絶好の機会でもある。角川書店は、このような祖国の文化的危機にあたり、微力をも顧みず再建の礎石たるべき抱負と決意とをもって出発したが、ここに創立以来の念願を果すべく角川文庫を発刊する。これまで刊行されたあらゆる全集叢書文庫類の長所と短所とを検討し、古今東西の不朽の典籍を、良心的編集のもとに、廉価に、そして書架にふさわしい美本として、多くのひとびとに提供しようとする。しかし私たちは徒らに百科全書的な知識のジレッタントを作ることを目的とせず、あくまで祖国の文化に秩序と再建への道を示し、この文庫を角川書店の栄ある事業として、今後永久に継続発展せしめ、学芸と教養との殿堂として大成せんことを期したい。多くの読書子の愛情ある忠言と支持とによって、この希望と抱負とを完遂せしめられんことを願う。

一九四九年五月三日

角川文庫ベストセラー

烙印の森　大沢在昌

私は犯罪現場専門のカメラマン。特に殺人現場にこだわるのは、〝フクロウ〟と呼ばれる殺人者に会うためだ。その姿を見た生存者はいない。何者かの襲撃を受けた私は、本当の目的を果たすため、戦いに臨む。

ウォームハート　コールドボディ　大沢在昌

ひき逃げに遭った長生太郎は死の淵から帰還した。実験台として全身の血液を新薬に置き換えられ「生きている死体」として蘇ったのだ。それでもなお、愛する女性を思う気持ちが太郎をさらなる危険に向かわせる。

B・D・T［掟の街］　大沢在昌

不法滞在外国人問題が深刻化する近未来東京、急増する身寄りのない混血児「ホープレス・チャイルド」が犯罪者となり無法地帯となった街で、失跡人を捜す私立探偵ヨヨギ・ケンの前に巨大な敵が立ちはだかる！

悪夢狩り　大沢在昌

未完成の生物兵器が過激派環境保護団体に奪取され、その一部がドラッグとして日本の若者に渡ってしまった。フリーの軍事顧問・牧原は、秘密裏に事態を収拾するべく当局に依頼され、調査を開始する。

ブラックチェンバー　大沢在昌

警視庁の河合は〈ブラックチェンバー〉と名乗る組織にスカウトされた。この組織は国際犯罪を取り締まり奪ったブラックマネーを資金源にしている。その河合たちの前に、人類を崩壊に導く犯罪計画が姿を現す。

角川文庫ベストセラー

命で払え　アルバイト・アイ　大沢在昌

冴木隆は適度な不良高校生。父親の涼介はずぼらで女好きの私立探偵で凄腕らしい。そんな父に頼まれて隆はアルバイト探偵として軍事機密を狙う美人局事件や戦後最大の強請屋の遺産を巡る誘拐事件に挑む！

毒を解け　アルバイト・アイ　大沢在昌

「最強」の親子探偵、冴木隆と涼介親父が活躍する大人気シリーズ！　毒を盛られた涼介親父を救うべく、東京を駆ける隆。残された時間は48時間。調毒師はどこだ？　隆は涼介を救えるのか？

王女を守れ　アルバイト・アイ　大沢在昌

冴木涼介、隆の親子が今回受けたのは、東南アジアの島国ライールの17歳の王女の護衛。王位を巡り命を狙われる王女を守るべく二人はある作戦を立てるが、王女をさらわれてしまい…隆は王女を救えるのか？

諜報街に挑め　アルバイト・アイ　大沢在昌

冴木探偵事務所のアルバイト探偵、隆。車にはねられ気を失った隆は、気付くと見知らぬ町にいた。そこには会ったこともない母と妹まで…！　謎の殺人鬼が徘徊する不思議の町で、隆の決死の闘いが始まる！

誇りをとりもどせ　アルバイト・アイ　大沢在昌

莫大な価値を持つ「あるもの」を巡り、右翼の大物、ネオナチ、モサドの奪い合いが勃発。争いに巻き込まれた隆は拷問に屈し、仲間を危険にさらしてしまう。死の恐怖を越え、自分を取り戻すことはできるのか？

角川文庫ベストセラー

感傷の街角　大沢在昌

早川法律事務所に所属する失踪人調査のプロ佐久間公がボトル一本の報酬で引き受けた仕事は、かつて横浜で遊んでいた〝元少女〟を捜すことだった。著者23歳のデビューを飾った、青春ハードボイルド。

漂泊の街角　大沢在昌

佐久間公は芸能プロからの依頼で、失踪した17歳の新人タレントを追ううち、一匹狼のもめごと処理屋・岡江から奇妙な警告を受ける。大沢作品のなかでも屈指の人気を誇る佐久間公シリーズ第2弾。

追跡者の血統　大沢在昌

六本木の帝王の異名を持つ悪友沢辺が、突然失跡した。沢辺の妹から依頼を受けた佐久間公は、彼の不可解な行動に疑問を持ちつつ、プロのプライドをかけて解明を急ぐ。佐久間公シリーズ初の長編小説。

天使の牙(上)(下)　大沢在昌

新型麻薬の元締め〈クライン〉の独裁者の愛人はつみが警察に保護を求めてきた。護衛を任された女刑事・明日香ははつみと接触するが、銃撃を受け瀕死の重体に。そのとき奇跡は二人を〝アスカ〟に変えた！

天使の爪(上)(下)　大沢在昌

麻薬密売組織「クライン」のボス、君国の愛人の体に脳を移植された女刑事・アスカ。かつて刑事として活躍した過去を捨て、麻薬取締官として活躍するアスカの前に、もう一人の脳移植者が敵として立ちはだかる。

角川文庫ベストセラー

ハロウィンに消えた　佐々木　譲

シカゴ郊外、日本企業が買収したオルネイ社は従業員、市民の間に軋轢を生んでいた。差別的と映る〝日本的経営〟、脅迫状に不審火。ハロウィンの爆弾騒ぎの後、日本人少年が消えた。戦慄のハードサスペンス。

新宿のありふれた夜　佐々木　譲

新宿で十年間任された酒場を畳む夜、郷田は血染めのシャツを着た女性を匿う。監禁された女は、地回りの組長を撃っていた。一方、事件を追う新宿署の軍司は、新宿に包囲網を築くが。著者の初期代表作。

鷲と虎　佐々木　譲

一九三七年七月、北京郊外で発生した軍事衝突。日中両国は全面戦争に。帝国海軍航空隊の麻生は中国へ出兵、アメリカ人飛行士・デニスは中国義勇航空隊として出撃。戦闘機乗りの熱き戦いを描く航空冒険小説。

くろふね　佐々木　譲

黒船来る！　嘉永六年六月、奉行の代役として、ペリーと最初に交渉にあたった日本人・中島三郎助。西洋の新しい技術に触れ、新しい日本の未来を夢見たラスト・サムライの生涯を描いた維新歴史小説！

北帰行　佐々木　譲

旅行代理店を営む卓也は、ヤクザへの報復を目的に来日したターニャの逃亡に巻き込まれる。組長を殺された舎弟・藤倉は、2人に執拗な追い込みをかけ……東京、新潟、そして北海道へ極限の逃避行が始まる！

角川文庫ベストセラー

逸脱　捜査一課・澤村慶司　堂場瞬一

10年前の連続殺人事件を模倣した、新たな殺人事件。県警を嘲笑うかのような犯人の予想外の一手。県警捜査一課の澤村は、上司と激しく対立し孤立を深める中、単身犯人像に迫っていくが……。

天国の罠　堂場瞬一

ジャーナリストの広瀬隆二は、代議士の今井から娘の香奈の行方を捜してほしいと依頼される。彼女の足跡を追ううちに明らかになる男たちの影と、隠された真実とは。警察小説の旗手が描く、社会派サスペンス！

歪　捜査一課・澤村慶司　堂場瞬一

長浦市で発生した2つの殺人事件。無関係かと思われた事件に意外な接点が見つかる。容疑者の男女は高校の同級生で、事件直後に故郷で密会していたのだ。県警捜査一課の澤村は、雪深き東北へ向かうが……。

探偵倶楽部　東野圭吾

「我々は無駄なことはしない主義なのです」――冷静かつ迅速。そして捜査は完璧。セレブ御用達の調査機関〈探偵倶楽部〉が、不可解な難事件を鮮やかに解き明かす！　東野ミステリの隠れた傑作登場!!

さいえんす？　東野圭吾

「科学技術はミステリを変えたか？」「男と女の〝パーソナルゾーン〟の違い」「数学を勉強する理由」……元エンジニアの理系作家が語る科学に関するあれこれ。人気作家のエッセイ集が文庫オリジナルで登場！